A. J. Banner
Fremdes Glück

A. J. BANNER

FREMDES GLÜCK

Roman

Ins Deutsche übertragen von
Thomas Schichtel

LYX
EGMONT

Die Originalausgabe erschien 2015 unter dem Titel
»The Good Neighbor« bei Lake Union Publishing

Deutschsprachige Erstausgabe November 2015 bei LYX
verlegt durch EGMONT Verlagsgesellschaften mbH,
Gertrudenstraße 30–36, 50667 Köln

1. Auflage
Redaktion: Susanne Gerold
Umschlaggestaltung & -illustration: www.bürosüd.de
Satz: KCS GmbH, Stelle | www.schriftsetzerei.de
Printed in Germany (670421)
ISBN 978-3-8025-9964-4

www.egmont-lyx.de

MIX
Papier
FSC FSC® C083411

Prolog

Ich ertrinke. Die Strömung des Flusses zerreißt mich. Die Boots bin ich losgeworden, aber die schwere Jeans klebt mir an den Beinen. Meine Brust brennt, so sehr lechzt meine Lunge nach Luft. Wo ist sie? Ich habe sie aus den Augen verloren; nein, da ist sie, viel zu dicht am Wasserfall. Ihr Kopf taucht immer wieder aus dem Wasser auf, das bleiche Gesicht zeigt nach oben. Ihre Lippen sind blau.

Ich schwimme auf sie zu, aber die Strömung zieht mich nach unten; ich schlucke ganze Mundvoll Wasser, kämpfe mich wieder nach oben, durchbreche die Wasseroberfläche und spucke Schlick und Sand aus. Das Tosen des Wasserfalls schwillt zu ohrenbetäubender Intensität an.

»Ich komme!«, rufe ich. »Halt dich irgendwo fest!« Ist sie bei Bewusstsein? Lebt sie überhaupt noch? Ich rufe um Hilfe, aber meine gellenden Schreie gehen im Sturm unter. Rechter Arm, linker Arm, kraulen. Meine Finger sind taub. Ich spüre die Füße nicht mehr. Blitze zucken über den Himmel, gefolgt von Donnerschlägen, und eine vertraute Stimme ertönt von weit oben auf der Klippe, wo eine dunkle Gestalt am Rand entlangläuft. *Bon voyage!*, schreit die Stimme triumphierend. *Auf Nimmerwiedersehen ihr beiden.*

1

Drei Monate zuvor

An jenem frühen Oktoberabend war in der Sitka Lane noch alles in Ordnung. In der Dämmerung war der Himmel überzogen von schillernden rosaroten und goldenen Farben. Das erste Herbstlaub trudelte über den Rasen, und Zedern und Erlen schwankten in der Meeresbrise. Ich fühlte mich noch kraftvoll und gesund, während ich das Bild von Miracle Mouse an der Wand meines Arbeitszimmers geraderückte. Die pelzige Detektivin hockte auf einem Bücherstapel und blickte mit intelligenten und wachen Augen durch ihre Brillengläser.

Eigentlich sollte ich ihr neues Abenteuer schreiben, aber nachdem Johnny abgereist war, kaute ich lediglich auf meinem Füller herum und starrte ins Leere. Jedes Mal, wenn das Handy klingelte, malte ich mir aus, wie Johnny mich umarmte und seine Hand in kreisförmigen Bewegungen immer tiefer über meinen Rücken fuhr. Nach drei Jahren Ehe war ich immer noch so aufgedreht wie damals, als wir frisch verheiratet waren.

Ich sah ihn vor mir, wie er sich auf seiner Konferenz in San Francisco fasziniert den jüngsten Forschungsergebnissen bei der Behandlung von Akne und Hautausschlag widmete, während ich in dem verschlafenen Städtchen Shadow Cove im Staat Washington hockte und unser Traumhaus verschönerte. Oder eigentlich *Johnnys* Traumhaus, da er es bereits gekauft hatte, als wir uns noch gar nicht gekannt hatten.

Ich konzentrierte mich darauf, mein Arbeitszimmer umzugestalten, in dem sich die Hinweise auf mein emsiges Leben befanden – Kartons voller Bücher, die ich der Bibliothek spenden wollte, das Programm meines Buchclubs, Mitteilungen von Autoren aus meiner Schreibgruppe.

Um halb sieben summte mein Handy, und das Kürzel BFF für allerbeste Freundin tauchte im Display auf. Ich drückte die Antworttaste. »Ich dachte, du und Dan wärt schon nach Indien abgereist.«

»Unser Flieger geht in vier Stunden«, antwortete Natalie, während im Hintergrund Miles Davis lief. »Ich hatte irgendwie ein unheimliches Gefühl, was dich angeht.«

»Worum geht es diesmal?« Natalie war die Königin seltsamer Vorahnungen. Als wir uns vor zehn Jahren als Studentinnen kennenlernten, sagte sie vor jeder Prüfung die Apokalypse voraus.

»Ich mache mir Sorgen, dass dir eine dieser hohen Tannen aufs Dach fallen könnte.«

»So geht es dir vor einer Reise immer«, sagte ich.

»Ich weiß, aber du bist in diesem riesigen Haus allein, und ...«

»So riesig ist es gar nicht.« Trotzdem überlief mich ein Frösteln. Der Wind draußen wurde stärker und rauschte in den Bäumen. »Ich kann noch gar nicht glauben, dass du sechs Monate lang fort sein wirst.«

»Die Klinik wollte Dan für ein ganzes Jahr haben, aber seine Patienten hier brauchen ihn. Ich bringe dir Seide und Sandelholz mit.«

»Und Darjeeling-Tee«, sagte ich.

»Grüner Tee ist besser für deine Gesundheit, falls du versuchen solltest, schwanger zu werden.«

»Ich stehe mehr auf Kaffee. Das weißt du doch.« Ich verspürte einen Stich hinter den Rippen. Johnny und ich versuchten seit fast einem Jahr, ein Kind zu bekommen.

»Eine Tasse am Tag«, sagte Natalie. »Oder trink entkoffeinierten.«

»Ja doch. Machst du als Ernährungsberaterin eigentlich auch mal Pause?«

»Nur, wenn ich schlafe. Umarme deinen attraktiven Ehemann für mich.«

»Du auch.« Ich trennte die Verbindung und vermisste Natalie schon jetzt. Während ich den Schreibtisch weiter aufräumte, gingen mir ihre Worte durch den Kopf: *Ich hatte ein unheimliches Gefühl* …

Wenige Minuten später klingelte mein Telefon aufs Neue, und die Worte *Dr. Johnny McDonald* erhellten den Bildschirm in weißen Blockbuchstaben.

»Ich vermisse dich schon den ganzen Tag«, sagte ich lächelnd.

»Ich habe dich noch mehr vermisst«, antwortete er in seinem schläfrigen Bariton. »Ich war bis über beide Ohren mit Hidradenitis suppurativa beschäftigt …«

»Suppura-was?«

»Sie steht mit hoher Morbidität in Zusammenhang.«

»Ich hasse dieses Wort, Morbidität. Klingt nach Tod.«

»Es *geht* dabei auch um Tod. Ich muss nach Hause.«

»Heißt das, dass dich aufregende Vorträge über fleischfressende Bakterien nicht anmachen?«

»*Du* machst mich an. Was trägst du gerade?«

»Dieses kleine Spitzenteil, das du mir zu Weihnachten geschenkt hast«, log ich und blickte dabei an meinem T-Shirt und dem Jeans-Overall hinunter.

»Mmm. Wir könnten, du weißt schon … übers Telefon …«

»Warte mal kurz! Jemand treibt sich beim Haus der Kimballs herum.« Ein Auto rumpelte in die Einfahrt der Nachbarn, und der Motor ging aus.

»Nun, warum sollten sie keine Gäste haben dürfen?«

»Aber die Kimballs sind auf Hawaii. Sie haben mich gebeten, ihr Haus im Auge zu behalten. Einen Moment.« Ich ging in die Küche und hob die Jalousien an. Nur ein schmales Rasenstück trennte unsere Häuser voneinander, und ich konnte sehen, dass in der Einfahrt unserer Nachbarn zwei Gestalten in der Dämmerung aus einem Kombi stiegen. Dann erkannte ich Chad Kimball, dick und stämmig, gebaut wie ein Football-Spieler, wenn man von den hängenden Schultern einmal absah. Monique erinnerte mit ihrem kurvenreichen und atemberaubenden Äußeren frappant an Marilyn Monroe, und ihr glänzendes blaues Kleid schlenkerte um ihre Beine.

Aber wo war Mia? Vermutlich schlief sie in ihrem Kindersitz im Auto. »Es sind die Kimballs«, sagte ich und senkte die Jalousien wieder. »Sie sind schon früher zurückgekehrt. Vielleicht ist Mia krank geworden. Ich spreche morgen mit Monique.«

Johnny gähnte. »Nacht, Süße. Ich liebe nur dich.«

»Ich auch. Ich liebe auch nur dich.« Ich legte auf und fuhr damit fort, den Schreibtisch aufzuräumen. Miracle Mouse sah mir von der Wand aus zu. Ihr Fell war mit liebevollen Pinselstrichen von meiner Oma gemalt worden. Sie hatte mir das Bild geschenkt, als meine erste Miracle-Mouse-Geschichte zur Veröffentlichung angenommen worden war. Oma lebte nicht mehr, aber die Erinnerung an sie geisterte durch Miracles aufmerksamen Blick. Wie üblich tippte ich ihr kurz an die Nase, ehe ich zu Bett ging.

Auf dem Weg nach oben hörte ich den melodischen Klang der Türklingel. Monique Kimball stand vor mir auf der Veranda, und der Wind wehte ihr das weißblonde Haar ins Gesicht. So aus der Nähe war deutlich zu erkennen, dass sie mit ihrem Schmollmund, den ausdrucksvollen grauen Augen und den vollen geschwungenen Wimpern etwas von einem Filmstar hatte. Ihre Haut war leicht gebräunt und mit ein paar Sommersprossen gesprenkelt. Monique roch ein bisschen nach all dem, was eine Reise so mit sich brachte – Flugzeug, Schweiß und teures Parfüm.

»Ihr seid schon zurück«, sagte ich. »Ist alles in Ordnung?«

Sie lächelte matt. »Es ist kompliziert. Ich bin aber nicht zum Jammern hergekommen. Könntest du mir einen Sack Grillkohle leihen?«

»Komm mit. Auf der Veranda hinten steht noch was.«

Monique trat ein und folgte mir den Flur entlang. Als wir durch das Wohnzimmer gingen, pfiff sie begeistert. *»Oh la la!* Gefällt mir, wie du das verändert hast. Ist die blaue Couch neu?«

»Ich habe das alte schwarze Monstrum rausgeworfen. Es schrie geradezu ›Junggesellenbude‹.«

»Du hast aus dem Haus wirklich was gemacht.«

»Danke, es hat auch Spaß gemacht.« Nach meinem Einzug hatte ich das vorhandene Mobiliar um seidene Dekokissen, lavendelfarbene Kissen und parfümierte Seife ergänzt. Ich hatte auch ein paar hübsche Möbel aus nachhaltig erzeugtem Holz mitgebracht, darunter eine Kommode im Flur.

Auf der windumtosten Veranda hinter dem Haus waren ein Gartenstuhl und ein Gartenrechen umgekippt. Ich hob einen kleinen Sack Grillkohle auf und reichte ihn Monique. »Bist du sicher, dass ihr bei diesem Wetter grillen könnt?«

»Du kennst doch meinen Mann. Er liebt Herausforderungen.« Monique klemmte sich den Sack unter den Arm. Als wir wieder in der Diele waren, zögerte sie. »Geht es Jules gut? Ist er schon zu Bett gegangen?« Sie blickte die Treppe hinauf, als würde sie vielleicht auch Johnny ausleihen wollen. Manchmal nannte sie ihn »Jules« und ihren Mann »Jim«, nach Figuren eines französischen Films, den wir vier einmal zusammen gesehen hatten: *Jules und Jim,* ein Film über zwei Männer, die in dieselbe Frau verliebt waren. Monique und ich waren uns jedoch nicht einig gewesen, wer von uns der *Femme fatale* Catherine mehr ähnelte.

»Er ist wieder mal auf einer Konferenz«, sagte ich. »Wie geht es Jim?«

»Der ist müde und hat einen Sonnenbrand. Seine Haut ist einfach zu empfindlich.« Monique schien noch etwas sagen zu wollen, wandte sich jedoch ab und blickte durch das schmale Fenster neben der Haustür nach draußen auf die andere Straßenseite. Jessie Ramirez saß dort in Sweatshirt und Jeans auf den Stufen vor ihrem Haus, und die dunklen Haare wehten ihr ins Gesicht. Ein hochgewachsener Junge in einem Kapuzenshirt saß neben ihr und rauchte. Adrian, ihr neuer Freund, dessen tiefergelegter Buick in der Einfahrt parkte.

Monique runzelte die Stirn. »Warum hängt sie nur mit ihm ab?«

»Sie ist siebzehn, das ist das Alter der Hormonstürme. Sie ist aber ein gutes Mädchen.«

»Sicher, sie kümmert sich gut um unser Haus, wenn wir nicht da sind, aber …«

»Aber was?«

»Ich hatte einen goldenen Füller neben dem Telefon liegen, den ich jetzt nicht mehr wiederfinde. Vielleicht ist er hinter den Kühlschrank gerutscht.«

»Denkst du, sie hat ihn gestohlen?«

»Ich bin sicher, dass er wieder auftaucht. Bitte sag ihr nichts davon.«

»Keine Sorge. Meine Lippen sind versiegelt.«

Monique brach eilig auf, ging mit schwingenden Hüften über das schmale Rasenstück zu ihrer Haustür. Jessie und der Junge blickten ihr nach. Bis zu ihrer Beziehung mit Adrian war Jessie eine vorbildliche Schülerin gewesen. Trotzdem konnte ich mir nicht vorstellen, dass sie irgendjemandem etwas klaute. Sie war immer hilfsbereit und ehrlich gewesen, andererseits, wer konnte schon sagen, was im Kopf eines Teenagers vor sich ging?

Das Haus rechts neben dem von Jessies Eltern war dunkel. Felix und Maude Calassis waren vermutlich früh zu Bett gegangen, obwohl Felix in der Abenddämmerung häufig einen Spaziergang unternahm.

Bei dem leeren Hauses an der Ecke hinter dem der Calassis brannte die Verandalampe. Eris Coghlan, die Maklerin, hatte vergessen, das Licht auszuschalten. Über dem Schild ZU VERKAUFEN, das im Vorgarten stand, prangte jetzt eine Tafel, auf der VERKAUFT stand.

Links von Jessies Haus, hinter dicht stehenden Tannen, befand sich das makellos gepflegte Haus der Frenkels. Lenny Frenkel stand mit dem Handy am Ohr unter dem Vordach. Er war der dünnere der Frenkel-Zwillinge und ein charmanter Unterhalter. Mehrere Mädchen hatten ihn schon gebeten, mit ihnen zum Abschlussball zu gehen. Lukas, der dickere Zwilling, ähnelte dagegen seinem Vater Verne – er war stämmig und schüchtern.

In einer Straße wie der Sitka Lane mit ihren gerade mal sechs geräumigen, identischen Häusern war es schwierig – wenn auch nicht unmöglich –, Geheimnisse zu bewahren. Denn owohl ich die Nachbarn kommen und gehen sah, wusste niemand, was in den einzelnen Häusern wirklich vor sich ging.

Als ich oben in unserem Bad war, konnte ich den Kieferndu ft von Johnnys Aftershave und seine Lieblingsseife Sheabutter riechen. Ich tauschte meinen Overall gegen eines seiner überlangen T-Shirts und öffnete das Fenster, ehe ich mich ins Bett legte. Die Gerüche der Nacht trieben herein – salzige Meeresluft, kräftiger Zederngeruch und der Honigduft der blühenden Schlangenwurzelpflanze vor dem Fenster. Ich versuchte, in dem Buch *Gesund in der Schwangerschaft* zu lesen, aber die Wörter verschwammen mir vor den Augen. Hatten die Menschen in der Steinzeit nicht auch ohne Buch gewusst, was zu tun war? Hatten sie nicht einfach ihren Instinkten vertraut? Schließlich hatten sie wohl kaum in ihren Höhlen gesessen und am Lagerfeuer Ratgeber studiert. Andererseits hatten damals, vor dem Zeitalter der modernen Medizin, viel zu viele Neugeborene sterben müssen.

Stimmengemurmel trieb vom Garten der Kimballs herüber, vermischt mit dem Duft von gegrillten Hot Dogs. Eine Weile später ging ihre Terrassentür auf und wieder zu, und danach folgte Stille. Eine Schwere hing in der Luft, wie der Vorbote eines heraufziehenden Sturms.

Ich lehnte mich zurück und schloss die Augen, konnte aber nicht einschlafen. Der Wind rauschte in den Tannenzweigen, und in das Geräusch mischte sich das tiefe Brummen eines die Straße heraufkommenden Autos. Der Motor ging aus, und Stille trat ein. Es war längst Schlafenszeit, und das galt für mich erst recht.

Endlich sank ich in einen unruhigen Schlummer, nur um in der Dunkelheit wieder aufzuwachen. Die Fenster klapperten im Sturm, und ein lautes Krachen drang an meine Ohren, vielleicht die Fehlzündung eines Lastwagens. Die digitale Uhr auf meinem Nachttisch zeigte siebzehn Minuten nach eins. Diffuses orangefarbenes Licht spielte über die Wände, und der Wind trug den Geruch von Rauch heran.

Ich schaltete die Nachttischlampe ein, woraufhin sich das Zimmer vor mir ausbreitete: mein Lieblings-Hochzeitsfoto auf der Kommode, das über einem Stuhl hängende Sweatshirt, Fläschchen mit Lotionen auf dem Frisiertisch. Es schien alles in Ordnung zu sein, und doch hämmerte mein Herz heftig. Ich stand auf und blickte zum Fenster hinaus. Es dauerte einen Moment, bis mein schläfriges Gehirn begriff, was ich sah. Das Haus der Kimballs brannte. Rauch und Flammen schlugen aus den Fenstern im Erdgeschoss. Dann ging der Brandmelder an, piepte schrill. Die Schreckensschreie eines Kindes drangen durch die Nacht. Mia. Sie saß in ihrem Schlafzimmer im Obergeschoss in der Falle, direkt über einer tosenden Feuersbrunst.

2

Ich nahm das Handy vom Nachttisch und drückte die 911. Meine Finger zitterten; fast hatte ich das Gefühl, als würde ich in Ohnmacht fallen. Eine näselnde Stimme meldete sich. »Shadow Cove 911, um welchen Notfall handelt es sich?«

»Das Nachbarhaus brennt! Schnell! Ihr kleines Mädchen …«

»Wie heißen Sie, Ma'am?«

»Sarah Phoenix. Meine Nachbarn sind Chad und Monique Kimball. Ihre Tochter heißt Mia. Sie ist erst vier. Sie steckt schreiend in ihrem Zimmer fest …«

»Wie lautet die Anschrift, Ma'am?«

»Die der Kimballs ist 595 Sitka Lane. Wir sind Nummer 599, direkt daneben. Beeilen Sie sich!«

»Es ist bereits Hilfe unterwegs.«

»Wann wird sie hier sein?«

»Das Einsatzteam kommt direkt von der Zentralstelle.«

Also in fünfzehn Minuten. Ich legte auf, wählte die Nummer der Kimballs, erhielt aber nur das Besetztzeichen.

Ich konnte nicht warten. Ich zog mir schnell eine Jogginghose und Sportschuhe an, steckte das Handy in die Tasche und lief auf den Flur hinaus. Auf halbem Weg die Treppe hinunter stolperte ich, stürzte die restlichen Stufen nach unten und landete der Länge nach in der Diele. Wie blöd! Nur in Filmen stolperten Menschen auf diese Art und Weise.

Einen Augenblick später war ich wieder auf den Beinen, schnappte mir aus Gewohnheit die Handtasche vom Tisch und hängte sie mir auf dem Weg zur Tür über die Schulter.

Hoch aufragende Zedern schwankten in der stürmischen Nacht. Das Feuer prasselte und toste wie ein Lebewesen. Die ganze Gegend war in leuchtendes, flackerndes Orange getaucht. Der beißende Gestank von brennendem Holz und Plastik hing schwer in der Luft. Der Brandmelder der Kimballs jaulte nach wie vor schrill, und Mias jammernde Schreie trieben durch den Qualmdunst heran. Jetzt erklangen Rufe entlang der Straße, Türen wurden aufgerissen und fielen krachend wieder ins Schloss.

Das gesamte Erdgeschoss der Kimballs stand in Flammen. Jessies Eltern Don und Pedra Ramirez kamen in Bademänteln über die Straße gerannt. Jessie folgte ihnen in Jeans und Kapuzenshirt. Die gesamte Gegend versammelte sich auf dem Rasen der Kimballs – Felix und Maude Calassis, die Frenkels und ihre Teenager-Zwillinge in Pyjamas. Don versuchte sich an der Haustür der Kimballs, aber sie war abgeschlossen. Lukas Frenkel stapfte die Stufen hoch und trat die Tür ein, taumelte dann in einer Rauchwolke hustend zurück. Lenny drehte den Gartenschlauch auf und jagte einen Wasserstrahl in die Flammen.

»Ich habe die 911 angerufen!«, brüllte Orla Frenkel durch den Lärm. Ihr kantiges Gesicht war vor Sorge angespannt, und ihr hauchdünnes Negligé flatterte im Wind.

»Ich auch!«, schrie ich zurück. »Wir müssen irgendwie da rein!«

»Nicht von hier vorne«, stellte Lukas fest, der noch immer hustete.

»Aber Mia!«, sagte ich. »Und Chad und Monique – wo sind sie?«

»Sie sind noch im Haus!«, schrie Don. Zusammen mit Verne, Orlas untersetztem Mann, stürmte er zur Rückseite des Hauses. Lenny spritzte weiter Wasser auf die Vorderseite, aber der dünne Strahl schien die Flammen eher zu nähren.

Ich rannte zur Terrasse hinter dem Haus und rüttelte an der gläsernen Schiebetür. Abgeschlossen. Ich spähte durch die schmalen Ritzen zwischen den Lamellen. Das Wohnzimmer war voller Rauch und Flammen. Durch den Dunst erhaschte ich einen kurzen Blick auf das Küchenfenster, das zersplittert zu sein schien, als hätte jemand es mit einem Stein eingeworfen.

»Du kannst da nicht reingehen!«, sagte Orla hinter mir und zupfte mich am Ärmel. »Es ist zu gefährlich.«

Wir rannten zurück zu der Hausseite, die unserem Haus gegenüberlag. Hier gab es im Erdgeschoss keine Fenster; es war die einzige Wand, die vom Feuer noch unberührt zu sein schien. Pedra Ramirez kam jetzt in ihrem flappenden weißen Bademantel und den rosafarbenen Pantoffeln zu uns. »*Dios mio.* Wo sind die Kimballs? Sarah! Wo ist Johnny?«

»In San Francisco«, sagte ich atemlos. Wie war meine Kleidung nur so feucht geworden?

Jessie hatte den Wasserhahn an unserem Haus aufgedreht

und schleifte den Schlauch durch die Einfahrt der Kimballs, jagte einen nutzlosen Wasserstrahl auf die Flammen.

Don lief zu uns, sein Gesicht war rußig und grimmig. »Wir finden einfach keinen sicheren Weg hinein. Ich habe noch mal den Notruf angerufen. Das Einsatzteam ist in acht Minuten hier.«

Wie war es möglich, dass erst so wenig Zeit vergangen war? Ich deutete nach oben zu dem Fenster von Mias Schlafzimmer. »Holt eine Leiter. Schnell!«

»Du kannst da nicht rauf!«, wandte Pedra mit weit aufgerissenen Augen ein.

»Wir haben eine Leiter!«, rief Don, und er und Jessie stürmten zurück zu ihrem Haus auf der anderen Straßenseite.

Ich holte das Handy aus der Tasche, wählte die Nummer von Johnnys Handy, erreichte ihn aber nicht und rief über die Auskunft das Hotel an. Die lebhafte Stimme einer Frau meldete sich. »Ich muss meinen Mann sprechen. Es ist dringend.«

»Warten Sie bitte. Ich versuche, Sie zu verbinden.« Das Telefon in Johnnys Zimmer hörte jedoch nicht auf zu klingeln. Die Empfangsdame meldete sich zurück. »Er nimmt nicht ab. Ich verbinde Sie jetzt mit seiner Mailbox.«

Ich hinterließ ihm eine panische Nachricht und trennte die Verbindung in genau dem Augenblick, als Don und Jessie mit der Leiter kamen. Don lehnte sie an die Wand des Kimball-Hauses, direkt unter Mias Fenster. Eine Reihe von Nachbarn versammelten sich dort; andere schleppten noch mehr Gartenschläuche über die Straße und richteten Wasserstrahlen auf die Flammen.

»Haltet die Leiter fest«, sagte ich, während mein Herz raste. Ich steckte das Handy in die Handtasche, reichte sie dann Jessie.

»*Du* wirst da nicht raufklettern«, sagte Don.

»Aber ich passe durchs Fenster«, sagte ich.

»Ich auch«, sagte Jessie.

»Du bleibst hier. Keine Diskussion.« Ich drängte mich mit den Ellbogen zur Leiter durch, nahm einen Stein vom Boden und steckte ihn in die Tasche meines Sweatshirts, während ich die Leiter hochstieg.

»Warte!«, rief Pedra. »Lass das lieber Don machen.«

»Ich schaff das!«, schrie ich zurück. »Seht nach, ob man sonst noch irgendwie reinkommt. Vielleicht haben wir was übersehen.«

»Machen wir«, sagte Don und lief wieder hinters Haus.

Verne Frenkel trat vor, um die Leiter festzuhalten. »Immer schön gleichmäßig«, sagte er.

»Sei vorsichtig da oben!«, rief Jessie.

»Lasst ihr nur die Leiter nicht los.« Ich hielt den Blick nach oben gerichtet. Mir wurden die Knie weich, und meine Handflächen waren schweißnass. Ich biss die Zähne zusammen, entschlossen, meine Höhenangst zu ignorieren. Der Rauch wurde dicker, brannte mir in den Augen und löste Hustenreiz aus.

Oben stellte ich fest, dass Mias Fenster zwar einige Zoll weit offen stand, aber in dieser Position verriegelt war. Ein Nachtlicht brannte im Zimmer, erhellte umrisshaft einen Toilettentisch, einen Schaukelstuhl und ein einzelnes Bett.

Mia war nicht zu sehen. Der Alarm hatte inzwischen aufgehört. Durch die Ritzen um die Schlafzimmertür herum drang Lichtschein. Vor der Tür tobte das Feuer, ein Monster, das sich Zutritt zu verschaffen suchte.

»Mia, wo bist du?«, schrie ich durchs Fliegengitter.

Eine kleine Gestalt kroch hinter dem Bett hervor. »Ich bin hier! Ich will zu Mommy!«

»Beweg dich nicht. Ich hol dich raus.« Ich riss das Fliegengitter herunter. »Achtung da unten!« Ich ließ es nach unten auf den Boden segeln. »Bleib da, wo du bist, Süße.«

Mia wich zurück und kroch wieder in Deckung.

Während ich mich mit der linken Hand an der Leiter festhielt, schwang ich mit der rechten den Stein und zerschlug die Scheibe. Ich warf ihn in Mias Zimmer, wo er auf dem Boden landete, griff durch die Öffnung und entriegelte das Fenster. Einen Augenblick später stand ich in dem Raum, in dem sich die Hitze wie eine Decke um mich legte. Ich ging über knirschende Glassplitter und hob Mia hoch. Sie fühlte sich viel schwerer an als nur nach den dreißig Pfund, die sie wog. »Halt dich an meinem Hals fest. Lass nicht los.«

Sie erwürgte mich fast, so sehr klammerte sie sich an mich. Zwei Schritte, und wir waren an der Schlafzimmertür, wo uns die Hitze beinahe zurückschleuderte. »Chad! Monique!«, brüllte ich. Keine Antwort. »Ich habe Mia!« Noch immer kam keine Antwort.

Ich ging zum Fenster zurück und kletterte über die Fensterbank, was mit dem Kind in den Armen eine heikle Angelegenheit war. »Ich habe sie!«, schrie ich. »Ich komme jetzt runter!«

»Wir passen auf!«, rief Verne zu mir hoch. »Mach schnell!«

Während ich mit Mia nach unten stieg, wurde sie immer schwerer, obwohl sie für ihr Alter klein war.

»Mommy«, wimmerte sie. »Meine Cinderella-Schuhe.«

»Wir können dir neue besorgen«, sagte ich. Wo waren nur Chad und Monique? Ich hoffte, dass Don sie gefunden hatte und sie dem Feuer entkommen waren.

»Ich hab Angst«, flüsterte Mia und blickte mir in die Augen.

»Ich auch. Aber es wird alles gut werden.« Ich drückte Mias kleine Gestalt fest an mich und hoffte, dass ich sie nicht fallen lassen würde. Der Gestank von brennenden Chemikalien wehte heran und bereitete mir Übelkeit, und dann auf einmal explodierte etwas über uns. Trümmerstücke prasselten durch den Rauch nach unten. Flammen schossen aus Mias zerborstenem Fenster. Glühende Funken erwischten einen Aufwind, landeten auf unserem Dach und setzten die Zedernschindeln in Brand. Unten schrie Jessie etwas. *Euer Haus brennt. Sarah, beeil dich!*

Schlagartig rasten mir verrückte Gedanken durch den Kopf. *Mein Manuskript, die Hochzeitsfotos, mein Tagebuch, verschiedener Schriftverkehr, Pässe. Das Bild von Miracle Mouse.* Holzschnitzereien der Kamba, die meine Mutter von ihrem Einsatz beim Friedenskorps in Kenia mitgebracht hatte. Mein Ehering auf dem Frisiertisch. Ich nahm den Ring nachts immer ab. Ich musste zurück in unser Haus, aber ich durfte jetzt auch nicht hektisch werden.

Noch fünf Sprossen, und wir hatten wieder festen Boden unter den Füßen. Während ich Mia an Pedra weiterreichte, näherte sich Sirenengeheul. Das Feuer hatte sich inzwischen über unser ganzes Dach ausgebreitet. Unser Schlafzimmer war hell erleuchtet, und aus dem Dachfenster drang ein glühender Schimmer. Noch mehr Trümmer prasselten herab, und als ich aufblickte, stürzte ein großer schwarzer Gegenstand wie in Zeitlupe auf mich herunter, ein Meteor, oder irgendwelcher sich überschlagender Weltraumschrott, der immer tiefer sank – und dann sah ich gar nichts mehr.

3

Als ich erwachte, lag ich in einem tristen grauen Zimmer und spürte den Druck einer Maske auf dem Gesicht, die mich mit feuchtem Sauerstoff versorgte. Ich hob die Hand, um mir an die schmerzende Stirn zu fassen, und ertastete einen rauen Verband unter den Fingern. Mein Kopf pochte, als wäre ein Betonhochhaus auf mich gestürzt. Etwas zupfte an meinem Handrücken, ein Tropf, der Flüssigkeit in meine Adern pumpte. Ich trug ein weiches Krankenhaushemd aus Baumwolle sowie Socken und lag in frischer Bettwäsche. Wo waren meine Kleider geblieben? Wo war meine Handtasche? Ich hatte sie Pedra gegeben.

Ich sah eine offen stehende Tür, die zu einem winzigen Bad führte, ein Fenster, das Ausblick auf den Wald gewährte, und einen Metalltisch mit einem Pappbecher für Kaffee darauf, den das Logo von *Shadow Café* zierte.

In welchem Krankenhaus war ich? Wie lange war ich bewusstlos gewesen? Nach dem Stand der blassen Sonne zu urteilen, war ich mir sicher, dass wir Nachmittag hatten. Eine ferne Stimme tönte über die Sprechanlage; Schuhe mit weichen, quietschenden Sohlen gingen am Zimmer vorbei, und sogar durch die Maske hindurch bekam ich den Geruch von Alkohol und Medizin mit.

Vor der Tür sprach jemand mit einer tiefen, vertrauten Stimme. Ich wollte mich aufsetzen, aber mein Körper fühlte sich bleischwer an. Vereinzelte Worte trieben zu mir.

»... muss bei ihr bleiben«, sagte er. »Ich weiß nicht, wie lange. Sie ist meine *Frau!*«

Ich zog die Maske herunter und rief: »Johnny!« Ich hatte das Wort leise und krächzend hervorgebracht, aber irgendwie hörte er mich trotzdem. Er eilte ins Zimmer und steckte dabei das Handy in die Jackentasche. Unter der geöffneten Jacke trug er ein zerknittertes weißes Anzughemd und eine schwarze Hose. Die dunklen Haare waren zerzaust, das Gesicht blass und abgespannt. Trotz des ungepflegten Aussehens verströmte er eine kraftvolle Männlichkeit, ein verzauberndes Charisma. Die strahlend blauen Augen waren von Sorge erfüllt, während er sich übers Bett beugte und mich umarmte.

»Sarah«, sagte er. Er küsste mich auf die Wange, auf die Lippen, und ich schlang meine Arme um seinen Hals. Wie sehr hatte ich es vermisst, ihn anzufassen, den Kiefernduft auf seiner Haut zu riechen!

»Wo bin ich?«, flüsterte ich ihm ins Ohr.

»Im Cove-Krankenhaus. Du hast eine Gehirnerschütterung. Ein herabstürzender Balken hat dich am Kopf erwischt.«

Das letzte, woran ich mich erinnerte, war, dass ich Mia an Pedra weitergereicht hatte. »Wie lange bin ich schon hier?«

Er blickte auf seine Armbanduhr, deren silbernes Band im Licht glänzte. »Es ist beinahe zwei Uhr.« Er setzte sich auf den Stuhl am Bett und hielt dabei weiter meine Hand.

Ich fühlte mich wie ein trockenes Blatt, das im Begriff stand, fortgeweht zu werden. »Was ist mit den Kimballs? Mit Chad und Monique?«

»Sie …« Seine Stimme versiegte, und sein Blick war voller Schmerz.

»Was willst du damit sagen?«

Er schüttelte den Kopf und drückte meine Hand fest. Seine gequälte Miene verriet ohnehin alles. Ich war benommen und suchte in Gedanken nach dem Bild von Monique, sah ihr lebhaftes Lächeln, ihr schimmerndes Kleid, wie alles an ihr in fließender Bewegung war. »Nein. Das ist unmöglich.«

»Es tut mir so leid«, flüsterte er.

Ich holte bebend Luft, und Tränen liefen mir über die Wangen. Eine Erinnerung an eine ganz normale Situation stieg in mir auf, wie Chad Pfeffer von einem Lachssteak strich, das Monique zum Grillen mariniert hatte. Chad verabscheute Pfeffer. Wie war es nur möglich, dass beide nicht mehr da waren? »Wie geht es Mia?«

»Ganz gut.«

»Aber sie hat jetzt keine Eltern mehr. Sie …«

»Sie ist bei ihrer Großmutter.« Er setzte sich zu mir aufs Bett, und die Matratze sank tief ein. Er zog mich in seine Arme.

»Was ist mit all den anderen?«

»Den Nachbarn? Denen geht es allen gut. Ich habe deiner Mutter eine Nachricht geschickt. Sie ist unterwegs nach Nairobi, um an ein Telefon zu gelangen.«

»Ich möchte nicht, dass sie sich Sorgen macht …«

»Du weißt doch, dass sie das sowieso tut.« Er reichte mir ein zerknülltes Papiertaschentuch aus seiner Hosentasche. »Was zum Teufel ist passiert?«

Ich wischte mir die Wangen ab. »Ich habe keine Ahnung. Alles war in Ordnung … bis mich ein Geräusch geweckt hat.«

»Was für ein Geräusch?«

»Eine Explosion oder so. Wie sieht unser Haus aus?«

Er verschränkte die Finger mit meinen. »Ziemlich beschädigt. Okay, es ist zerstört.«

»Richtig? Aber die Feuerwehr war doch unterwegs …«

»Das Obergeschoss stand schon in Flammen. Sie konnten es nicht mehr retten. Das Haus ist zumindest nicht mehr bewohnbar.«

Ich erinnerte mich an brennende Glut, die der Wind hinübergetragen hatte. Aber wie konnte unser ganzes Haus vernichtet worden sein? Wie konnten Monique und Chad ums Leben gekommen sein? Das Zimmer um mich herum schrumpfte; die Stimmen vom Flur erzeugten Schmerz in meinem Trommelfell. »Wann können wir zurück? Ich muss mir ansehen, was …«

»Du musst ein paar Tage hierbleiben. Wir können zurückkehren, sobald wir wissen, dass dein Kopf wieder okay ist.«

Ich stieß ein trockenes freudloses Lachen aus. »Mein Kopf wird nicht wieder okay werden, nie wieder.«

»Es tut mir so leid.« Ein leises Summen ertönte in seiner Tasche. Er holte sein Mobiltelefon hervor, blickte aufs Display und schob das Gerät in die Tasche zurück. »Die Versicherung für das Haus. Ich rufe sie später an.«

»Du hast schon mit ihnen gesprochen?« Aber natürlich hatte er das. Johnny war von jeher praktisch veranlagt. Er dachte voraus, eine Eigenschaft, die ich an ihm bewunderte.

»Ich musste sicherstellen, dass unsere Miete für eine vorläufige Unterkunft gedeckt ist«, sagte er. »Ich habe auch mit Puget Sound Energy gesprochen, dem Versorgungsunternehmen des Countys. Strom und Wasser sind abgeschaltet worden. Es ist alles weg.«

Aber nein, nicht alles. Nicht unser Gedächtnis, nicht meine vollständige Erinnerung daran, wie ich Johnnys Haus zum ersten Mal betreten hatte. Er hatte mich bei unserer zweiten Verabredung zum Abendessen eingeladen und sich meine Lieblingspflanze zugelegt, eine türkisfarbene Topfhortensie. Er hatte nur vergessen, das Preisschild zu entfernen. Mit seinem Bemühen, mich zu beeindrucken, gewann er jedoch mein Herz, besonders als ihm die Lasagne anbrannte. Letztlich verspeisten wir bei Kerzenlicht Erdnussbutter-Sandwiches. Ich lachte über seine Witze, erzählte ihm alles über Miracle Mouse. Er hörte mir gebannt zu, hing förmlich an meinen Lippen und jagte mir Hitzeschauer durch den Körper. Seine von langen Wimpern eingerahmten Augen blickten mich bedeutungsvoll an. Wenig später hatte das Geplauder aufgehört. Jetzt mussten wir uns an die Erinnerungen klammern – sie waren alles, was uns blieb, um weiterzumachen.

4

Mein Körper und mein Gehirn brauchten Zeit, um zu heilen, erklärte mir der Neurologe. Er war ein vogelhafter Mann mit großen Brillengläsern und Stirnglatze. Er wiederholte, was Johnny mir schon mitgeteilt hatte: ich hatte eine Gehirnerschütterung, eine leichte Form einer Hirnverletzung. Ich würde einige Tage zur Beobachtung im Krankenhaus bleiben müssen. Möglicherweise würde ich auch Kopfschmerzen oder Schwindelanfälle bekommen, und es konnte auch sein, dass mein Kurzzeitgedächtnis vorübergehend in Mitleidenschaft gezogen werden würde.

In der folgenden Nacht schlief ich unruhig, wurde zwischendurch immer wieder wach. Wann immer ich schweißbedeckt zu mir kam, hallten noch die Reste von Träumen in mir nach, zupften an den Rändern meines Bewusstseins. Nein, keine Träume. Albträume. Kurze Eindrücke von Flammen, herabstürzenden Balken, der flackernden Glut rings um Mias Schlafzimmertür. Manchmal träumte ich, wir wären wieder zu Hause, wo das weiße Christophskraut im Mondlicht schimmerte, Monique auf der Veranda stand und ihr der Wind die Haare ins Gesicht wehte.

Johnny trauerte auf seine eigene stille Weise. Er ignorierte das Gästebett, das die Krankenschwester für ihn aufgestellt hatte, schlief stattdessen neben mir und hielt mich fest. Am nächsten Morgen stand er früh auf und duschte in dem winzigen Badezimmer. Sein Koffer lag auf einem Klapptisch; darin waren immer noch die Sachen für seine Konferenz: Anzüge, Krawatten und dazu passende Socken.

Er begab sich nach draußen, um ein paar Dinge zu erledigen, und kehrte mit schlecht sitzenden Kleidungsstücken sowie Toilettenartikeln und Zeitschriften für mich zurück. Dankbar dafür, dass das Handy heil geblieben war, rief ich meine Voicemails ab und beantwortete Anrufe von Freunden, darunter eine tränenreiche Nachricht von Natalie, die in Neu-Delhi angekommen war. »Ich komme nach Hause«, sagte sie. »Habe ich dir nicht gesagt, dass so etwas passieren würde? Na?«

»Es ist aber kein Baum auf unser Haus gefallen«, erklärte ich ihr.

»Aber es hat dich etwas am Kopf getroffen. Es hätte auch ein Ast sein können.«

»Vermutlich, aber …«

»Das hier ist noch nicht vorbei. Ich spüre, dass noch etwas Schlimmeres kommt. Nur wird es diesmal kein Baum oder Feuer sein. Es wird weniger eindeutig sein, dafür aber hinterhältiger.«

»Du siehst zu viele Horrorfilme«, sagte ich. »Du und Dan, ihr solltet eure Zeit in Indien genießen. Wir sehen uns in ein paar Monaten.« Ich trennte die Verbindung, ehe Natalie Einwände erheben konnte, und rief meine Lektorin an. Als ich behauptete, okay zu sein, sprach allerdings jemand anderes mit meiner Zunge, eine andere Sarah, eine Schattenbotin, die dazu diente, der Welt etwas vorzumachen.

Meine Mutter rief wenige Stunden später an, nachdem sie Nairobi erreicht hatte. Ihre ferne Stimme hallte über die Kontinente. »Ich mache mir Sorgen um dich.«

»Mir geht es gut«, log ich. Noch immer hatte ich Kopfschmerzen, und meine Gedanken waren nach wie vor nicht ganz klar.

»Warum fahrt ihr nicht zu uns nach Hause? Ihr könnt dort bleiben, solange ihr möchtet. Dein Zimmer ist bereit. Du findest den Schlüssel unter der Schildkröte.«

Sie hatte die graue Schildkröte aus Stein gekauft, bevor mein Vater ausgezogen war. Ich war damals neun gewesen. Mutter und ich waren in dem Haus in Portland, Oregon, geblieben, einem traditionellen amerikanischen Bungalow im Craftsman-Stil, bis ich im Alter von achtzehn Jahren ausgezogen war. Jetzt sehnte ich mich plötzlich nach meinem Kinderzimmer mit der schönen Aussicht auf eine bewaldete Schlucht.

»Lieb von dir, dass du mir das anbietest«, sagte ich. »Es ist aber zu weit weg. Wir finden hier etwas. Auch wenn es eine Weile dauern wird, bis wir wieder auf den Beinen sind.«

»Ich komme zurück.«

»Nicht nötig. Es geht uns gut.« Meine Mutter würde uns nur im Weg stehen. Sie würde versuchen zu helfen, aber ich würde ihre Sehnsucht spüren zu reisen, und außerdem konnte sie in ihrem Dorf in Kenia mehr Gutes bewirken: sie brachte tauben Kindern die Gebärdensprache bei.

»Ich liebe dich«, sagte meine Mutter mit stockender Stimme.

»Ich liebe dich auch.« Ich legte auf und hatte Tränen in den Augen.

Besucher stellten sich ein, darunter Pedra und Jessie Ramirez, die mir eine Vase mit einem bunten Blumenstrauß und eine Grußkarte mit einem Bild von Wonder Woman brachten. Auf der Karte stand:

Lieb und fürsorglich, eine Wahnsinnsfrau dazu,
die die kleine Mia rettet,
das bist du.

Fast alle, die in der Sitka Lane wohnten, hatten die Karte unterschrieben. *Komm bald zu uns zurück. Du bist eine Heldin. Wir lieben dich.*

Ich brach in Tränen aus. Ich fühlte mich gar nicht wie eine Heldin. Was, wenn ich die Leiter früher hochgestiegen wäre? Hätte ich dann auch Chad und Monique retten können? Was geschehen war, war geschehen. Pedra, Jessie und ich weinten in meinem Zimmer im Krankenhaus zusammen, hielten uns aneinander fest und weinten um das, was gerettet worden war, wie auch um das, was verloren war.

Bevor ich am nächsten Tag entlassen werden konnte, kam der Arzt noch einmal in mein Zimmer, während Johnny gerade nicht da war. Er nahm eine kurze neurologische Untersuchung vor, prüfte meine Reflexe und Reaktionen – Tastgefühl, Gehör, Geruch, Geschmack, Geräusche.

Funktionierte mein Körper nicht mehr so wie vorher? Konnte ich mich nicht mehr auf meine eigenen Sinne verlassen? Vielleicht nicht. Ich war mitten in der Nacht wach geworden und hatte einen Schatten im Türspalt erblickt. Der Schatten eines Mannes? Aber Johnny hatte ja neben mir im Bett gelegen und leise geschnarcht. Entsetzt hatte ich die Augen zugekniffen, und als ich sie eine Minute später wieder geöffnet hatte, war der Mann verschwunden. Vielleicht hatte ich alles nur geträumt. Oder mir alles nur eingebildet.

Nachdem der Arzt meinen Gleichgewichtssinn und meine Körperkraft geprüft hatte, gab er seine Zustimmung, dass ich das Krankenhaus verlassen konnte. »Aber Sie müssen sich noch ausruhen«, sagte er. »Sie dürfen eine Weile keine anstrengenden körperlichen und geistigen Arbeiten verrichten.«

»Es erscheint bald ein neues Buch von mir. Signierstunden stehen an …«

»Sagen Sie sie ab.«

»Aber damit verdiene ich mein Geld.« Ich konnte den Verstand nicht abschalten. Meine Nervenzellen und Synapsen fühlten sich sogar aktiver an als sonst.

»Wenigstens für einige Wochen.« Und dann verschwand er, als Johnny mit Einkaufstüten zurückkehrte, die er neben den Geschenken von Freunden auf den Tisch stellte.

»Ich bin entlassen«, sagte ich. »Fahren wir zu unserem Haus.«

Johnnys Blick verdüsterte sich. »Vergiss nicht, da steht kein Haus mehr.«

»Ich muss es mir trotzdem ansehen.«

»Wenn du meinst. Warte hier. Ich bin gleich wieder da.« Er ließ sein Mobiltelefon auf dem Tisch liegen, ging ins Bad und schloss die Tür hinter sich. Einen Augenblick später summte das Telefon. Eine unbekannte Nummer leuchtete im Display auf. Ich nahm das Gespräch an. »Hallo? Dies ist Dr. McDonalds Apparat.«

Das Freizeichen plärrte mir ins Ohr. Der Text ANRUF BEENDET erhellte das Display in strahlend roten Buchstaben. Dann ging die Toilettenspülung, und Johnny tauchte wieder auf. »Wer war das?«, fragte er, während er sich am Waschbecken die Hände wusch.

»Ich weiß nicht. Hat sofort aufgelegt.«

Seine Mundwinkel sanken, und er runzelte die Stirn. »Das ist merkwürdig. Ich hatte in letzter Zeit häufiger solche Anrufe.« Er riss ein Papierhandtuch von der Rolle und trocknete sich die Hände ab.

»Wirst du von jemandem belästigt?« Ich legte das Telefon auf den Tisch zurück.

»Hin und wieder. Aber irgendwann geben sie auf.« Er warf das Papierhandtuch in den Mülleimer, trat hinter mich und schlang seine Arme um meine Taille. Wir starrten in den Spiegel. Johnny wirkte abgemagert, und Sorgenfalten hatten sich um seine Augen gebildet. Er hatte zu hart gearbeitet, zu wenig geschlafen.

»Es geht mir gut genug, dass ich dir jetzt helfen kann«, sagte ich, hob die Hand und berührte seine Bartstoppeln. »Du brauchst dich nicht um alles allein zu kümmern.«

»Das macht mir nichts aus. Der Doc sagte, dass du Ruhe brauchst.«

»Wir können die nötigen Entscheidungen trotzdem gemeinsam fällen.« Er hatte jedoch recht. Ich erkannte mich im Spiegel kaum noch wieder – meine Haut war fahl, die Augen waren eingesunken, die Haare hingen schlaff herunter. Auf dem Foto in meinen Büchern hüpfte mir das glänzende Haar über die Schultern, und ich strahlte regelrecht.

»Wir müssen uns entscheiden, wo wir wohnen werden«, sagte Johnny.

»Zu Hause. Ich möchte nach Hause.« Ich lehnte mich mit dem Rücken an seine Brust, spürte eine schmerzhafte Nostalgie in mir aufsteigen.

Johnny küsste mich auf den Scheitel. »Wir können in den Trümmern nicht schlafen.« Genau das wollte ich aber. Mit schierer Willenskraft würde ich die Asche dazu bringen, sich zu erheben und so wieder zusammenzusetzen, dass sich die vertrauten Gegenstände unseres Zuhauses wieder neu gestalteten.

Ich drehte mich um und blickte ihm in die Augen. »Ich weiß, dass es schwer wird, aber …«

»Wir können anderswo neu anfangen«, sagte Johnny. »Wir können in diese Stadt ziehen, wo es das ganze Jahr lang regnet. Forks, wo sie diese Vampirfilme gedreht haben. Es ist dort so nass, dass dort niemals irgendetwas brennen kann.«

»Du hast Verpflichtungen. Die Klinik.«

»Ich werde die Klinik dazu bringen, mit umzuziehen.«

»Aber deine Patienten können nicht mit dir umziehen. Sie verlassen sich auf dich.«

»Schsch.« Johnny legte einen Finger an meine Lippen. »Reden wir später darüber. Zunächst einmal habe ich etwas am anderen Ende der Stadt gemietet.«

»Dort warst du also den ganzen Tag.«

»Nicht den *ganzen* Tag.«

Aus dieser Nähe konnte ich sein Gesicht deutlich erkennen – die dichten Wimpern, das kaum sichtbare weiße Muttermal auf der Stirn, die dunklen Bartstoppeln an seinem Kiefer.

»Wie hast du nur so schnell etwas gefunden?«

»Ich habe Maude getroffen. Sie war draußen und hat Schutt von ihrem Rasen gespritzt. Sie sagte, Eris Coghlan würde am anderen Ende der Stadt etwas haben, das zur Vermietung steht. Du weißt doch, die Maklerin? Also habe ich sie angerufen. Wie sich herausstellte, hat sie ein Cottage, das zwar nur teilmöbliert, aber frei ist. Wir können jederzeit einziehen. Es liegt in einer ruhigen Sackgasse.«

»Du warst schon dort?« In meinem Kopf drehte sich wieder alles. Johnny war so tüchtig. Gewöhnlich begrüßte ich es, wenn ich wusste, dass er sich um alles kümmerte. Ich war auch jetzt dankbar dafür, dass wir irgendwo unterkommen konnten, also wieso empfand ich so viel Unbehagen? Vielleicht, weil Johnny und ich obdachlos waren, dazu gezwungen, uns auf die Güte anderer zu verlassen.

»Ich habe mir das Cottage angesehen, ja«, sagte er. »Es ist klein, hat aber einen gewissen Charme. Nachdem wir in der Sitka Lane vorbeigeschaut haben, fahre ich dich dorthin. Du kannst es dir ansehen und selbst entscheiden.«

»Ich bin sicher, dass es perfekt ist«, sagte ich. Die Zuflucht würde ein Segen sein. Veränderungen entstanden aus Notwendigkeit. Ich musste jetzt praktisch denken.

5

Auf der Fahrt zurück zur Sitka Lane musterte ich die Fußgänger, die auf den Bürgersteigen der Waterfront Road spazieren gingen, in Schaufenster blickten und Eiskaffee tranken, als würde ihr Leben immer so normal verlaufen. Trockene Blätter wirbelten über die Rinnsteine, Ahorn, der die tiefen Tönungen von Gold und Rot angenommen hatte. Der Herbst zeigte sich in seinen leuchtenden Farben, aber früher oder später würde er in den Winter übergehen, und die Bäume würden keinerlei Blätter mehr tragen.

Johnny fuhr durch den alten Teil der Stadt nach Westen, wo Häuser im viktorianischen Stil standen, errichtet zur Blütezeit der Holzindustrie vor hundert Jahren. Es war fast sieben Uhr abends, und der Mond ging hinter uns auf, während der Sonnenuntergang als verwaschenes Rosarot am westlichen Horizont zu sehen war. Als Johnny in die Sitka Lane einbog, flatterte mein Herz vor lauter Nervosität. Was war von den beiden Häusern wohl übrig geblieben? Johnny parkte am Bordstein und nahm meine Hand.

Der Schaden war schlimmer, als ich erwartet hatte. Wie konnten diese grauenhaften Überreste jemals unser Haus gewesen sein? Fensterscheiben waren herausgeplatzt, die Hausverkleidung geschwärzt und voller Streifen von den

Wasserschäden, und das Dach war eingestürzt. Das alles hier erinnerte an eine Müllhalde, umgeben von den gelben Absperrbändern der Feuerwehr. Der Gestank von verbranntem Holz und verbrannten Stoffen hing noch in der Luft.

Das Haus der Kimballs nebenan war nur noch ein Gerippe. Zwei Brandermittler in Schutzanzügen arbeiteten sich gerade durch die Trümmer. Ansonsten war es still in dieser Gegend, die ruhig im Schatten der hohen Tannen lag, aber ich spürte, dass Menschen aus ihren Fenstern spähten. Erinnerungen an die Nacht des Feuers überwältigten mich wieder – all die Flammen, all der Rauch. Chad und Monique gefangen in ihrem Haus, wo sie langsam erstickten.

»Erde an Sarah: bist du da?« Johnnys Stimme hallte durch einen langen Tunnel zu mir.

»Ich bin hier«, sagte ich, aber in Gedanken stand ich wieder mit Mia in den Armen auf der Leiter. »Gehen wir.«

»Möchtest du dir nicht ansehen, was …«

»Jetzt nicht.«

Johnny fuhr los. »Ich hätte dich nicht herfahren sollen.«

»Ich wollte es doch. Ich hätte in der Nacht mehr tun müssen …«

»Du hast getan, was du konntest.«

Ich nickte, denn ich traute mir selbst nicht, etwas zu sagen, ohne dabei in Tränen auszubrechen. Während Johnny durch die Stadt zurückfuhr und dabei den Weg nahm, den wir gekommen waren, öffnete ich das Fenster und sog die frische Luft ein. Johnny fuhr Richtung Osten in eine dicht bewaldete Gegend und bog in eine schmale, baumbestandene Straße ein. Auf dem Straßenschild stand Shadow Bluff Lane, und ein kleineres Schild verkündete ›Sackgasse – keine Ausfahrt möglich‹. Johnny bremste vor einem eindrucksvollen, weißen viktorianischen Herrenhaus mit blassgrüner Verkleidung. In der Einfahrt packten gerade Männer in Overalls Gegenstände auf einen blauen Lieferwagen.

»Das Haus gehört Eris Coghlan«, sagte Johnny.

Ich beugte mich aus dem Fenster, um einen besseren Blick darauf zu erhaschen. »Lebt sie allein?«

»Ja. Sie ist geschieden. Ich weiß nicht, ob sie Kinder hat.« Linker Hand, auf der anderen Straßenseite, erstreckte sich dichter Wald.

Johnny fuhr an einem weiteren Bestand mit hohen Tannen vorbei und deutete schließlich auf ein moosfarbenes Cottage rechts von uns, das ein Stück von der Straße zurückgesetzt lag und von einem Puffer aus Wald umgeben war. »Das hier ist das Haus, das ich gemietet habe.«

»Das Haus ist ein Märchen«, sagte ich, während er in der Einfahrt parkte. Durch die Bäume sah ich das Haus eines weiteren Nachbarn am Ende der Sackgasse – ein modernes Nurdachhaus aus Zedern und mit großen Fenstern.

Johnnys Schultern entspannten sich. »Bist du sicher? Sei ehrlich. Wir können immer noch in ein Hotel ziehen.«

»Ich bin ehrlich.«

»Es hat nur zwei Schlafzimmer, ein Bad–«

»Brauchen wir mehr? Ich habe als Studentin in einem einzigen Zimmer gewohnt. Es war damals gut genug, und jetzt ist auch das hier gut genug.«

»Es hat zumindest mehr als nur ein Zimmer.« Er stieg aus und holte unser spärliches Gepäck aus dem Kofferraum, ließ aber die Geschenke auf der Rückbank stehen. Gemeinsam stiegen wir die knarrende Holztreppe zum klapprigen Vorbau hoch. Vögel zwitscherten in den Bäumen, und irgendein größeres Tier raschelte im Unterholz ganz in der Nähe. In der Ferne rauschte ein Fluss, der aus den Vorbergen der Olympic Mountains kam.

Johnny steckte den Schlüssel ins Schloss. Die Tür ging auf, und er wuchtete die Koffer ins Haus und stellte sie in der Diele ab. Dann lehnte er sich an die geöffnete Tür. »Das ist es. Was denkst du?«

Ich trat ein. Das Cottage öffnete sich zu einem hellen, blassgelb gestrichenen Wohnzimmer mit frisch gewischten Eichenbohlen. Über dem Geruch von Reinigungs- und Politurmitteln konnte ich den unterschwelligen Hauch von Verfall und altem Holz ausmachen. Ein Erkerfenster mit einem diagonalen Sprung in der Scheibe gab den Blick frei auf eine Rasenfläche mit einer Reifenschaukel, die an einer großen Tanne aufgehängt war. Dahinter erstreckte sich der Wald.

Johnny trat hinter mich und legte mir die Arme um die Taille. Ich spürte seinen Brustkorb an meinen Rücken und überließ mich seiner Wärme. Seine Lippen berührten die empfindsame Stelle am Halsansatz, und ich holte scharf Luft. Er kannte mich so gut! Ich drehte mich zu ihm um, und er küsste mich mit festen und drängenden Lippen. Da war etwas Elektrisierendes an ihm, wie eine Unterströmung von Energie. Ein zarter, mir unbekannter Duft strömte von ihm aus – vielleicht Sandelholz. Benutzte er ein neues Aftershave?

»Entschuldigung … Dr. McDonald?« Eine wohlklingende Stimme unterbrach uns. »Oh, verzeihen Sie die Störung! Ich komme später wieder.«

»Oh nein, wir müssen uns entschuldigen«, sagte ich und wich mit geröteten Wangen zurück. Auf der Veranda vor dem Haus stand Eris Coghlan, eine sportliche und elegante Frau in Jeans, Turnschuhen und einer türkisfarbenen kurzärmligen Bluse. Ich hatte sie schon häufiger in der Sitka Lane gesehen, wenn sie Interessenten das Eckhaus gezeigt hatte, aber noch nie mit ihr gesprochen. Die glänzenden rostbraunen Haare fielen ihr in weichen Wellen auf die Schultern. Sie stand aufrecht und kraftvoll da, verströmte eine gewinnende Mischung aus Ehrgeiz und Verbindlichkeit.

Johnny schüttelte ihr die Hand. »Eris. Das ist meine Frau Sarah.«

»Freut mich, Sie kennenzulernen«, sagte Eris und schüttelte mir mit ihren kühlen Fingern ebenfalls die Hand.

»Ich habe viel von Ihnen gehört«, sagte ich.

»Nur Gutes, hoffe ich.« Eris lachte weich – auf eine Weise, die authentisch und ungekünstelt klang.

»Nur das Beste. Meinen Glückwunsch zum Verkauf des Hauses in der Sitka Lane.«

»Das Haus hat sich von selbst verkauft. Es ist einfach ein schöner Bau an einer schönen Straße.« Ihr Blick verdüsterte sich. »Das mit dem Feuer tut mir wirklich leid.«

Ich nickte und spürte, wie meine Kehle wieder trocken wurde. »Danke.«

Johnnys Miene blieb ausdruckslos, aber ich sah, dass seine Lider zuckten.

Eris lächelte. »Pedra Ramirez hat gesagt, Sie wären Autorin und würden unter ihrem Mädchennamen Bücher schreiben?«

»Phoenix«, sagte ich erleichtert über den Themenwechsel.

»Ich hoffe, Sie finden hier die nötige Ruhe zum Schreiben. Möchten Sie, dass ich Sie durch das Cottage führe?«

»Das wäre wundervoll.« Ich trat zur Seite und ließ Eris an mir vorbeigehen. Ein Hauch von leichtem Parfüm wehte hinter ihr her. Sie wies uns auf die Eigenarten des Cottages hin, angefangen vom wählerischen Thermostat im Wohnzimmer über das klemmende Fenster in der Küche bis hin zur temperamentvollen Toilettenspülung. »Ich schicke meinen Handwerker, der alles in Ordnung bringen wird. Ich hatte nicht damit gerechnet, es zu vermieten.«

»Es ist perfekt«, sagte ich. »Danke, dass Sie es uns so kurzfristig zur Verfügung stellen.«

»Ich wünschte, ich könnte Ihnen noch mehr helfen.« Sie zeigte uns das Schlafzimmer an der Rückseite des Hauses mit dem Queen-Size-Doppelbett und zwei Nachttischen, ging dann voraus ins vordere Schlafzimmer, das sie zum Büro umfunktioniert und mit einem Arbeitstisch, Regalen und einem Ruhesessel in der Ecke ausgestattet hatte. Durch das Fenster sah ich eine Frau durch die Einfahrt herkommen; sie trug eine schwarze Kapuzenjacke und hielt einen Umschlag in der Hand.

Eris blickte nach draußen. »Ich frage mich, was sie möchte.« Die Frau kam auf die Veranda und schob die Kapuze zurück. Sie war so schön, dass es mir schier den Atem verschlug. Sie wirkte mit ihren schwarzen Haaren und der Elfenbeinhaut so exotisch und sinnlich, dass ich mich an die junge Elizabeth Taylor erinnert fühlte.

Eris führte die Frau ins Haus. »Theresa Minkowski, das hier sind eure neuen Nachbarn: Johnny McDonald und Sarah Phoenix.«

»Angenehm.« Johnny schüttelte Theresa die Hand, hielt sie einen Moment länger fest als nötig. Ein Schatten von Erkenntnis flackerte in seinem Gesicht auf, aber es war ihm nicht anzusehen, ob er sie persönlich kannte. Vielleicht war sie eine ehemalige Patientin von ihm. Er hatte schon fast jeden Bewohner dieser Stadt wegen des einen oder anderen Hautleidens behandelt.

»Willkommen in dieser Straße.« Theresa zog ihre Hand zurück und schüttelte meine. Ihre Finger fühlten sich warm und weich an.

»Wir sind verheiratet«, erklärte ich. »Johnny und ich.«

»Aber sie haben verschiedene Nachnamen«, ergänzte Eris.

Theresa lächelte. »Ich habe den Namen meines Mannes angenommen. Er und unser Sohn heißen beide Kadin. Wir wohnen in dem Nurdachhaus unten an der Straße.«

»Da haben Sie es«, sagte Eris.

Theresa reichte ihr den Umschlag. »Wir haben wieder mal deine Post erhalten.«

»Ach du meine Güte. Ich muss unbedingt dem neuen Briefträger Bescheid sagen.« Während Eris den Umschlag in ihre Tasche steckte, erhaschte ich einen Blick auf die erste Zeile des Absenders. *Anwälte.*

Theresa rieb sich die behandschuhten Hände und lächelte mich an. »Dann sehen wir uns morgen?«

»Morgen?« Johnny fing ihren Blick auf.

Eris lachte. »Sie ist mir zuvorgekommen. Ich hatte vor, Sie beide morgen zum Abendessen einzuladen.«

»Wir freuen uns über die Einladung, aber …« Ich sah Johnny an und hoffte auf einen Ausweg. Ich hatte nicht die Energie für ein geselliges Beisammensein.

Er nickte und lächelte. »Aber gern. Unser Küchenschrank ist ohnehin noch leer.«

»Aber …«, begann ich.

»Schön«, sagte Eris. »Dann gegen sieben.«

»Bis dann«, sagte Theresa und trat auf die Veranda hinaus. »Sieht aus, als käme noch jemand zu Besuch.«

Ein Transporter mit der Aufschrift »County Fire Marshal« kroch die Einfahrt herauf und parkte hinter Johnnys RAV4. Mein Magen verwandelte sich in nervösen Brei. Ich war nicht bereit, den Brand noch einmal zu durchleben und Fragen zu beantworten, aber es schien, als bliebe mir keine andere Wahl.

6

»Ryan Greene«, stellte sich der Brandermittler mit tiefer, klingender Stimme vor. Wie er mit dem Tablet in der Hand so dastand, überragte er Johnny, der fast eins achtzig groß war, um einige Zentimeter. Ich konnte nicht umhin, ihn anzustarren: er hatte kurz geschorene kastanienbraune Haare und entsprach durchaus dem Klischee schroffer Schönheit mit seinem kantigen Unterkiefer, dem leichten Höcker auf der Nase und einem kräftigen, athletischen Körperbau. Er wirkte wie jemand, der sowohl Gewichte stemmte wie auch Berge bestieg – womöglich sogar beides gleichzeitig. Eris und Theresa hatten sich in der Zwischenzeit eilig verabschiedet.

Ich lief rot an und zwang mich zu einem Lächeln. »Sarah Phoenix.«

Er schüttelte mir so fest die Hand, dass ich sie kaum noch bewegen konnte. »Tut mir leid, was Sie erleben mussten, Ma'am. Wie geht es Ihnen?« Er ließ meine Hand los und blickte auf meine Stirn. Ich fasste mir verlegen an den Verband.

»Schon besser, danke.« Besser war ein relativer Begriff.

»Kann ich Ihnen etwas anbieten?«, fragte Johnny. »Ein Glas bestes Leitungswasser? Wir sind noch nicht zum Einkaufen gekommen.«

»Nein, danke«, sagte Mr Greene. »Können wir uns irgendwo miteinander unterhalten?«

Ich deutete zum Wohnzimmer, und wir gingen gemeinsam über den knarrenden Holzboden dorthin.

Mr Greene ließ sich auf die Couch sinken, stellte das Tablet auf seine Oberschenkel. Johnny und ich nahmen ihm gegenüber in zwei Sesseln Platz. Die Lehne von meinem fühlte sich starr und unnachgiebig an.

»Wie geht es Mia?«, fragte ich. Ich sah noch immer Moniques glänzendes Kleid vor mir und hörte ihre trällernde Stimme.

Mr Greene runzelte die Stirn. »Sie kann sich glücklich schätzen, dass sie eine Nachbarin wie sie hatte.«

Konnte sie sich auch glücklich schätzen, dass sie ihre Eltern verloren hatte? »Haben Sie herausgefunden, wie es zu dem Brand gekommen ist?«

»Wir glauben, dass das Feuer vorsätzlich gelegt wurde.« Mr Greene waren keinerlei Emotionen anzumerken, keinerlei Voreingenommenheit. »Zufällige Ursachen können wir ausschließen.«

»Verdammt!«, sagte Johnny mit harter Miene.

Die Worte *vorsätzlich gelegt* rasten wie Querschläger durch meinen Kopf, und ich rang einen Augenblick lang nach Luft. »Können Sie uns mehr sagen?«

Mr Greene räusperte sich, blickte auf sein Tablet hinunter und sah dann wieder mich an. »Ich kann Ihnen derzeit noch keine Einzelheiten mitteilen, aber es ist wichtig, dass Sie mir alles erzählen, was Sie von der Brandnacht noch in Erinnerung haben, selbst wenn es Ihnen unbedeutend erscheint.«

Ich blickte durchs Fenster zum dämmernden Himmel hinauf. Was würde Mr Greene als wichtig erachten? Moniques Tonfall, während sie die Treppe hochgesehen und nach Johnny gefragt hatte? Adrian, der von Jessies Veranda aus zu uns herübergeblickt hatte? »Die Kimballs sind einige Tage früher zurückgekehrt, als sie geplant hatten. Sie waren auf Hawaii gewesen, hatten da Urlaub gemacht.«

Er tippte in sein Tablet. »Wann war das genau?«

»Zur Abenddämmerung.«

»Wissen Sie, warum sie früher zurückgekehrt sind?«

»Monique sagte nur, dass es kompliziert wäre. So was in der Art.«

»Was ist dann geschehen?«

»Sie haben hinter dem Haus gegrillt, und ich bin zu Bett gegangen. Etwa um elf habe ich ein Auto gehört, das die Straße heraufgekommen ist. Dann bin ich eingeschlafen. Später hat mich etwas geweckt – ich weiß noch, dass es siebzehn nach eins war, weil ich auf die Uhr gesehen habe.«

»Was genau hat sie geweckt?« Seine linke Augenbraue hob sich.

»Ich erinnere mich vage an ein lautes Geräusch. Vom Erdgeschoss stiegen Rauch und Flammen auf, und der Feueralarm war angesprungen. Ich habe Mia schreien gehört.«

Johnny sagte nichts, aber er war sichtlich angespannt.

Mr Greene tippte weiter in sein Tablet und blickte dann erneut zu mir auf. Sein direkter Blick verunsicherte mich. »Welche Farbe hatte der Rauch? War er schwarz, grau, weiß? Und wie sahen die Flammen aus?«

»Der Rauch war schwarz, denke ich. Es war jedoch dunkel draußen und daher schwer zu erkennen. Die Flammen waren hellorange.«

»Ist Ihnen vor Ausbruch des Feuers noch irgendwas Ungewöhnliches aufgefallen? Hat ein Hund gebellt? Ist jemand am Haus vorbeigefahren? Hat sich jemand in der Gegend herumgetrieben?«

Ich spürte, wie mich beide Männer musterten. »Monique kam zu mir, um sich Grillkohle auszuleihen. Das war aber nichts Ungewöhnliches. Sie leiht sich immer irgendetwas aus. Oder vielmehr sie *hat* sich immer irgendetwas ausgeliehen.«

»War sonst noch was?«

»Wir haben Jessie auf der anderen Straßenseite gesehen. Sie saß mit einem Jungen auf der Veranda. Ich denke, es war ihr Freund Adrian. Ihre Eltern waren nicht zu Hause, sie sind aber später rübergekommen, als es schon gebrannt hat.«

Mr Greene runzelte die Stirn, während er wieder etwas in sein Tablet schrieb. Danach hob er den Blick erneut zu mir. »Woher wissen Sie, dass Jessies Eltern vorher nicht zu Hause waren?«

»Sie fahren einen silbernen Honda. Wenn sie ausgehen, nehmen sie dazu immer dieses Auto. In der Einfahrt stand aber ein schwarzer Buick. Das ist das Auto, das Adrian fährt. Jessie hätte ihn auch nie eingeladen, wenn ihre Eltern zu Hause gewesen wären. Denken Sie, dass Jessie oder Adrian den Brand gelegt haben könnten?«

»Jessie ist ein gutes Mädchen«, sagte Johnny. »Sie würde so etwas nie tun.«

»Sie würden sich wundern«, sagte Mr Greene.

»Wir kennen Jessie«, sagte ich. Aber stimmte das? Kannte ich die Menschen, die in dieser Straße wohnten, wirklich gut genug, um zu wissen, ob sie dazu fähig waren, einen Brand zu legen? Mr Calassis? Seine Frau Maude? Chad und Monique? »Jessie hat auf das Haus aufgepasst, wenn die Kimballs in Urlaub waren. Sie hat die Post reingeholt und die Blumen gegossen. Monique hat gesagt, dass diesmal etwas gefehlt hätte. Ein goldener Füller. Er ist aber vielleicht nur hinter den Kühlschrank gefallen.«

Mr Greene hob wieder den Blick zu mir. »Haben Sie an dem Tag des Brands gesehen, das Jessie das Haus der Kimballs betreten hat?«

»Nein, aber ich sehe auch nicht ständig aus dem Fenster.«

»Sie sagten, sie hätte einen Schlüssel gehabt?«

Ich nickte. »Manchmal machen wir uns nicht die Mühe, die Türen abzuschließen. *Machten* uns nicht die Mühe. Dort passiert nie etwas … für gewöhnlich.«

»Können Sie sich irgendeinen Grund vorstellen, warum jemand das Haus der Kimballs hätte anzünden wollen?«

Johnny blickte finster drein und schüttelte den Kopf. »Ich habe nicht die leiseste Ahnung.«

»Nein«, bestätigte ich ihn. »Warum sollte überhaupt irgendwer ein Haus anzünden wollen?«

Draußen war es inzwischen völlig dunkel geworden, und es waren keinerlei Sterne am Himmel zu sehen.

»Haben Sie jemals gehört, dass die Kimballs sich gestritten

haben?«, fragte Mr Greene. »Gab es irgendwelche Hinweise auf Probleme?«

»Manchmal wurde es lauter«, sagte ich. »Aber das ist bei allen Paaren so, oder nicht?«

»Wurde es auch an diesem Abend lauter?«

»Ich habe nichts von einem Streit mitbekommen, nein.«

Mr Greene musterte mich intensiv, als versuchte er, meine Gedanken zu lesen. »Ihr Fenster stand offen. Sie haben Mia weinen gehört und sind rausgegangen …«

Ich erzählte ihm alles, was sich danach zugetragen hatte, alles, woran ich mich erinnerte. »Dann sind Flammen aus Mias Fenster geschossen und auf unser Haus übergesprungen.«

»Ein offenes Fenster kann eine Art Kamin bilden, unten die Luft einsaugen und oben den Rauch ausstoßen. Eine trockene, windige Nacht, Glut, die vom Wind getragen wird …«

»Und dafür gesorgt hat, dass unser Haus abbrennt. Ich habe Mias Fenster eingeschlagen.«

»Ihnen ist nichts anderes übrig geblieben. Sie haben das kleine Mädchen gerettet, vergessen Sie das nicht.« Mr Greene warf mir einen mitfühlenden Blick zu, und ich kämpfte erneut gegen Tränen an.

»War es vielleicht Betrug?«, fragte Johnny. »Könnten die Kimballs jemanden dafür bezahlt haben, dass er ihr eigenes Haus anzündet?«

Ich starrte ihn sprachlos an. Konnte das möglich sein?

Mr Greenes Blick wanderte von Johnny zu mir und wieder zurück. »Betrugsdelikte nehmen in letzter Zeit zu. Manche Menschen möchten einen Schlussstrich ziehen … sie ertrinken in Hypotheken, haben gerade den Job verloren oder müssen Konkurs anmelden …«

»Warum sollten sich unsere Nachbarn *selbst* umbringen?«, fragte ich. Ich konnte mir nicht vorstellen, dass Chad oder Monique auf so eine Idee gekommen waren.

»Vielleicht sind sie davon ausgegangen, dass sie rechtzeitig aus dem Haus kommen würden«, sagte Johnny. »Ich behaupte ja nicht, dass das passiert ist, aber …«

»Und Mia hätten sie allein in ihrem Zimmer gelassen?«, fragte ich scharf. »Das hätten sie nie getan.«

Mr Greene zog eine Braue hoch. »Man weiß nie. Wenn ich in meinem Beruf eines gelernt habe, dann, dass die Menschen die unglaublichsten Dinge tun können.«

»Aber die Kimballs hätten nie ihr eigenes Kind in Gefahr gebracht«, beharrte ich. Oder doch?

Mr Greene wandte sich an Johnny. »Sie waren auf einem Ärztekongress?«

»Ja«, sagte Johnny.

»In Kalifornien?«

»San Francisco.«

»Wann sind Sie hingefahren?«

»Zwei Nächte vor dem Brand. Ich bin geflogen …«

»Und wann sind Sie zurückgeflogen?«

»Ich hätte eigentlich noch zwei Tage dort bleiben sollen. Als ich Sarahs Nachricht erhielt, habe ich sie sofort zurückgerufen, aber Pedra Ramirez war am Telefon und erzählte mir, dass Sarah im Krankenhaus lag. Ich habe daraufhin den nächsten Flug hierher genommen.«

»In der Nacht?«

»Ja«, sagte Johnny. »Wieso ist das wichtig?«

Ich spannte die Schultern an.

»Sie waren also nicht da, als Ihre Frau während des Feuers zum ersten Mal angerufen hat«, sagte Mr Greene.

Johnny betrachtete Mr Greene mit einem Blick, in dem leises Bedauern stand. »Ich hatte schon früher am Abend mit ihr gesprochen, aber ja, den zweiten Anruf habe ich verpasst.«

»Mitten in der Nacht.« Mr Greene starrte Johnny an.

Johnny zuckte kein bisschen zusammen. »Eine Kollegin hatte gerade einen Patienten durch Krebs verloren. Wir waren unten in der Hotelbar.«

»Sie haben sie also getröstet?«

»So könnte man es ausdrücken.«

»Und es war eine Frau?«

»Ja, eine Kollegin«, antwortete Johnny. »Ich habe das Telefon nicht gehört. Was hat das mit dem Brand zu tun?«

Leichte Übelkeit stieg in mir auf, was vielleicht eine Nachwirkung der Gehirnerschütterung war. Johnny hatte mir das alles schon erzählt.

»Ich gehe nur alle Möglichkeiten durch.« Mr Greene warf einen Blick auf seine Uhr, stand dann auf und schob das Tablet in eine Hülle. »Danke. Ich melde mich wieder.«

Ich stand ebenfalls auf und muss wohl etwas geschwankt haben, denn Johnny legte mir einen Arm um die Taille, um mich zu stützen. »Alles in Ordnung? Brauchst du einen Schluck Wasser?«

»Ich bin ein bisschen müde.« Ich setzte mich wieder in den Sessel, während Johnny mit Mr Greene zur Tür ging.

»Danke, dass Sie sich die Zeit genommen haben«, hörte ich Mr Greene in der Diele sagen.

»Gern geschehen«, sagte Johnny kurz angebunden. Die Haustür ging knarrend auf und wieder zu. Ich war verwirrt, in meinem Kopf herrschte Durcheinander. Neue Kopfschmerzen pochten an meinen Schläfen. Ich konnte die Erinnerungen an den Brand einfach nicht abstellen – den Geruch von brennendem Holz und brennenden Chemikalien, Mias Schreie. Der Rauch. Ich dachte an die Fragen, die Mr Greene Johnny gestellt hatte und die sich darauf bezogen hatten, wo er in der Brandnacht gewesen war. Johnny würde mich nicht anlügen, er hatte so etwas noch nie getan. Ich vertraute ihm mehr als ich je irgendjemandem vertraut hatte. Er war in der Hotelbar gewesen, hatte eine Kollegin getröstet, genauso, wie er es mir erzählt hatte. Und außerdem: wo hätte er sonst gewesen sein sollen?

7

Johnny kochte überaus gern, aber all unsere abgenutzten Kochbücher, all unsere Notizen, ja, jeder Tomatenfleck auf den Seiten war verbrannt. Er war kurz zum Einkaufen in die Stadt gefahren und wollte am ersten Abend im Cottage ein Thai-Rezept aus einem neuen Kochbuch ausprobieren, das er im Buchladen von Shadow-Cove gekauft hatte.

»Ich werde nach und nach eine neue Sammlung errichten«, sagte er und schlug das Buch an einer Seite mit einem Rezept für ein Erdnuss-Curry auf. Er stellte die Zutaten auf die Anrichte. Da unsere umfangreiche Sammlung an Gewürzen dahin war – importierter Safran, biologische Gelbwurzel, Meersalz –, hatte er neue gekauft. Er summte, während er arbeitete, ein vergeblicher Versuch, Normalität herzustellen.

Ich trat hinter ihn und schlang meine Arme um seine Taille. Ich wolle seine Stärke spüren, seine vertraute Wärme. Wir mussten uns an die Rituale klammern, die das alltägliche Leben mit sich brachte. Das köchelnde Curry roch nach unserem Zuhause, es erinnerte an einen Abend im letzten Sommer, als Johnny für ein Abendessen mit den Kimballs mariniertes Hühnchen zubereitet hatte und für mich Tofu-Schnitten. Der Tofu war allerdings nicht fest genug gewesen und zerbröckelt und durch den Grill gefallen. Monique hatte daraufhin gesagt, *du brauchst Fleisch für deine Libido*, wobei sie aber Johnny angesehen hatte. Was hatte sie damit gemeint? Hatte sie andeuten wollen, dass ich Johnnys sexuelle Bedürfnisse nicht erfüllen konnte? Damals war mir diese Bemerkung kaum aufgefallen. Warum fiel sie mir jetzt wieder ein?

»Du brauchst nicht zu kochen«, sagte ich und drückte Johnnys Taille fester. »Wir hätten uns auch etwas bestellen können.«

»Ich wollte aber kochen. Ich würde gern unser Haus zurückholen, aber das Einzige, das ich tun kann, ist, etwas für dich zu kochen.«

»Es genügt, wenn du bei mir bist, mehr brauche ich nicht. Es wäre mir aber lieber gewesen, du hättest Eris' Einladung zum Essen nicht angenommen. Ich würde mich lieber verkriechen.«

»Wir müssen da nicht hingehen. Ich kann absagen.«

»Nein, lass ruhig. Sie ist so freundlich zu uns …«

»Dann bleiben wir einfach nicht lange.« Er stellte den Herd aus und legte den Pfannenwender auf die Anrichte.

»Versprich es mir.«

»Ich schwöre es!« Er drehte sich zu mir um, schlang die Arme um mich. »Ich hätte für dich da sein sollen.«

»Es war nicht deine Schuld. Du konntest ja nicht ahnen, was passieren würde.«

»Aber ich fühle mich verantwortlich.«

»Aber das bist du nicht.«

Er hob mich hoch und trug mich durch den Flur und über

die Schwelle in das winzige Schlafzimmer, als wäre dies unsere Hochzeitsnacht.

»He, was ist mit dem Abendessen?«, fragte ich, während er mich sanft aufs Bett legte.

»Das Abendessen kann warten.« Er küsste mich wieder lange und intensiv. Ich schloss die Augen, und in meiner Vorstellung veränderte sich das Schlafzimmer dieses Cottages, wurde zu unserer hell erleuchteten Suite im Haus in der Sitka Lane. Die Decke wurde zu einem Oberlicht, das den Blick auf strahlende Sternbilder freigab. Der Himmel wusste sicherlich, warum zwei Häuser abgebrannt waren. Warum zwei Menschen umgekommen waren. In meiner Vorstellung konnte ich den Schaden beheben, die Toten wiedererwecken, die Dunkelheit in Licht verwandeln. Alles war möglich.

Beinahe alles.

Während wir uns liebten, hörte ich irgendwo in der Ferne Johnnys Handy, von dem eine vertraute, flippige Melodie erklang. Er hatte schon wieder einen neuen Klingelton eingestellt. Der Text zu der Melodie fiel mir ein, während der Song von En Vogue so lange spielte, bis sich die Voicemail einschaltete. *Lies, lies … using lies as alibis – Lügen, die als Alibi dienen.*

Später aßen wir von dem handbemalten Keramikgeschirr, das zum Cottage gehörte. Wir quetschten uns in die Frühstücksnische, die so viel kleiner war als die Essecke mit unserem ausziehbaren Esstisch in der Sitka Lane. Wir hatten bei dem Eichentisch spontan zugegriffen, da es sich um ein günstiges

Angebot gehandelt hatte, weil eines der Beine etwas kürzer war als die anderen. Der Tisch war wackelig gewesen und hatte sich geneigt.

»Ich hoffe, dass einige unserer Möbel das Feuer überstanden haben«, sagte ich zu Johnny. Nachdem wir uns geliebt hatten, hatte er seine Voicemail abgehört, aber niemanden zurückgerufen.

Er holte tief Luft. »Als ich zum ersten Mal ins Haus zurückgekehrt bin, haben die Ermittler noch nach frei liegenden Drähten und ähnlichen Dingen gesucht. Aber jetzt können wir hinein.«

»Vielleicht morgen«, sagte ich.

»Nach der Arbeit, okay? Warte auf mich.«

Ich nickte, obwohl ein anderer Plan in meinem Kopf Gestalt annahm. Nach dem Abendessen machten wir zusammen die Kücher sauber, wortlos und wie ein gut eingespieltes Team. Johnny spülte die Teller ab, und ich stellte sie in den Geschirrspüler. Der viel engere Raum hier führte dazu, dass wir immer wieder fast zusammenstießen, was mein Bewusstsein für dieses Ritual schärfte.

Danach widmete ich mich der unangenehmen Aufgabe, meine spärlichen Habseligkeiten auszupacken und sie in den Schlafzimmerschrank zu hängen. Hatte mich der Luxus des begehbaren Wandschranks in der Sitka Lane verdorben? Nicht, dass ich auf Luxus aus gewesen wäre. Der Wandschrank war schon da gewesen, als ich Johnny kennengelernt hatte – die Regale hatten darauf gewartet, dass ich meine bevorzugten Baumwollpyjamas, die weichen Jeans dort ablegen konnte. Niemand hatte jemals mit ihm in diesem Haus gelebt, auch wenn ich wusste, dass er ein oder zwei ernste Beziehungen mit Frauen gehabt hatte. Was seine Vergangenheit betraf, war er stets vage gebieben, manchmal regelrecht nachdenklich. Anscheinend hatten seine Beziehungen nie lange gedauert, bis er mir begegnet war. *Da ist etwas an dir, Sarah Phoenix,* hatte er zu mir gesagt, als wir einige Wochen zusammen waren. *Etwas, das auf Dauer hinweist.*

Ich lächelte, als ich mich daran erinnerte. Johnny hatte es dann eilig gehabt, wollte schon nach wenigen Monaten, dass wir uns verloben, aber ich war vorsichtig geblieben und hatte seinen Heiratsantrag erst achtzehn Monate später angenommen. Seine Beharrlichkeit hatte sich ausgezahlt.

Ich musste jedoch zugeben, dass mir der Pullover fehlte, den meine Oma mir zu meinem fünfundzwanzigsten Geburtstag gestrickt hatte. Mir fehlte auch ihr Bild von Miracle Mouse. War irgendetwas davon übrig geblieben? Ich hatte mir bislang nicht erlaubt, darüber nachzudenken. Ein anderer Song mit einer beruhigenden Melodie tauchte in meiner Vorstellung auf: *Que sera, sera – was sein wird, wird sein.*

Johnny hatte die Geschenke ins andere Schlafzimmer gebracht, wo auch der Schreibtisch stand, den er vorübergehend benutzen würde; dort hatte ich die Karte mit dem Wonder-Woman-Text hingestellt. Ein paar Freunde hatten angerufen – Autorinnen aus meiner Schreibgruppe, ein paar Mitarbeiter von Johnny. Ihre Großzügigkeit wärmte mir das Herz, während ich das kleine Bündel von Grußkarten sichtete. *Wir denken an euch. Wir sind für euch da.*

Als ich fast bei den letzten Karten angekommen war, stieß ich auf eine besonders ungewöhnliche. Auf der Vorderseite war eine als Cartoon gezeichnete Knoblauchzehe zu sehen, die mit roten Bäckchen, weit aufgerissenen Augen und einem vor Qual schartigen Mund über einem Lagerfeuer briet. Darüber stand »Heiliger Bimbam!«. In die Innenseite der Karte hatte jemand mit einer überladenen Handschrift geschrieben:

Lieber Dr. Johnny McDonald,

versuchen Sie, diese Zeit als notwendige Vorbereitung auf etwas Wunderbares zu betrachten, das noch eintreten wird.

Die schnörkelige Unterschrift war nicht zu lesen.

Etwas Wunderbares? Notwendige Vorbereitung? Wer schrieb denn so etwas?

Ich zeigte Johnny die Karte. Er saß mit seinem Laptop in der Essecke und sichtete E-Mails.

»Von *wem* ist die?«, fragte er und musterte die Unterschrift unter dem Text genauer.

»Weißt du das nicht?«

»Nein. Zeugt jedoch eindeutig von schlechtem Geschmack. Wie könnte ein Brand als Vorbereitung zu irgendetwas Wunderbarem dienen?«

»Genau das habe ich auch gedacht.« Ich verspürte ein unangenehmes Gefühl in den Eingeweiden.

Er zerriss die Karte und warf sie zum Altpapier. »Vergessen wir sie am besten sofort wieder.«

»Schon geschehen.« Ich küsste ihn auf die Wange. »Ich lasse ein Bad ein.«

»Ich komme gleich nach«, sagte er, ohne den Blick vom Computerbildschirm zu nehmen.

Ich fand Badesalz mit Lavendelduft im Arzneischrank und füllte die Wanne. Während ich mich so tief in das heiße, beruhigende Wasser sinken ließ, dass meine Haare im Wasser schwammen, dachte ich an einen warmen Sonntagnachmittag im vergangenen Sommer, als ich im Obergeschoss das Fenster unseres Schlafzimmers geputzt hatte. Ich war auf Monique aufmerksam geworden, die in ihrem Garten rücklings in Mias Planschbecken gelegen hatte – nackt. Johnny war gerade unten in seinem Arbeitszimmer gewesen, auf der ihr gegenüberliegenden Seite des Hauses. Hatte er sie gesehen? Wollte sie, dass jemand sie sah? Vielleicht hatte sie gar nicht darüber nachgedacht, dass sie nackt war. Ich hatte mich jedoch unbehaglich gefühlt, wie eine widerwillige Voyeurin – und verglichen mit dem üppigen, sinnlichen Körper dieser Französin in unserer Nachbarschaft auch irgendwie unzulänglich.

Als ich jetzt aus dem Wasser wieder auftauchte, hörte ich Johnny im Schlafzimmer in gedämpftem Ton reden. Ohne den Stöpsel aus dem Abfluss zu ziehen, trocknete ich mich ab, wickelte mich in ein Handtuch und schlich auf Zehenspitzen zur Badezimmertür, die ich einen Spalt weit offen gelassen hatte. Geschlossene Türen hatten bei mir schon immer zu Anfällen von Klaustrophobie geführt, jetzt sogar noch stärker. Von hier aus konnte ich etwas besser verstehen, was gesprochen wurde, und ein paar vereinzelte Wörter trieben zu mir herüber.

»... so lange es dauert … Sie darf es nicht erfahren …«

Ich wich zurück und zog den Stöpsel, woraufhin das Wasser geräuschvoll ablief. Ich summte vor mich hin, als wäre alles in Ordnung, was ja auch so war, oder nicht? Mein Summen übertönte zugleich Johnnys Stimme und meine eigenen verstörenden Gedanken. Warum hatte ich gelauscht? Es kam vor, dass Johnny leiser sprach, wenn er in der Öffentlichkeit einen wichtigen Anruf erhielt. Er hatte häufig für seine Klinik Bereitschaftsdienst. Ich hatte ihn jedoch zu Hause noch nie in gedämpftem Ton reden gehört.

Als das Wasser abgelaufen war, trat Johnny ein und nahm mich in die Arme. »Verdammt, ich komme zu spät! Dabei dachte ich, wir könnten gemeinsam ein Bad nehmen.«

»Ich habe gehört, wie du mit jemandem gesprochen hast.« Ich blickte in den Spiegel, der an den Rändern noch beschlagen war.

Nach kaum merklichem Zögern sagte er. »Jup. Arbeit.« Er stand hinter mir und streichelte mir die Schultern.

»Du hast gesagt, ›so lange es dauert‹ und ›sie darf es nicht erfahren‹.«

»Das hast du alles gehört?« Er zog die Brauen hoch.

»Es klang beinahe, als ob …«

»Als ob was?« Der Dunst auf dem Spiegel löste sich auf.

»Ich dachte, du sprichst vielleicht von mir. Dass du versuchst, mir etwas zu verschweigen.«

»Dir etwas zu verschweigen?« Er lachte. »Verdammt, nein!

Ein Patient hat mich wegen der Abschleifung seiner Haut angerufen. Er möchte nicht, dass seine Frau etwas davon erfährt.«

»Es ist ihm peinlich?«

»So könnte man es ausdrücken.«

»Armer Kerl.« Ich zog mir einen Kamm durch die nassen Haare.

»Belauschst du mich häufiger, wenn ich telefoniere?«

»Nein«, sagte ich. »Ich wollte nur …« Was?

Seine Hände fielen von meinen Schultern. »Ich habe nicht von dir gesprochen.« Verdunkelte sich sein Blick im Spiegel?

»Das weiß ich doch. Fangen wir noch mal von vorn an. Wir können immer noch gemeinsam ein Bad nehmen. Ich kann neues Wasser einlassen und ein bisschen Schaum hinzufügen.«

Er wandte sich jedoch schon ab, um das Badezimmer zu verlassen.

8

Johnny schlief rasch ein, während ich wach im Bett lag und jedes Geräusch verstärkt wahrnahm – das Surren der Heizung, das Knarren des sich setzenden Gebälks, Johnnys gleichmäßige Atemzüge. Der Wind peitschte durch die Tannenzweige, und irgendwo in der Ferne schrie ein Virginia-Uhu. Monique wäre von der Eule begeistert gewesen. Felix Calassis hatte ihr Interesse an Vogelkunde geweckt. Einmal hatte sie mir erklärt, dass es im Französischen verschiedene Wörter für Eule gab: eine Eule mit büscheligen Ohren war *une chouette,* während der generelle Begriff für Eule *un hibou* lautete. Moniques Lippen hatten sich aufreizend gekräuselt, wenn sie die Worte sprach. Alles an ihr hatte vor Sexualität gebrodelt, selbst die Stimme, wenn sie bei der Arbeit im Garten gesungen hatte. *Parlez-moi d'amour. Erzähl mir von der Liebe.* Ich sah sie vor mir, wie sie auf den Fersen hockte, sich die Stirn mit dem Handrücken abwischte und ins Leere starrte. Sie hatte zu Tagträumereien geneigt. Welche unausgesprochenen Geheimnisse hatte sie mit ins Grab genommen? Welche unerfüllten Träume?

Irgendwann schlief ich ein und träumte ebenfalls, träumte vom Haus in der Sitka Lane. Mondlicht erhellte die Einzelheiten unseres vertrauten Heims. Wir waren glücklich und in

Sicherheit. Monique und Chad ging es gut. Das Feuer, der Tod – alles nur ein schrecklicher Irrtum.

Ich erwachte in der Dunkelheit und rief mir in Erinnerung, wo ich war: im Cottage in der Shadow Bluff Lane. Unser Haus existierte nicht mehr. Chad und Monique waren für immer von uns gegangen. Warum vergaß ich das immer wieder? Mit der Erkenntnis überkam mich eine tiefe Trostlosigkeit.

Leichter Brandgeruch stieg mir in die Nase. Das Fenster stand offen, und die Gardine flatterte und stieß ans Fliegengitter. *Nicht schon wieder! Das ist unmöglich!* Mein Atem wurde flach, die Finger schlossen sich zu Fäusten. Der Radiowecker zeigte in kantigen blauen Ziffern zwei Uhr morgens an. Ich tastete mit der Hand nach Johnny, aber er war nicht da. Meine Finger glitten über ein zerknittertes Bettlaken, ein leeres Kissen. Wo konnte er um diese Uhrzeit sein?

Ich stand auf, zog den neuen Bademantel und die neuen Pantoffeln an. Das Cottage verströmte ungewohnte Gerüche, nach Schimmel und einer Spur muffigem Parfüm. Seltsame Schatten glitten durchs Zimmer; die Umrisse der Möbel wurden länger und lebendig. Vielleicht kam der Rauch aus einem Nachbarhaus oder aus dem Wald. Mein Herz raste, und mir brach der Schweiß aus. »Johnny!«, rief ich. Es kam keine Antwort.

Ich fand ihn auch im Wohnzimmer nicht. Er war nicht im Cottage, schien sich in Luft aufgelöst zu haben. Ich sah aus dem Küchenfenster über den leicht abfallenden Garten hinweg zur Straße. In der Nähe von Eris' Haus flackerte eine einzelne Straßenlampe, die ein Dreieck aus mattem Licht erzeugte. Der Brandgeruch kam von irgendwo auf der anderen Straßenseite.

Johnnys Auto stand nach wie vor in der Einfahrt. Er hatte sein Handy auf dem Nachttisch zurückgelassen, aber die Regenjacke hing nicht mehr am Haken neben der Tür, und seine Laufschuhe standen auch nicht auf der Matte.

Ich fand in einer Küchenschublade eine Taschenlampe und zog mir ein Sweatshirt und Jeans, Socken und Turnschuhe an. Als ich in der kühlen Luft auf der vorderen Veranda stand, suchte ich den Vorgarten mit der Taschenlampe ab. Grillen zirpten im Gestrüpp, und ich hörte in der Ferne den Fluss rauschen. Von Johnny war nichts zu sehen, und es kam auch keine Antwort, als ich seinen Namen rief.

Der Wind wirbelte um mich herum und drängte mich mit kalten Fingern voran, als ich die von der Taschenlampe beleuchtete Einfahrt hinunterging und dann der Straße zum weißen viktorianischen Haus von Eris folgte. Während ich ihre Einfahrt hinaufging, wurde das Licht der Taschenlampe schwächer. In der Stille ragte das Haus vor mir auf, mit schwarzen, bedrohlichen Fenstern. Eine einsame Lampe brannte auf der Veranda. Wäre Johnny hier gewesen, hätte ich irgendwo im Haus Licht sehen müssen. Der Rauchgeruch nahm jetzt auch hinter mir ab, und so drehte ich mich um und kehrte den Weg zurück, den ich gekommen war.

War er in den Wald gelaufen? Hatte er einfach nur mitten in der Nacht etwas joggen wollen? Vielleicht hatte er doch keinen Schlaf gefunden. Auf halbem Weg zurück zum Cottage ging die Taschenlampe aus, und nur das magere Licht der schmalen Mondsichel wies mir jetzt noch den Weg. In der Luft hing nach wie vor der Geruch von Rauch, aber dieser hier war erdig und holzig, nicht so beißend wie der von dem brennenden Haus der Kimballs. Ich folgte weiter der grauen, leicht kurvigen Straße, und als ich mich der Einfahrt näherte, bewegte sich ein Schatten auf der Veranda.

»Johnny!«, rief ich. Ich schaltete die Taschenlampe ein und aus. Nichts. »Johnny!«, rief ich erneut. Der Schatten verschwand von der Veranda und verlor sich im Wald. Hatte ich mir nur eingebildet, dass da jemand gewesen war?

Ich lief mit pochendem Herzen die Einfahrt hinauf und stolperte fast über meine eigenen Füße. Ich stürmte durch die Haustür, schaltete mit zittrigen Fingern die Lampe auf der Veranda ein. Das Licht strömte über den Rasen. Es war niemand zu sehen.

»Johnny!«, rief ich erneut, jetzt mit fast schriller Stimme. In Eris' Haus blieb alles dunkel, aber bei den Nachbarn auf der anderen Seite ging ein Licht an. Ich glaubte, Stimmen hören zu können, die der Wind herantrug. Eine Gestalt kam aus der Richtung des Nurdachhauses die Straße entlang. Ich sollte wieder ins Haus gehen, dachte ich, und den Notruf wählen, aber dann winkte mir die Gestalt zu.

»Sarah!«

Es war Johnny.

War er im Haus der Nachbarn gewesen? Hatte er Theresa besucht?

»Ja, ich bin hier!«, rief ich. Vor Erleichterung brach ich beinahe zusammen.

Als er die Einfahrt herauflief und ins Licht trat, sah ich, dass er sich Turnschuhe, Regenjacke, Jeans und ein T-Shirt angezogen hatte. Und all das, während ich geschlafen hatte. Dabei schlief ich normalerweise nicht sehr fest. Ich wurde schon wach, wenn er nieste oder hustete. Er musste völlig leise gewesen sein, oder ich hatte tiefer als sonst geschlafen. Vielleicht hatte sich nach der Gehirnerschütterung auch meine Hirnchemie verändert.

Ich verschränkte die Arme und klapperte vor Kälte mit den Zähnen. »Wo warst du? Was ist los? Woher kommt der Rauch?«

»Ich bin rausgegangen, um nachzusehen«, sagte er leicht atemlos. »Was tust du hier draußen?«

»Ich wollte wissen, wo du bist. Wo brennt es?«

»Im Nachbarhaus.« Er umarmte mich und führte mich ins Cottage. »Der Rauch stammt aus ihrem Kamin, das ist alles.«

»Hast du mit den Nachbarn gesprochen?« Das Blut rauschte heftig in meinem Kopf.

»Ich habe aus dem Kamin Rauch aufsteigen sehen«, sagte er. »Das war alles.«

»Um diese Uhrzeit?« Ich blickte zum Fenster hinaus auf das Licht, das noch immer zwischen den Bäumen hindurchschimmerte.

»Sie sind wohl noch spät auf.« Während er mich im Vorbeigehen streifte, stieg ein unterschwelliger, seltsamer Geruch von ihm auf. Er erinnerte an eine Chemikalie, wie einen Farbverdünner. Und dann war der Geruch weg. Das Licht im Nurdachhaus ging aus und stürzte den Wald in Dunkelheit.

9

Als ich am nächsten Morgen wach wurde, war Johnny vom Joggen schon zurück. Ich saß im Pyjama in der Essecke, während er Bagels und Rahmkäse zubereitete. Dieses Viertel wirkte sicher und harmlos, die Bäume wohlwollend, und die Zaunkönige zwitscherten im Unterholz. Aus dem Schornstein der Nachbarn stieg kein Rauch auf.

Johnny reichte mir eine Tasse Kaffee. Er wirkte dunkler als sonst und schmeckte ungewöhnlich süß.

»Das liegt an der Sojamilch«, erklärte Johnny. »Ich habe versehentlich nach welcher mit Vanillegeschmack gegriffen statt nach der normalen.«

»Schmeckt toll«, sagte ich. »Ich habe gar nicht gehört, wie du letzte Nacht aufgestanden bist.«

»Du hast tief und fest geschlafen. Und du hast dabei gestöhnt und vor dich hin gemurmelt.«

»Nein, habe ich nicht.« Ich lachte.

»Außerdem hast du geschnarcht. So laut wie ein Motor.«

»Ich schnarche nie. Vielleicht liegt es an der Gehirnerschütterung. Ich fühle mich aber wieder gut.«

»Bist du sicher?« Er runzelte die Stirn, und in seinem Gesicht stand jetzt Besorgnis.

»Ich bin sicher.« Ich starrte den Kaffee in meiner Tasse

an, ehe ich Johnny wieder ansah. »Hast du mit ihnen gesprochen?«

»Mit wem?« Er hantierte an der Anrichte herum. Er trug immer noch die Laufschuhe, das Nike-T-Shirt und die Elastan-Sporthose, die seine muskulösen Oberschenkel betonte.

»Mit den Nachbarn. Letzte Nacht.«

Er zögerte. »Nein. Ich hab nur nachgesehen. Und dann hab ich den Rauch bemerkt.«

Ich trank noch einen Schluck von dem übersüßen Kaffee. »Wie lange warst du schon da drüben, als ich aufgestanden bin?«

»Weiß nicht, ein paar Minuten.«

»Ich habe gar nicht gehört, wie du dich angezogen hast.«

»Ich wollte dich nicht wecken.«

»Du bist so aufmerksam«, sagte ich.

»Du bist dir meiner ziemlich sicher.«

»Ich weiß. Du machst mir immer das Frühstück.«

»Weil ich nur dich liebe.«

»Und ich liebe nur dich.«

Er kam zu mir und küsste mich sanft auf die Stirn. »Wenn du heute das Auto brauchst, musst du mich zur Arbeit fahren.«

»Oh ja. Das hatte ich glatt vergessen.« Mein Camry war durch den Rauch beschädigt worden und befand sich in der Werkstatt. Ich trank den Kaffee aus und lief eilig ins Schlafzimmer, um mich anzuziehen.

Während ich Johnny an diesem frischen hellen Herbsttag in die Stadt fuhr, pochten leichte Kopfschmerzen an meinen

Schläfen. Ich versuchte, sie zu ignorieren – der Neurologe hatte mich ja gewarnt, dass ich noch unter Nachwirkungen aufgrund der Verletzung zu leiden haben würde. Aber wie lange wohl?

Auf dem Klinikparkplatz küsste Johnny mich nicht wie sonst auf den Mund, sondern gab mir einen flüchtigen Kuss auf die Wange.

»Alles in Ordnung mit dir?«, fragte ich und zog mich etwas zurück.

»Es wird ein harter Tag. Schwierige Fälle.«

»Der Mann mit der Dermabrasion?«

»Das ist noch ein leichter Fall.«

Ich drückte seinen Arm.

Er stieg aus und ging mit forschem Schritt zur Klinik. Als er dabei auf das Display seines Handys blickte, fiel mir ein Zeitungsartikel ein, den Natalie mir einmal gezeigt hatte, als sie befürchtet hatte, Dan könnte eine Affäre haben. *Hinweise darauf, dass Ihr Mann Sie betrügt.*

Er führt heimlich Telefongespräche.

Sie bemerken einen anderen Duft an ihm.

Er ist häufiger beruflich unterwegs.

Er gibt Ihnen nicht den gewohnten Abschiedskuss.

Dan war Natalie damals treu gewesen, aber mir wurde jetzt klar, dass Johnnys Verhalten zu diesen Punkten passte. Er hatte anders gerochen, als wir das Cottage erreicht hatten. Er war in letzter Zeit häufiger unterwegs, spazierte nachts draußen herum. Und er gab mir nur ein flüchtiges Küsschen auf die Wange.

Bevor mein Vater ausgezogen war, war er auch häufiger und für längere Zeiten unterwegs gewesen. Wenn er nach Hause gekommen war, hatte er den Duft neuer Seife aus den Städten verströmt, in denen er gewesen war, und er hatte mir und meiner Mutter Geschenke mitgebracht – vielleicht, um seine Schuldgefühle zu beschwichtigen. Meine Mutter blieb bewusst ahnungslos, bis sie die Hinweise nicht mehr ignorieren konnte.

Ich werde dir nie wehtun, hatte Johnny mir versprochen. *Du kannst mir immer vertrauen.* Und das tat ich jetzt auch. Ein flüchtiger Kuss auf die Wange hatte nichts weiter zu bedeuten, als dass ihm ein arbeitsreicher Tag bevorstand. Auch gedämpfte Telefonate, während ich in der Badewanne lag, oder ein Spaziergang um zwei Uhr morgens bedeuteten nichts Schlimmes. Ich hatte nicht vor, meine Einstellung Männern gegenüber für den Rest meines Lebens von den Affären meines Versagers von Vater abhängig zu machen.

Ich fuhr vom Parkplatz, besorgte mir im Baumarkt einige Sachen und fuhr dann auf direktem Weg zur Sitka Lane, wo ich am Bordstein parkte. Dort saß ich hinter dem Lenkrad und konnte den Blick nicht von dem Schlachtfeld abwenden, zu dem unser Haus geworden war. Meine Kopfschmerzen ließen jedoch allmählich nach, und ich fühlte mich heute kraftvoller und fest entschlossen, so viel aus der Asche zu retten, wie ich nur konnte.

Auf der anderen Straßenseite trat Mr Calassis gerade auf die Veranda, richtete das Fernglas auf den Wipfel einer Tanne. Er litt unter beginnender Demenz, und seine Merkfähigkeit schwand in kleinen Schritten. Er bemerkte mich und lief über die Straße, wobei sich seine Hose im Wind aufbauschte. Das Fernglas hing jetzt wie üblich an einem Riemen um seinen Hals.

Ich stieg aus dem Auto aus, und Wärme durchströmte mich, als er mich wortlos umarmte. Ich spürte das Fernglas an meiner Brust. Er löste sich von mir und tätschelte mir die Wange. Sein Gesicht war gerötet, das spärliche weiße Haar nach hinten gekämmt, und er roch leicht nach Pfeifentabak. »Schön, zu sehen, dass du wohlauf bist.«

»Danke gleichfalls.«

Er blickte zu den Trümmern hinüber und schüttelte den Kopf. »Dieses Feuer war kein Unfall.«

»Es war Brandstiftung, ich weiß. Hast du irgendwas gesehen?«

»Natürlich habe ich das.«

»Und was genau?« Der Wind in meinem Gesicht wurde kälter.

»Felix!« Maude Calassis trat auf die Veranda. »Wir verspäten uns noch!«

»Komme sofort!« Er winkte ihr zu und schnitt ein finsteres Gesicht; dann wandte er sich mir wieder zu. »Du musst jetzt vorsichtig sein.«

»Weshalb?«

Er blickte erneut zu den Trümmern des Kimball-Hauses hinüber. »Ich wusste immer, dass es durch diese Frau Schwierigkeiten geben würde.«

»Von wem sprichst du, von Monique?«, fragte ich, aber er

ging schon wieder zu seinem Haus hinüber. »Felix?« Er drehte sich jedoch nicht um. Ich lief ihm nach und zupfte ihn am Ärmel.

Jetzt drehte er sich doch um. Er lächelte. »Sarah, schön zu sehen, dass du wohlauf bist.«

»Du hast gesagt, dass ich vorsichtig sein soll – wegen einer Frau.«

Er antwortete nicht. Sein Blick ging nach oben, und in den Augen stand eine vertraute Leere. Ich ließ seinen Ärmel los. Der Mut verließ mich, und ich sah ihm nach, wie er nach Hause schlurfte.

Als ich wieder am Auto war, zog ich die Handschuhe und Schutzschuhe an, die ich im Baumarkt gekauft hatte, setzte mir die Maske auf und nahm zwei große Plastiktüten mit. Ich holte tief Luft und ging über die Stelle, wo einst die Haustür gewesen war. Die Diele war nicht wiederzuerkennen. Ich konnte ungefähr erahnen, wo der Hausflur gewesen war, machte auch die Umrisse des Wohnzimmers aus. Vom Waschbecken in der Toilette im Erdgeschoss war nur noch eine Hälfte geblieben. Trümmer waren vom ersten Stock durch die Decke gebrochen.

Den Gestank von verbrannten Stoffen und Kunststoffen konnte ich sogar durch die Maske riechen. Während ich zwischen den Trümmern herumging, nahm das Geräusch meiner Atemzüge in meinen Ohren zu. Die Geister unseres vergangenen Lebens schwebten durch mich hindurch. Der Esstisch war weg, und aus der verkohlten blauen Couch war die komplette Polsterung herausgeplatzt. Dafür fand ich eine verzogene Taschenbuchausgabe von Daphne du Mauriers *Rebecca* – sie war zwar vom Rauch beschädigt, aber ansonsten intakt.

Von dem Bild von Miracle Mouse in meinem Arbeitszimmer war nichts mehr zu sehen; nicht mal ein Fetzen Leinwand war übrig geblieben. Allerdings entdeckte ich die nutzlosen Überreste des Monitors und Druckers. Die Festplatte des Computers war geschmolzen. Wie viele Tage hatte ich hier geschrieben? Ich konnte vor mir sehen, wie das Zimmer früher ausgesehen hatte, erfüllt vom Sonnenlicht des Nachmittags.

Von Johnnys Büro standen nur noch drei schartige Wände. Ich kniete mich hin, um Asche wegzuwischen, und sammelte verschiedene Gegenstände ein, die ich wiedererkannte – Hefter, Stablampe, Stifte –, ehe ich auf den Rand eines Umschlags aufmerksam wurde, der unter einem verzogenen Metallregal hervorlugte.

Ich nahm den Umschlag an mich und holte eine Reihe angesengter Fotos heraus. Auf den Bildern waren Flüsse, Strände und der Mount Rainier zu sehen – und auf einem saß Johnny vor dem Hintergrund eines Waldes auf einem Anlegesteg; er hatte eine Badehose an, und seine Füße berührten das Wasser des Sees. Beim Anlegesteg stand eine morsche Fischerhütte, deren Fenster keine Scheiben mehr besaßen. Eine Frau saß neben Johnny; ihre nackte, gebräunte Schulter berührte seine. Das Bild endete am schwarzen Träger ihres Bikinis.

Johnnys blaue Speedo-Badehose kam mir bekannt vor. Er

hatte sie schon besessen, bevor ich ihn kennengelernt hatte, und sie seither mehrmals getragen. Auf dem Bild wirkte er muskulös, die Haare waren wie vom Wind zerzaust, was auch heutzutage noch oft bei ihm der Fall war. Er wirkte kein bisschen jünger als heute, aber andererseits waren die Fotos aus einigem Abstand aufgenommen worden. Die feinen Linien in seinem Gesicht konnte man nicht erkennen. Auf die Rückseite des Fotos hatte jemand in einer schönen Schrift geschrieben: *Für Johnny, meine Liebe.*

Einen Moment lang hörte ich auf zu atmen. Die Worte griffen nach mir, waren wie ein Schlag ins Gesicht. Aber das Foto stammte aus einer Zeit, als wir uns noch gar nicht gekannt hatten. Es musste so sein. Er war schon früher verliebt gewesen, na und? Oder zumindest war er von einer Frau geliebt *worden*. Von einer attraktiven Frau, nein, einer atemberaubenden Frau, der Form ihrer Schulter und ihres angezogenen Schenkels nach zu urteilen. Aber das war nur natürlich. Johnny war unwiderstehlich maskulin, strahlte eine beinahe klassische Schönheit aus. Außerdem war er klug und liebevoll und aufmerksam. Welche Frau würde ihn nicht haben wollen? Er hatte eine Vergangenheit, na und? Was hatte ich denn erwartet?

Ich fand zahlreiche Dinge, an die ich mich gar nicht erinnern konnte – eine Lesebrille, einen Designer-Füller, eine silberne Armkette. In den übrigen Zimmern sammelte ich ebenfalls einige verkohlte Gegenstände ein – eine Tasse, eine handbemalte Keramikschüssel mit einem Sprung, eine goldene Halskette. Aber keine weiteren Fotos.

Schließlich kehrte ich erschöpft zum Auto zurück und verstaute die Plastikbeutel im Kofferraum. Als ich gerade die Heckklappe zuschlug, kam Pedra Ramirez aus ihrem Haus gestürmt, hastete in einem roten Leinenhemd, einer kakifarbenen Caprihose und hellroten Sandalen die Einfahrt entlang und stürmte über die Straße. »Sarah! *Dios mio!* Du wirst nicht glauben, was passiert ist.«

10

Pedra umarmte mich stürmisch, verströmte dabei den für sie so typischen Geruch von Gardenien. *»Lo que es una tragedia.«* Sie schüttelte den Kopf, und die Ohrringe blitzten in der Sonne.

»Was ist los? Ist etwas passiert?«

»Es geht um Mia!«, rief Jessie und rannte mit bloßen Füßen nach draußen. Sie stürzte sich voller Begeisterung auf mich und umarmte mich verzweifelt. Ich konnte Zitronenshampoo riechen und Kaugummi. Ihre Augen waren mit einem schwarzen Kohl-Liner umrahmt.

»Was ist mit Mia?«, fragte ich und befreite mich aus dem Griff. »Es geht ihr doch gut?«

»Ich habe ihre Oma angerufen«, sagte Pedra. »Um zu erfahren, wie es ihr geht.«

»Sie hat eine Schere in die Finger gekriegt«, sagte Jessie, »und sich die Haare abgeschnitten.«

»Sie hat was? Ist sie verletzt?« Ich dachte an all die Gefahren, die einem verletzlichen Kind im Haushalt drohten.

Pedra schüttelte den Kopf. »Ihre Oma ist einfach zu alt. Sie passt entweder nicht auf oder schläft gleich ganz ein.«

»Habt ihr irgendwo angerufen – beim Kinderschutzbund vielleicht?«, fragte ich.

»Noch nicht«, antwortete Pedra. »Wir wollten keine voreiligen Schlüsse ziehen …«

»Ihre Oma sagt, dass es ihr gut gehen würde. Mia wäre okay«, meldete sich Jessie zu Wort. »Aber wir machen uns Sorgen. Wir wollten gerade zu ihr fahren …«

»Ich fahre zu ihr«, sagte ich. »Wo wohnen sie?«

»Ferndale Glenn. Ich kann dir die Adresse geben.« Jessie kopierte die Anschrift von ihrem Handy in meines. Ihre Ohrringe – kupferfarbene Blätter – schimmerten im Licht. Da war etwas an ihr, das mich beschäftigte, aber ich konnte einfach nicht erkennen, was es genau war.

»Sag ihr aber nicht, dass ich es dir erzählt habe«, bat sie mich, trat einen Schritt zurück und biss sich auf die Lippe. »Du weißt schon, das mit den Haaren.«

»Keine Sorge«, sagte ich. »Meine Lippen sind versiegelt.«

Während ich die Straße entlangfuhr, kam mir Adrians schwarzer Buick entgegen; er war auf dem Weg zu Jessie. Hatte ich in jener Nacht seinen Wagen gehört? Es war unmöglich, das mit Sicherheit zu sagen. Als wir aneinander vorbeifuhren, blickte er mich durch das offene Fenster an der Fahrerseite an. Adrian war kräftig und hatte die langen Haare zusammengebunden. Sein Blick war ausdruckslos. Beinahe unheimlich. Ich gab Gas, drückte die Freisprecheinrichtung meines Handys und die Kurzwahl für Johnny. Er ging fast sofort dran. »Anstrengender Tag heute. Du erwischst mich gerade zwischen zwei Terminen.«

»Ich bin unterwegs zu Mia. Sie hat sich die Haare abgeschnitten. Pedra hat es mir erzählt.«

Johnnys Tonfall wurde scharf. »Du bist ohne mich zum Haus gefahren?«

»Ich habe ein Bild von dir und einer ehemaligen Freundin gefunden. Ihr sitzt zusammen auf dem Anlegesteg bei einem See. Eine alte Hütte steht daneben. Wer war die Frau?«

»Dazu müsste ich das Bild sehen. Es gab so viele Frauen.« Er schien zu glauben, dass das alles nur fröhliches Geplauder war.

»Ich dachte, ich wüsste alles von dir.« Ich musste jedoch zugeben, dass ich selbst auch noch ein paar Bilder von früheren Freunden aufbewahrt hatte, zumindest bis zu dem Feuer.

»Kann jemand jemals alles über einen anderen wissen?«

»Soll das ein Zungenbrecher sein?«

»Es gibt noch vieles, das du über mich lernen musst, wie auch umgekehrt. Ich werde dir alles erzählen, was du wissen musst.«

»Alles?«

»Schieß los, ich werde dir antworten. Ich habe Boxershorts getragen, ehe ich auf Slips umgestiegen bin. Ich habe nichts zu verbergen außer … Na ja, vielleicht ein paar Kleinigkeiten.«

»Zum Beispiel?« Mein Puls ging schneller.

»Zum Beispiel, dass ich mit zwölf Jahren Akne hatte. Gigantische Bläschen. Das war der eigentliche Grund, warum ich Hautarzt wurde.«

»Das denkst du dir doch gerade nur aus.«

»Du hast recht. Die Wahrheit ist, dass mein Großvater an Hautkrebs gestorben ist.«

»Das tut mir so leid. Warum hast du mir das noch nie erzählt?« Ich wusste, dass sein Großvater gestorben war, als er in den Fünfzigern gewesen war, aber ich hatte nicht den Grund gekannt. Was verschwieg Johnny mir sonst noch?

»Ich wollte nicht darüber reden. Ich wünschte, ich hätte ihn retten können.«

»Jetzt verbringst du dein Leben damit, es wiedergutzumachen, indem du versuchst, andere zu retten.«

»So ungefähr.«

»Du machst das sehr gut. Oh, ich bin fast da. Muss jetzt auflegen.«

Ich trennte die Verbindung, als ich in die Ferndale Glen einbog, und parkte vor dem Haus von Harriet Kimball, einem rosafarbenen Bungalow mit Doppelgarage und dicken Spitzengardinen vor den Fenstern. Gepflegte Rosenbüsche im Winterschlaf sprenkelten den Vorgarten und warteten auf den Frühling und die Rückkehr der Sonne.

Ich ging langsam die Einfahrt entlang und klopfte an Harriets Haustür. Als sie aufmachte, hatte ich den Eindruck, als hätte sie sich Mühe gegeben, sich jünger zu machen. Ihr Gesicht wirkte glatt, wenn auch nicht jung, als hätte sie jede Falte gebügelt, bis keine Spur mehr von ihnen übrig geblieben war. Auf die Wangen hatte sie eine Schicht Puder-Foundation aufgetragen. Sie trug die gleiche rotbraune Perücke wie bei ihren Besuchen in der Sitka Lane, nur sah man jetzt deutlich, dass es tatsächlich ihre eigenen Haare waren, die aus ihrer Kopfhaut sprossen. Ihre Augen waren gerötet und verquollen.

»Sarah«, sagte sie mit heiserer Stimme.

»Es tut mir so leid …«

Harriets Lippen zitterten, und als sie sich Tränen vom Gesicht wischte, verschmierte sie ihr Make-up. »Mir tut es auch leid. Mir tut es so leid, dass ihr euer Haus verloren habt. Ich kann dir gar nicht genug danken, dass du Mia gerettet hast.«

»Ich wünschte, ich hätte mehr tun können.« Ich fühlte mich dünnhäutig, im Innersten verwundbar. Ohne nachzudenken, zog ich Harriet in eine feste Umarmung und stellte erstaunt fest, wie gebrechlich sie sich anfühlte. Wie grausam das Leben doch sein konnte, wie sinnlos. Kinder sollten nicht vor ihren Eltern sterben. Ein Sohn sollte nicht seine ältliche Mutter mit nichts als Erinnerungen und einem Enkelkind zurücklassen, für das sie nun allein sorgen musste.

»Du hast mehr als genug getan.« Harriet führte mich ins Haus, schloss die Tür und legte einen Finger an die Lippen. »Sie schläft«, erklärte sie leise.

Ich formte mit den Lippen ein »oh« und betrachtete die gemütlich wirkende Einrichtung. Alles wirkte so eingelebt und so vornehm. Harriets Haus spiegelte ihre Liebe zu Rosen wieder – da waren eine Couch mit Rosenmuster, ein rosenfarbener Sessel, Plastikrosen in einer Vase. Zwischen den Rosen sah man hier und dort Puppen, Bilderbücher und zerknüllte Papiertaschentücher.

»Sie schläft nicht gut«, sagte Harriet, ging mit steifen Schritten zur Couch und ließ sich nicht weniger steif darauf sinken.

Ich blieb an der Schwelle zum Wohnzimmer stehen. Es

roch leicht nach Rosenwasser und Nivea-Creme. Ich blickte den schwach beleuchteten Flur links von mir entlang und stellte mir vor, wie Mia nach ihren Eltern weinte und sich die Haare abschnitt, während Harriet schlief. »Kann ich sie sehen?«

»Vielleicht, wenn sie aufgewacht ist.« Harriet deutete auf einen Sessel. »Möchtest du dich setzen? Ich hätte dir eine Tasse Tee anbieten sollen.«

Ich zog mir die Schuhe aus und tappte in Socken zum Sessel, denn ich wollte keine Schmutzflecken auf dem blassrosafarbenen Teppich hinterlassen, obwohl der ursprüngliche Glanz schon durch leichte Flecken beeinträchtigt wurde.

Ich setzte mich in den abgenutzten Lehnstuhl. »Geht es Mia gut? Geht es dir gut?«

»Wir kommen zurecht.«

An der gegenüberliegenden Wand stand ein hohes Bücherregal mit etlichen Romanen, darunter auch eine Reihe von Miracle-Mouse-Krimis. Als Harriet aufstand und zum Regal schlurfte, erinnerte sie mich einen Augenblick lang an meine eigene Oma. Die Kehle schnürte sich mir zu, und Tränen stiegen mir in die Augen. Die Krankheit hatte meine Großmutter, die eine starke, lebhafte und offene Künstlerin gewesen war, vor ihrem Tod zu einer stillen, gebrechlichen Hülle werden lassen. Bis vor Kurzem hatte mir das Porträt von Miracle Mouse geholfen, mich an sie in ihren besseren Zeiten zu erinnern.

Als Harriet sich bückte und ein altes Fotoalbum vom untersten Regal in die Hand nahm, löste sich die Ähnlichkeit auf.

Harriets Haare waren zu dunkel, die Schultern zu schmal. Sie setzte sich wieder auf die Couch und klopfte leicht auf das Polster. Ich stand auf und setzte mich neben sie.

»Früher hatte ich im ganzen Haus Fotos gehabt«, sagte sie mit zitternder Stimme. »Ich habe sie jedoch weggetan. Fast überall ist Chad drauf. Ich habe das Gefühl, als würde ich meinen kleinen Jungen verraten. Und gleichzeitig bringe ich es nicht über mich, sie anzusehen.« Sie nahm ein zusammengeknülltes Papiertaschentuch aus der Tasche ihres Pullovers und wischte sich wieder Tränen von den Wangen.

Irgendwo tickte eine Uhr und verkündete das Vergehen der Zeit. »Ich bin sicher, dass er es verstehen würde. Wir müssen uns keine Bilder ansehen ...«

»Ich fühle mich etwas tapferer, seit du hier bist.« Harriets Finger zitterten, als sie das Album öffnete und auf das ganzseitige Foto eines schlafenden Babys zeigte, das in weiche Decken gehüllt war. »Das ist mein Junge«, flüsterte sie.

»Er ist wunderschön«, sagte ich. *War* wunderschön. Wie ertrug sie es nur, ein Bild von ihrem Sohn als Säugling anzusehen?

»Das war er immer.« Während sie weiterblätterte, wuchs Chad von einem pummeligen Kleinkind zu einem kräftigen Jungen mit strohblonden Haaren heran. Mia sah ihm jedoch nicht besonders ähnlich. Als Jugendlicher war er groß und kräftig gewesen, wie ein angehender Football-Spieler. Mia kam mehr nach ihrer üppig gebauten Mutter.

Harriet klappte das Album zu und seufzte. Zitterten ihre Hände vor Trauer, oder war da noch etwas anderes?

»Die Fotos sind schön«, sagte ich. »Mia muss ihre Mom und ihren Dad sehr vermissen.«

Harriets Miene verhärtete sich. »Ihre Mom. Chad hat sich Hals über Kopf in diese Frau verliebt. Ich konnte nichts dagegen tun. Wenigstens habe ich Mia. Das ist ein Segen.«

»Darf ich sie jetzt sehen?«, fragte ich.

»Also schön, aber sie hat etwas wirklich Ungezogenes getan.«

»Oh nein, was denn?« Ich tat, als wäre ich überrascht.

»Du wirst schon sehen. Komm mit.« Harriet gab mir mit einem Wink zu verstehen, dass ich ihr durch den Flur folgen sollte, und deutete in ein unordentliches, ganz in Blau gehaltenes Schlafzimmer. Es musste einmal Chad gehört haben. Mias Puppen, Bücher und Stofftiere passten so gar nicht zu den Postern von den *Dukes of Hazzard* und *Star Wars*, mit denen die Wände immer noch zugepflastert waren. Ein abgenutzter Schreibtisch und eine Kommode trugen die Kerben und Wunden der Zeit.

Mia schlief in einem Bett am Fenster; sie lag mit von sich gestreckten Gliedern auf dem Rücken. Ihre Brust hob und senkte sich unruhig, und die Wangen waren leicht gerötet. Sie trug eine geflickte Jeans und ein rosafarbenes T-Shirt. Ein irrer Haarkünstler hatte sich über ihre goldenen Locken hergemacht und aufs Geratewohl daran herumgeschnitten. Der Pony war nur noch eine schartige Linie.

»Sie hat die Schere aus der Schublade genommen«, flüsterte Harriet. »Kinder können so schnell sein, wenn man mal gerade nicht hinsieht.«

Ich schlich auf Zehenspitzen ins Zimmer. Mia bewegte sich und seufzte, als ich mich ihr näherte. Im Schlaf ähnelte sie Monique noch mehr. Die gleiche gerade Nase, die an der Spitze leicht nach oben ragte, ein paar durchscheinende Sommersprossen, eine zarte Kieferpartie.

Ich setzte mich zu Mia aufs Bett und küsste sie auf die Wange. Sie roch nach Babypuder. Sie holte tief Luft, erwachte aber nicht. Ihre Stirn fühlte sich kühl und ein bisschen feucht an. Da sie am Pony herumgeschnitten hatte, war jetzt mehr von ihrer Kopfhaut zu sehen. Sie schien keine frischen Verletzungen zu haben – weder blaue Flecken noch Wunden zeigten sich auf der Haut. Eine weiße Narbe verlief am Haaransatz entlang, stammte vielleicht von einer verheilten Schnittwunde oder war ein Geburtsmal wie bei Johnny. Ihre Wimpern flatterten, und sie öffnete die Augen. Benommen setzte sie sich auf und schlang die Arme um meinen Hals. Dann sagte sie etwas, das ich kaum verstehen konnte, so leise sprach sie.

»Was möchtest du sagen, Süße?«

Mia wiederholte das Wort, diesmal lauter. »Mommy.«

11

»Du könntest Mia adoptieren«, sagte Natalie am Telefon, während ich zum Cottage zurückfuhr. »Die Dinge in Bewegung bringen, ehe die Großmutter den Löffel abgibt.«

»Natalie! Harriet liebt Mia. Sie ist die einzige Verwandte von ihr, die noch am Leben ist. Die beiden brauchen einander.«

»Wie alt ist diese Lady? Fünfundneunzig?«

»Eher um die achtzig, denke ich.«

»Die durchschnittliche Lebenserwartung einer amerikanischen Frau wurde letztes Jahr mit sechsundachtzig Jahren angegeben.«

»Du bist eine endlose Quelle wichtiger Fakten.« Ich bog in den Cedar Drive ein, der zur Shadow Bluff Lane führte. »Wir können Mia nicht adoptieren. Wir haben kein Haus. Ich leide immer noch unter Kopfschmerzen, seit mir das Ding auf den Kopf gefallen ist. Und ich bin schreckhaft. Nicht ganz ich selbst.«

»Alles verständliche Reaktionen. Dass du einiges Pech gehabt hast, heißt aber noch lange nicht, dass du eine schlechte Mutter wärst.«

»Als Mia gemerkt hat, dass ich nicht ihre Mom bin, hat sie richtig losgeheult.« Ich hatte sie in meinen Armen gewiegt, hatte *Bright Morning Stars* gesummt, ein Lied, das meine Mutter vor langer Zeit für mich gesungen hatte. *Wo sind unsere lieben Mütter? Sie sind in den Himmel gegangen und rufen …* Mia hatte sich ein wenig beruhigt, aber es hatte sich als nicht leicht erwiesen, sie zu trösten.

»Was hast du vor?«

»Harriet muss am Freitag für einige Untersuchungen ins Krankenhaus. Sie möchte, dass ich in der Zeit auf Mia aufpasse.«

»Was sind das für Untersuchungen?«

»Sie hat von Remission gesprochen und dass sie das Gefühl hat, das, was immer es ist, wäre zurückgekehrt.«

»Sie hat Krebs? Was habe ich dir gesagt?«

»Natalie!«

»Es gibt keine richtige Antwort. Folge der Stimme deines Herzens.«

Ich legte auf und fühlte mich sonderbar losgelöst. Natalie war von jeher spontan, folgte der Stimme ihres Herzens, während ich das Pro und Kontra einer jeden Entscheidung abwog. Natalie und Dan hatten sich bei ihrer ersten Verabredung ineinander verliebt, während ich an die Beziehung mit Johnny vorsichtig herangegangen war. Ich sammelte Coupons, während Natalie sie in die Altpapiertonne warf. Sie bereitete umfängliche Mahlzeiten zu und richtete dabei ein Riesenchaos an, während ich einfache Gerichte kochte und unterdessen schon sauber machte. Wenn ich nicht gerade bis spät am Abend schrieb.

Zumindest war es bis zum Feuer so gewesen.

Als ich am Cottage eintraf, parkte ein blauer Pick-up in der Einfahrt, ein Toyota Tundra. Das Firmenzeichen an der Seite verkündete in fetten gelben Buchstaben: *Severson Home Repair and Remodeling.* Ein großer drahtiger Mann stand auf der Veranda und trug einen gelben Werkzeuggürtel, Arbeitsschuhe, ein frisches weißes T-Shirt und eine Baseballmütze.

»Kann ich Ihnen helfen?«, fragte ich, während ich auf ihn zuging.

»Todd Severson. Ich bin hier, um die Spülung und das Schloss des Wohnzimmerfensters zu reparieren.« Seine Augen waren leicht blutunterlaufen und von dunklen Ringen umgeben, als hätte er seit Tagen nicht geschlafen.

»Das Schloss ist kaputt?«

»Ja. Ms Coghlan schickt mich.«

Stimmte das? Würde uns Eris jemanden schicken, der so erschöpft aussah? Er war jedoch passend angezogen und hatte das richtige Werkzeug dabei. »Sie hat mir nicht gesagt, dass Sie kommen würden.«

»Tut mir leid, dass ich einfach so eingedrungen bin, Ma'am«, sagte er und trat zurück. Wie ein Cowboy steckte er den linken Daumen in den Gürtel. »Ich komme ein andermal wieder.« Er wandte sich zum Gehen.

»Nein, warten Sie. Ich rufe sie an, um mich zu vergewissern.«

Er nickte und tippte sich an die Baseballmütze. Jetzt erkannte ich ihn und seinen Pick-up auch wieder. Ich hatte ihn schon hier und da in der Stadt gesehen und dann neulich in Eris' Einfahrt, als Johnny und ich das Cottage bezogen hatten.

Eris nahm nach dem ersten Klingelton ab, und als ich das Wort »Handwerker« aussprach, sprudelte sie Entschuldigungen hervor. »Ich hätte dich erst anrufen müssen. Ich komme sofort rüber.«

»Das ist nicht nötig«, sagte ich. »Ich wollte nur sichergehen …«

»Schon gut. Und ja, ich habe ihn beauftragt.«

»Okay, gut.« Ich legte auf und führte den Mann ins Cottage. »Verzeihung.«

»Kein Problem, Ma'am.« Mr Severson ging an mir vorbei ins Haus. Er verströmte den schwachen Geruch eines ungewöhnlichen Krauts, vielleicht Salbei. Er warf mir einen durchdringenden, fast besorgten Blick zu, und runzelte die Stirn. Dann lächelte er, was dazu führte, dass seine leicht gelblichen Zähne, ein abgebrochener Schneidezahn und ein Grübchen an der rechten Wange zum Vorschein kamen. Er hielt mir die schmutzige Hand hin und zog sie schnell wieder zurück, als würde er erst jetzt bemerken, dass sie dreckig war. »Komme gerade von einem anderen Auftrag.« Er wischte sich beide Hände an den Oberschenkeln der Jeans ab.

»Ist schon okay«, sagte ich und widerstand dem Impuls, mir ebenfalls die Hände abzuwischen.

»Sie sind also die neue Mieterin.«

»Mein Mann und ich wohnen hier«, sagte ich und war mir nur zu sehr der Tatsache bewusst, dass ich mit einem fremden Mann allein im Haus war.

Mr Severson nickte erneut, und sein Blick wanderte über meinen Körper. Seit dem Feuer passte mir keines der neuen Kleidungsstücke richtig. »Zeigen Sie mir das beschädigte Fenster?«, fragte er. Er hatte eng stehende Augen von unbestimmter Farbe, vielleicht dunkelgrau oder braun.

»Ich wusste gar nicht, dass wir ein beschädigtes Fenster haben«, stellte ich erneut fest.

»Sie sagte, es wäre hier drüben.« Er durchquerte das Wohnzimmer, rüttelte am hinteren Fenster, öffnete und schloss es. »Das Schloss funktioniert nicht. Sehen Sie?«

Ich folgte ihm. »Das habe ich noch gar nicht bemerkt. Sie hat auch nichts davon gesagt.«

»So was ist heutzutage nicht ungefährlich.« Er öffnete den Werkzeugkasten und machte sich mit einem Schraubenschlüssel an die Arbeit.

»Aber hier ist es doch recht sicher, oder?« Andererseits hatte ich auch die Sitka Lane für sicher gehalten.

»Es wird hin und wieder eingebrochen.«

»An dieser Straße?«

»Ich weiß nicht genau, was diese Straße hier betrifft. Ich habe an meinem Haus Lampen mit Bewegungsmeldern installiert. Hab das für meine Frau gemacht, als sie noch dort gewohnt hat.«

»Wohnt sie jetzt nicht mehr dort?«

»Sie ist vor einem Jahr ausgezogen. Als ich zur Arbeit fuhr, war sie noch da, aber als ich wiederkam, war sie fort. Einfach so. Hat einen Koffer gepackt und mich verlassen.«

»Das tut mir leid.«

»Wir waren neun Jahre lang verheiratet gewesen. Es ging auf unseren Jahrestag zu. Sie hat was mit einem Tischler in

Bellingham angefangen. Sie hat mir das Herz gebrochen. Es wäre immer noch gebrochen, wenn ich es zugelassen hätte. Ich habe die Sache hinter mir gelassen. Man muss so etwas hinter sich lassen, nicht wahr?«

»Ja, das muss man«, sagte ich, denn ich wusste nicht, was ich sonst hätte sagen sollen. Obwohl ich diesen Mann schon in der Stadt gesehen hatte, kannte ich ihn in Wirklichkeit nicht. Shadow Cove war groß genug, dass man anonym bleiben konnte, aber klein genug, dass man von den Beschäftigten auf der Post und im Lebensmittelladen wiedererkannt wurde und man sich immer wieder mal über den Weg lief.

»So ist das Leben. Es erwischt einen auf die eine oder andere Weise.« Er probierte erneut das Fenster. Diesmal funktionierte das Schloss. »So gut wie neu, solange niemand einen Stein wirft.«

»Warum sollte das irgendjemand tun?«, fragte ich.

»Könnte passieren«, sagte er und blickte dabei zum Wald hinüber, ohne jedoch die Bäume anzusehen. Sein Blick ging vielmehr an ihnen vorbei und galt etwas Unsichtbarem. Dann verschwand die Leere wieder aus seinen Augen, und er sah mich an. »Wo ist die Spülung?«

»Den Flur entlang. Warten Sie einen Moment, ich möchte erst nachschauen, ob es dort auch ordentlich ist.«

»Mich kümmert das nicht.«

»Mich schon.« Es kam mir albern vor, wie ich ihm vorauseilte, aber es gelang mir, noch schnell einen BH unter einem Handtuch verschwinden zu lassen, ehe ich den Handwerker ins Bad führte.

Ich stand in der Tür, während er den Deckel vom Wasserkasten der Toilette hob, die Hände ins Wasser steckte und an der Spülvorrichtung herumhantierte.

»Da ist ein neues Einlassventil nötig«, sagte er.

»Ich habe keine Ahnung, was das ist.«

»Glücklicherweise weiß ich es. Und vielleicht habe ich auch ein Ersatzteil im Wagen.« Er ging hinaus, kehrte mit einem Gegenstand zurück und machte sich an die Arbeit. »Sie sollten sich auch Lampen mit Bewegungsmelder zulegen. Wegen der Einbrüche.«

»Nun, wir haben nichts, was sich zu stehlen lohnt«, sagte ich. »Unser Haus ist abgebrannt. Das hier ist alles, was wir haben.«

»Tut mir leid, das zu hören.« Er richtete sich auf und blickte mich erneut an. Ein Hauch von Erkenntnis blitzte in seinen Augen auf. »Sind Sie die ..?«

»Ich bin Sarah. Sarah Phoenix.«

»Ich fass es nicht!«, sagte er leise. Ihm klappte der Mund auf, und er schwankte ein bisschen, als hätte ihm mein Name einen Stoß versetzt. Er fing sich jedoch rasch wieder. »Sarah Phoenix, ja? Die Autorin?«

»Sie haben von mir gehört?«

»Von Ihnen und Ihrem Mann, dem Hautarzt.«

»Ja. Woher kennen Sie uns?«

»Ich war dort.« Während er sprach, schob sich eine Wolke vor die Sonne und verdunkelte den Raum. Todd Seversons Gesicht wurde düsterer, und die Furchen und harten Linien traten deutlicher hervor.

»Was meinen Sie damit, Sie wären dort gewesen?« Furcht lief mein Rückgrat entlang.

»Ich will sagen, dass ich Mitglied der freiwilligen Feuerwehr bin. Siebte Feuerwache.«

»Oh.« Ich atmete aus. »Wow.«

»Ja.« Er schloss den Wasserkasten, und wir gingen in den Flur. Er sah mich jetzt mit einem anderen Blick an; Trauer stand in seinen Augen. »Ms Coghlan hat mir gar nicht gesagt, dass Sie das sind. Dass Sie dieses Cottage gemietet haben, meine ich. Sie hat nur von Mietern gesprochen. Verdammt!«

»Sie waren in der Brandnacht in der Sitka Lane. Das bedeutet, dass Sie gesehen haben, was passiert ist, nachdem ich … ins Krankenhaus gekommen bin.«

Er blickte erst zu Boden und dann wieder zu mir auf. »Meine Einheit wurde als Letzte gerufen. Die Freiwilligen-Wache. Wir sind in der Nähe der Sitka Lane stationiert, aber nicht rund um die Uhr besetzt. Budgetkürzungen und so weiter. Die Hauptwache war besetzt. Die Leute dort sind zuerst losgefahren, hatten aber einen weiteren Weg.«

»Aber schließlich waren Sie dort«, sagte ich.

»Ja, das war ich«, sagte er mit tiefem Bedauern. »Aber Ihre Nachbarn … Mist!«

»Es war nicht Ihre Schuld.« Ich versuchte, mir Todd Severson in der Uniform eines Feuerwehrmanns vorzustellen.

»Niemand hätte sterben dürfen«, sagte er kopfschüttelnd.

Ein schwarzer SUV fuhr knurrend die Straße hoch und parkte am Bordstein. Wir blickten beide zum Fenster hinaus; dann legte mir Mr Severson eine Hand auf die Schulter.

»Falls Sie irgendwas brauchen … Wenn Sie bei irgendwas Hilfe wünschen …«

»Wir kommen klar. Danke.«

Er blickte mir forschend in die Augen. »Es tut mir leid, was passiert ist.«

»Danke«, sagte ich verlegen.

»Sie müssen vorsichtig sein. In der Nacht damals …«

Das Handy in seiner Gesäßtasche klingelte. Er bewegte die Lippen, als hätte er einen bitteren Geschmack im Mund. »Auf mich wartet noch eine andere Arbeit. War schön, Sie kennenzulernen, Sarah Phoenix.« Er ging mit großen Schritten zur Haustür, ehe ich ihn aufhalten und fragen konnte, was er hatte sagen wollen. Er ging hinaus, während gerade Eris – in einem eleganten beigefarbenen Hosenanzug aus Seide und dazu passenden Pumps – aus ihrem SUV stieg. Sie lief die Einfahrt herauf. »Todd! Sarah!«

»Ma'am«, sagte Todd auf dem Weg zu seinem Pick-up.

Ich trat aus dem Haus, während Eris auf ihren Absätzen über den Fußweg stolzierte. »Todd! Funktioniert die Spülung jetzt?«

»Flutscht wieder«, sagte er und öffnete die Fahrertür.

»Wunderbar. Und das Fenster?«

»Ist repariert.«

»Sie sind eine große Hilfe«, sagte sie.

»Ich schicke Ihnen die Rechnung.« Er verabschiedete sich von mir, indem er sich an die Mütze tippte. »Guten Tag, Ma'am.«

»Danke«, sagte ich.

Er nickte und stieg in den Wagen. Eris und ich sahen zu, wie er aus der Einfahrt zurücksetzte und davonfuhr.

Eris trat auf mich zu, und ihre Absätze klackten auf dem Beton. »Wie geht es dir heute? Bist du zur Sitka Lane gefahren?«

»Ja. Es war … schwierig. Ich dachte, ich würde mehr von unseren Sachen retten können, aber …«

»Es tut mir so leid«, sagte Eris, den Blick voller Mitgefühl.

»Es ist schon sehr seltsam, wenn man weiß, dass das eigene Haus der ganzen Welt offen steht. Die Haustür ist nicht mehr da. Sollte noch irgendwas in dem Schutthaufen liegen, kann jeder Dieb es sich nehmen.«

»Das erinnert mich an etwas: Ich werde Todd anweisen, auch die Schlösser auszutauschen. Er sollte eigentlich keinen Schlüssel zum Cottage haben, aber er ist zuverlässig, und das Cottage stand so lange leer …«

»Das verstehe ich. Ich möchte dich nicht aussperren.«

»Das ist allein meine Schuld. Steht unsere Verabredung zum Abendessen noch? Und es ist nicht nötig, dass ihr etwas mitbringt.«

»Wir gehen beide früh zu Bett …«

»Das überrascht mich nicht. Ich habe deinen Mann bei Tagesanbruch joggen gesehen, während ich gerade meinen Spaziergang gemacht habe. Ich wusste gar nicht, dass er und Theresa einander kennen. Sie haben sich intensiv unterhalten.«

»Vielleicht kennt er sie«, sagte ich. Ich blickte durch die Bäume hindurch zu dem Nurdachhaus hinüber. Ich fragte mich allmählich, *wie* gut Johnny Theresa kannte. Aber warum sollte ich mir diese Frage stellen? Er kannte so viele Menschen in Shadow Cove.

Eris folgte meinem Blick. »Es wird dich freuen, ihren Mann kennenzulernen. Kadin sieht sehr gut aus.«

»Das glaube ich gern. Ich habe allerdings schon einen gut aussehenden Mann.«

»Natürlich. Und niemand könnte deinem Mann das Wasser reichen, stimmt's?« Sie zwinkerte mir zu.

»In meinem Universum nicht, nein«, sagte ich.

»Aber dieser Kadin! Wenn ich nicht schon eine Beziehung hätte …« Eris seufzte, warf einen Blick auf ihre goldene Armbanduhr und grinste mich an. »Muss los. Monatsversammlung der Makler des Countys. Abendessen um sieben bei mir?«

»Danke«, sagte ich und betrachtete erneut das Nurdachhaus, während Eris zu ihrem SUV zurücklief und davonfuhr.

12

Um sieben Uhr an diesem Abend standen Johnny und ich auf der vorderen Veranda von Eris Coghlans Haus und warteten darauf, dass sie die Tür öffnete. Johnny trug immer noch den blauen Anzug von vorher und hatte einen teuren Chardonnay in der Hand. Nachdem ich ihn von der Arbeit abgeholt hatte und wir in einem Weinhandel eine Flasche Wein kaufen wollten, hatte er so lange gebraucht, sich für den passenden Jahrgang zu entscheiden, dass er im Cottage gerade noch Zeit gehabt hatte, sich zu kämmen. Und einen Blick auf das Foto zu werfen, das ich gefunden hatte. Er konnte sich allerdings nicht erinnern, wer die Frau war und wo das gewesen war.

Ich bezeichnete ihn scherzhaft als Aufreißer, der so viele Freundinnen gehabt hatte, dass er sich nicht einmal mehr an alle erinnern konnte. *Ich bin nicht wie dein Vater*, hatte er daraufhin zum millionsten Mal erklärt. Und dann hatte er mich in die Arme genommen, und das Gespräch darüber war beendet gewesen.

Als wir jetzt darauf warteten, dass Eris die Tür öffnete, konnte ich mich fast der Vorstellung hingeben, es wäre so etwas wie Normalität in unser Leben eingekehrt, und wir würden an einem lockeren geselligen Beisammensein teilnehmen. Ich trug eine dunkle Jeans, einen braunen Strickpulli und elegante Rockports-Schuhe. Es waren alles neue Sachen, abgesehen von der goldenen Halskette, die ich in den Trümmern gefunden hatte und jetzt unter dem Pulli trug, wo niemand sie sehen konnte – ein Andenken an mein früheres Leben.

»Ich wünschte, ich hätte Zeit gehabt, mich umzuziehen«, sagte Johnny und blickte an seinem Anzug hinunter.

»Du hast dich auf die epische Suche nach dem besten Chardonnay der Welt gemacht.« Ich griff nach seiner Hand.

»Eine epische Suche zusammen mit der schönsten Frau der Welt.« Er sah mich mit seinem bezaubernden Lächeln an.

»Du findest immer die richtigen Worte«, sagte ich und lächelte, wenngleich ich mir in Anbetracht der Nähte an meiner Stirn eher wie eine weibliche Version von Frankenstein vorkam. Wenigstens befand sich die Narbe dicht am Haaransatz.

Die Tür ging auf, und vor uns stand Eris in einem kurzen schwarzen Kleid und hochhackigen Schuhen. Der Stoff schimmerte wie frisch gesponnene Schappeseide. Eris besaß den athletischen Körperbau einer Frau, die regelmäßig trainierte; die Muskeln zeichneten sich auf ihren Armen ab. Schlagartig fühlte ich mich in meiner Kleidung grauenhaft unwohl, sie kam mir schäbig vor und formlos. Ich hatte jedoch nichts Schickeres, das ich hätte anziehen können.

Eris lächelte warm und bat uns hinein. Ich schnappte vor Bewunderung fast nach Luft, als ich die dekorative Täfelung sah, die hohen Decken und fein geschnitzten Deckenleisten. Augenblicklich überfiel mich Heimweh. »Ich bin so froh, dass ihr es einrichten konntet zu kommen«, sagte Eris und schloss die Tür hinter uns. Der Duft von Knoblauch und Zwiebeln wehte zu uns, und mir lief das Wasser im Munde zusammen, während ich merkte, wie ausgehungert ich war.

In einem der anderen Zimmer ertönten die weichen Klänge von einem der Brandenburgischen Konzerte. Eris blickte auf meine Schuhe. »Ich liebe Rockports. Und ich stehe selbst auf Pullis.«

Ich lächelte und fühlte mich gleich etwas wohler. »Ich werde meine Garderobe allmählich wieder aufbauen.«

»Dadurch wirst du der Konkurrenz gegenüber einen Vorsprung haben.« Sie lächelte jetzt Johnny an. »Wein! Das wäre doch nicht nötig gewesen.«

Er reichte ihr die Flasche. »Woodward Canyon von 2009, der beste Chardonnay aller Zeiten aus dem Staat Washington.«

»Ihr hättet wirklich nichts mitbringen müssen, aber ich freue mich sehr.«

Johnny schenkte ihr sein entwaffnendes Lächeln. »Das ist das Mindeste, was wir tun können.«

»Es dauert noch etwas, bis wir essen können«, fuhr Eris fort, während Johnny und ich die Schuhe auszogen. »Die Lasagne braucht noch ein paar Minuten. Ich bin durch die Präsentation eines atemberaubenden Hauses in Port Blakely aufgehalten worden, einem Haus, das von Mark LaRoche entworfen wurde.«

Johnny zog die Brauen hoch. »Dieser LaRoche ist ein talentierter Bursche.«

»Du hast von ihm gehört! Ich bin beeindruckt.«

Ich kannte Mark LaRoche nicht. Jetzt fühlte ich mich nicht nur schäbig angezogen, sondern auch noch schlecht informiert.

Eris strich sich die Haare an einer Seite hinters Ohr, und ein tropfenförmiger Perlen-Ohranhänger kam zum Vorschein. »Das Haus liegt direkt am Rockaway und bietet eine fantastische Aussicht auf Blakely Harbor. Moderne Architektur. Große Fenster. Blauer Pennsylvania-Sandstein …«

»Ich liebe blauen Pennsylvania-Sandstein«, sagte Johnny.

»Wirklich?«, fragte ich. Das war mir neu.

»Schon immer.« Sein Blick war weiter auf Eris gerichtet.

Okay, kein Problem. Auch eine Ehefrau konnte sicher jederzeit noch etwas Neues über ihren Mann erfahren, oder nicht?

»Das Haus wird schnell einen Käufer finden«, sagte Eris. »Aber ich kenne noch viele weitere Angebote, die euch interessieren könnten.«

»Wir haben vor, unser Haus neu aufzubauen«, sagte ich.

Eris lächelte mich an. »Gebt mir die Chance, es euch zu zeigen. Das ist alles, worum ich euch bitte.«

»Kann nicht schaden, es uns anzusehen«, fand Johnny. »Oder?« Er drückte meinen Arm.

»In Ordnung, vielleicht schauen wir es uns an«, sagte ich. Das konnte wirklich nicht schaden, oder? Immerhin hatte ich schon begonnen mir vorzustellen, dass Mia zu uns zog. Vielleicht war es für das kleine Mädchen besser, wenn sie nicht ständig an ihre Eltern erinnert wurde. Nein, das war ein verrückter Gedanke! Mia gehörte zu ihrer Großmutter.

»Also gut. Wir werden einen Termin machen.« Eris führte uns in ein geräumiges Wohnzimmer, wo bereits die Minkowskis saßen – Theresa, deren fruchtbare Schönheit den Raum erfüllte, und ihr Mann, der an den jungen Harrison Ford erinnerte. Beide erhoben sich jetzt mit dem Weinglas in der Hand. Theresa trug ein figurbetontes türkisfarbenes Kleid, ihr Mann eine schwarze Hose und ein blassgrünes Hemd. Ich war die einzige Person in diesem Zimmer, die leger gekleidet war.

»Kadin Minkowski«, sagte der Mann und schüttelte Johnny die Hand. »Theresa kennt ihr ja schon.«

Johnny lächelte. »Sie ist zum Cottage gekommen. Ich bin Johnny McDonald, und das ist meine Frau Sarah.«

»Ist mir ein Vergnügen.« Danach schüttelte Kadin mir die Hand. Sein Griff war so kräftig, dass es fast wehtat. Dann ließ er los, trat einen Schritt zurück und schlang den Arm um die Taille seiner Frau. »Ich sollte eigentlich gar nicht in der Stadt sein, aber mein Termin in L.A. ist in letzter Minute abgesagt worden. Schön, dass ich stattdessen Gelegenheit finde, euch kennenzulernen.«

Ich nickte und lächelte. »Das freut uns ebenso.«

»Und schön, zu wissen, dass wieder jemand im Cottage wohnt«, sagte Theresa. »Endlich haben wir Nachbarn.«

Eris klatschte in die Hände und sagte: »Gut, jetzt seid ihr alle miteinander bekannt gemacht worden. Sarah und Johnny, etwas Himbeerwein?«

Wir nickten beide, und sie verschwand in den Flur.

Theresa und Kadin ließen sich nebeneinander auf die einzige Couch sinken, die so klein war, dass sie fürs Kuscheln wie gemacht zu sein schien. Johnny und ich setzten uns ihnen gegenüber in einzelne Sessel. Das Mobiliar des Zimmers bestand aus schweren antiken Tischen, Bücherregalen mit jeder Menge alter gebundener Werke, einem Kristalllüster und Tiffany-Stehlampen.

Eris kehrte mit zwei Weingläsern zurück, die sie uns reichte. Dann setzte sie sich in einen hochlehnigen viktorianischen Sessel. »Johnny ist Hautarzt, Sarah schreibt Kinderbücher. Kadin ist Anlageverwalter und Theresa Restauratorin. Habe ich etwas vergessen?«

»Restauratorin?«, fragte Johnny und blickte Theresa an. »Welches Spezialgebiet?«

Theresa schlug kurz die wohlgeformten Beine übereinander, stellte sie aber rasch wieder nebeneinander auf den Boden. »Bildende Kunst. Ich restauriere gerade eine türkische Karaffe. Der Ausguss war abgebrochen. Inzwischen ist sie so gut wie neu. Man sieht die Fugen nicht mal.«

Johnny lächelte anerkennend. »Du vollbringst also Wunder.«

Sie lachte. »Wir können nicht alles reparieren.«

»Wer kann das schon? Es ist schwer, wenn man von uns erwartet, Wunder zu vollbringen.« Ein Blick wanderte zwischen Johnny und Theresa hin und her, eine unausgesprochene Mitteilung.

»Auch die Leser erwarten Perfektion«, sagte ich.

»Du schreibst also gerade ein Buch?«, fragte Kadin interessiert.

»Ich sollte es eigentlich tun, ja, aber es ist im Moment ein bisschen schwierig …«

»War das für dich schon immer klar gewesen?«, mischte sich Theresa ein. »Dass du Schriftstellerin werden wolltest, meine ich? Manche Leute fangen ja erst an zu schreiben, wenn sie älter sind, im Ruhestand oder nachdem die Kinder groß geworden sind.«

»Ich habe schon als Kind gern geschrieben«, sagte ich. »Aber richtig aufgegriffen habe ich es erst viel später. Vorher habe ich einen Abschluss in Psychologie gemacht; ich wollte in die Forschung gehen, bin dann aber Reporterin der Unizeitung geworden. Irgendwann habe ich einen Comiczeichner interviewt – und mich daran erinnert, wie gern ich geschrieben habe, als ich noch jünger war.«

»Und dann bist du zum Schreiben zurückgekehrt«, sagte Theresa und lächelte warmherzig. »Wie wundervoll!«

»Unser Sohn schreibt auch gern«, sagte Kadin.

»Kadin junior«, sagte Theresa. »Er ist gerade acht geworden. Er spielt und tobt genauso gern wie andere Kinder, aber wenn's ums Schreiben geht, ist er nicht zu bremsen. Er nimmt seinen kleinen Computer und tippt einfach drauflos …«

»Eines Tages wird er mal ein berühmter Schriftsteller werden«, sagte Kadin, als wäre so etwas leicht zu bewerkstelligen. »Er hat einfach die Finger für eine Tastatur.«

»Und weiße Flecken an den Armen«, sagte Theresa und sah dabei Johnny an. Und da war es wieder: die Angel wurde ausgeworfen, um kostenlosen ärztlichen Rat einzuholen. »Irgendeine Idee, was das sein könnte?«

Nur ich konnte erkennen, dass Johnnys Griff um das Weinglas sich verstärkte. »Schwer zu sagen, ohne ihn mir anzusehen«, sagte er. »Könnten Ekzeme oder eine oberflächliche Pilzinfektion sein.«

»Eine Pilzinfektion!«, sagte Kadin. »Ich dachte, nur Frauen bekommen Pilzinfektionen.«

Theresa sah ihn tadelnd an. »Kadin!«

»Tut mir leid. Konnte nicht anders.«

»Könnte auch Schuppenflechte sein, die Weißfleckenkrankheit …«, fuhr Johnny fort.

»Du meinst das, was Michael Jackson hatte?«, fragte Kadin.

»Es ist ungewöhnlich«, sagte Johnny. »Ich müsste mir deinen Sohn ansehen. Wir können versuchen, euch in der nächsten Woche zwischenzuschieben.«

»Er ist der *Beste*«, warf Eris ein. »Ein Wunderwirker.«

Johnny wurde rot. »Das würde ich nicht behaupten.«

»Er hat mich geheilt.« Eris deutete auf ihre Wange.

Theresa beugte sich vor und musterte Eris' Wange genauer. »Von was?«

»Genau darum geht es! Es ist weg«, sagte Eris triumphierend.

Theresa lehnte sich zurück. »Was war es? Ein kleiner Pickel?«

»Ein Melanom«, antwortete Eris.

Ich blieb still, war ein bisschen erschüttert. Johnny hatte mir nicht erzählt, dass er auch Eris schon kannte. Ich dachte, er hätte sie durch Maude kennengelernt.

Theresa holte tief Luft. »Du hattest *Hautkrebs*?«

Eris fasste sich sanft an die Nase. »Hier auch. Mein Internist, dessen Namen ich hier nicht nennen möchte, hat mir ein Todesurteil überbracht. Er sagte, ich hätte noch sechs Monate zu leben.«

»Sechs *Monate*?« Theresas Stimme wurde höher. »Davon habe ich ja gar nichts gewusst!«

Eris tätschelte ihren Arm. »Jetzt wisst ihr es. Johnny hat mich geheilt. Bislang ist es nicht wiedergekommen, und es gab schon ein paar Nachuntersuchungen.«

Johnny wurde still und blickte in seinen Wein. Er würde keine vertraulichen Informationen über eine Patientin weitergeben, auch wenn sie selbst damit angefangen hatte. Aber er hätte *mir* davon erzählen können. Ich war schließlich seine Frau, und teilten Ehemänner nicht ihre Geheimnisse mit ihren Frauen?

Theresa blickte ihn mit offener Bewunderung an. »Ich bin froh zu wissen, dass ein medizinischer Zauberer so nahe bei uns wohnt.« Sie beugte sich vor, um das Glas auf den Tisch zu stellen, und ließ dabei ihr üppiges Dekolleté sehen.

Johnny lächelte. »Wir können nicht jeden heilen.«

»Guter Konter«, sagte Theresa.

Eris stiegen Tränen in die Augen. »Du hast mir ein neues Leben gegeben. Euch eine Unterkunft zu besorgen, wo ihr leben könnt, solange es nötig ist – das war das Mindeste, das ich als Gegenleistung dafür tun konnte.«

In diesem Moment wurde mir klar, dass Eris keine Miete für das Cottage nahm. Sie wollte großzügig sein, aber ich fühlte mich irgendwie unwohl bei dieser Sonderbehandlung, denn ich wollte weder Mitleid noch Almosen.

Als Eris uns zum Essen ins stattliche Esszimmer führte, aß ich trotz meines Hungers kaum etwas von der Spinatlasagne. Am liebsten wäre ich zurück ins Cottage gelaufen und hätte mich dort verkrochen. Das Lachen ging mir auf die Nerven, und die Gespräche waren geistlos. Wir waren gerade mitten am Essen, als ein melodisches *Ding-dong* ertönte. Das Geräusch der Türklingel hallte durch das ganze Haus.

Eris tupfte sich den Mund mit der Stoffserviette ab, schob den Stuhl zurück und stand auf. »Entschuldigt mich. Ich habe keine Ahnung, wer das jetzt noch sein kann.«

Ihre Pumps klackten auf dem Fußboden, als sie das Zimmer verließ. Alle schwiegen unbehaglich, während ihre Stimme zu hören war, gefolgt vom Rumpeln einer tiefen Männerstimme, der wiederum das erstaunte Lachen von Eris folgte. »Da haben Sie aber Glück! Sie ist hier. Kommen Sie rein.«

Eris kehrte mit einem Mann im Schlepptau ins Esszimmer zurück. Er hatte einen Bart, und der leicht molligen Gestalt nach zu schließen musste er in den Dreißigern sein. Er trug ein gelbes Hemd und blaue Jeans. Auf der Hemdtasche stand ein Aufnäher mit den Worten *Harborside Florist*. Er hielt eine zerknitterte Rechnung in der Hand. Er wirkte leicht verunsichert, als er seinen Blick über uns schweifen ließ, über die üppige Mahlzeit und die gut gekleideten Gäste (mit Ausnahme von mir).

»Tut mir leid, wenn ich störe«, sagte er und räusperte sich.

»Ich habe eine Lieferung für Theresa Minkowski.« Er sah mich an.

»Ich bin das nicht«, sagte ich lächelnd.

Theresa legte die Gabel auf den Teller und blickte zu ihm auf. »Ich bin Theresa.« Sie sah Kadin von der Seite an. Er verriet keinerlei Regung.

Der Lieferant richtete sich jetzt an Theresa. »Man hat mir die falsche Adresse genannt. Die letzte Stelle sieht nach einer 7 aus, müsste aber eine 1 sein. Ich bin auf der Suche nach der Hausnummer 227 überall herumgefahren.«

»Wir haben die 221«, sagte Theresa.

Der Mann seufzte sichtlich erleichtert. »Ich bringe Ihre Lieferung sofort herein. Ich bin heute spät dran. Sieht so aus, als wäre die Bestellung um …«

»Bringen Sie sie bitte herein«, sagte Eris und machte eine Geste, die das ganze Zimmer einschloss. »Wir sind alle neugierig.«

Der Mann kehrte eine Minute später mit einer atemberaubenden türkisfarbenen Hortensie in einem roten Keramiktopf zurück. Ein kleiner Umschlag klebte an einem in der Blumenerde steckenden Stöckchen.

Der Mann sah sich um. »Wo soll ich sie hinstellen?«

»Warum nicht einfach auf den Tisch?«, fragte Eris und lächelte Theresa an. »Was ist der Anlass?«

»Ich weiß nicht recht«, sagte Theresa, aber sie strahlte.

Während der Mann die Vase vor ihr auf den Tisch stellte, musterte sie die Hortensie entzückt.

»Sie ist schön«, sagte ich und dachte an die komplette Hortensienhecke, die ich in der Sitka Lane hinter dem Haus gepflanzt hatte. Es waren Geschenke von Johnny gewesen.

Der saß jetzt reglos da und sah zu, was weiter passierte.

»Vielen Dank«, sagte Theresa zu dem Lieferanten, der verlegen unter der Bogentür zum Speiseraum stand.

»Nichts zu danken«, sagte er und tippte sich an eine imaginäre Mütze. »Ich wünsche Ihnen noch einen schönen Abend. Verzeihen Sie bitte die Störung.« Er ging eilig weg.

Eris setzte sich, und schweigend bewunderten wir einen Moment die Blüten. »Möchtest du nicht lesen, was auf der Karte steht?«, fragte Eris dann.

Theresa griff nach der Karte. Wir alle sahen gespannt zu. Sie sah Kadin an und lächelte. »Das wäre doch nicht nötig gewesen.«

Er lächelte, aber das Lächeln erfasste nicht seine Augen. »Sie müssen von einem deiner heimlichen Verehrer stammen.«

»Ich habe keine heimlichen Verehrer, abgesehen von dir.« Sie drehte den Umschlag um.

»Natürlich hast du welche«, sagte Eris. »Öffne die Karte. Du brauchst uns ja nicht zu verraten, was draufsteht.«

»Damit habe ich kein Problem«, sagte Theresa. Sie öffnete die Karte und las schweigend. Dann lächelte sie. »Hier steht: *Für eine unglaublich talentierte Frau. Ein Zeichen meiner Wertschätzung für dich allein, und nur für dich.*«

Ich erstarrte. Die Worte trafen mich mit aller Härte, hingen in meinem Kopf wie Stalaktiten in einer Eishöhle. War es möglich, dass besondere vertrauliche Redensarten von mehr als nur einem Paar auf der Welt benutzt wurden? Aber es war ja auch gar nicht ganz genau dieselbe. Nur: wie groß war die Wahrscheinlichkeit? Theresa hatte eine Hortensie erhalten, und eine Hortensie war auch Johnnys erstes Geschenk an mich gewesen.

Dann wurde mir etwas anderes klar. *all das hatte nicht hier in Eris' Haus stattfinden sollen.* Theresa hatte die Pflanze erhalten sollen, während ihr Ehemann unterwegs war. Mein Blick wanderte jetzt von einem zum anderen, als ich nach einem Hinweis suchte, dass außer mir sonst noch jemand die gleichen Gedanken hegte. Aber alle lächelten. Vielleicht war ich die Einzige hier, die unter Verfolgungswahn litt. Vielleicht war es eine Folge der Gehirnerschütterung.

Theresa schlang Kadin die Arme um den Hals und gab ihm einen Kuss auf die Lippen. »Danke, Schatz!«

Er blieb steif und unnachgiebig. Als sie ihn losließ, flackerte Verwirrung in seinem Gesicht auf. Er nahm Theresa die Karte aus der Hand und las sie selbst, dann gab er sie ihr zurück. »Nichts zu danken.«

»Was ist der Anlass?«, fragte Eric. »Verratet ihr ihn uns? Geburtstag? Hochzeitstag?«

Theresa sah auf die im Schoß gefalteten Hände hinunter, und ihre Züge wurden eine Spur dunkler. Dann hob sie den Blick zu Kadin, der kurz nickte, als würde er ihr die Erlaubnis geben zu sprechen. Theresa lächelte verlegen und biss sich auf die Lippe.

»Wir haben es die letzten Monate noch geheim gehalten, bis wir sicher sein konnten, dass alles gut verläuft. Da das so ist, können wir es euch jetzt auch sagen. Kadin und ich erwarten im Frühling unser zweites Kind.«

»Was? Meinen Glückwunsch!«, rief Eris. Sie sprang auf und lief um den Tisch, um Theresa und Kadin zu umarmen. Kadins Lächeln war distanziert. Weitere Glückwünsche wurden ausgesprochen, und sogar ich stand auf, um Theresa und Kadin zu umarmen, obwohl ich sie gerade erst kennengelernt hatte. Ich freute mich für Theresa, freute mich über die gute Nachricht für sie, aber ihre Schwangerschaft betonte auch meine eigene Leere. Meine Kehle fühlte sich wie ausgetrocknet an, und doch lächelte ich weiter – was hätte ich auch sonst tun können?

Johnny lächelte auf seine unwiderstehliche Art und hob das Weinglas. »Ein Trinkspruch«, sagte er würdevoll. »Auf die Romantik, auf neue Nachbarn und schöne Überraschungen.«

»Einen Trinkspruch«, sagten wir alle und hoben gemeinsam die Gläser.

13

Als ich am Nachmittag in Harriets Haus eintraf, war die bisherige Sauberkeit den Launen eines kleinen Mädchens zum Opfer gefallen, das Saft auf dem Teppich verschüttet, Krümel auf der Arbeitsplatte in der Küche verstreut und Bilderbücher aus den Regalen gezerrt hatte. Ihre fettigen Fingerabdrücke zierten sämtliche verfügbaren Flächen, darunter die Fernbedienung des Fernsehers, Türgriffe und den Küchentisch. Mehlstaub auf den Arbeitsflächen in der Küche gab Hinweis auf ein erst kurz zurückliegendes Backexperiment. Puzzlestücke lagen auf dem Couchtisch verstreut; eine Szene mit Dschungeltieren nahm in dem Chaos allmählich Gestalt an.

Harriet hatte das Haus schnell verlassen, da sie ohnehin schon spät dran war für ihren Termin, und vage Hinweise hinterlassen, dass ich Mia ein Nickerchen machen lassen sollte, wenn es nötig war, und dass ich ihr Tierkekse und Saft geben sollte, wenn sie hungrig wurde. Der Himmel hing kalt und bewölkt über uns, aber er kündete nicht von Regen. Mia saß im Wohnzimmer auf dem Teppich vor dem Couchtisch; sie ließ die Zunge aus dem Mund hängen, während sie – über ein Wirrwarr aus Buntstiften gebeugt – in ihrem Disney-Prinzessinnen-Malbuch herumkritzelte. Den Haaren sah man heute sogar noch deutlicher an, dass sie willkürlich geschnitten worden waren, ganz als wäre ein Miniatur-Rasenmäher auf ihrem Schädel Amok gefahren.

Ich setzte mich nervös auf die Couch. Als Johnny und ich gestern Abend ins Cottage zurückgekehrt waren, hatte ich über die Karte gesprochen, die an der Hortensie befestigt gewesen war. Ich hatte darauf hingewiesen, dass die Formulierung so sehr den Worten ähnelte, die wir fast drei Jahre lang benutzten. Johnny leugnete, irgendetwas von der Blumenlieferung gewusst zu haben. Warum hätte er auch etwas darüber wissen sollen? Er hatte sich dafür entschuldigt, mir keine Blumen geschickt zu haben, und am Morgen hatte er mir Kaffee mit Sojamilch ohne irgendwelche Zutaten mitgebracht. Er wusste genau, was ich mochte. Braunen Toast, nie angebrannt. Weiche cremige Erdnussbutter, ohne Salz.

»Guck mal, die Königin hat … violette Augen!« Mia malte ohne jede Beachtung der Linien in dem Malbuch herum und erzeugte so neue Formen jenseits der von Disney gezogenen Umrandungen.

»Das ist schön für sie«, sagte ich.

Mia legte den violetten Buntstift zur Seite, nahm den gelben und machte sich daran, das Kleid der Prinzessin bunt zu malen.

»Du kennst dich ja mit Farben gut aus.«

»Das Bild ist für meine Mom.« Mia riss die Seite aus dem Malbuch und hielt sie hoch, damit ich sie sehen konnte.

Ich lächelte traurig. »Das ist schön.«

Mia blätterte weiter, hielt bei den Umrissen glücklicher Häschen und Hirschkälber inne. »Das ist für meinen Dad.«

»Es ist nett, dass jeder ein Bild bekommt.«

»Oma auch«, stellte Mia feierlich fest.

»Oma auch.« Monique überlebte in einer Geste, mit der Mia nach einem grünen Stift griff, um die Bäume zu kolorieren. Sie zeichnete ein kleines Herz und ein paar Schnörkel über den Wald. »Und eins ist für dich.«

»Danke«, sagte ich leise.

Sie deutete auf die Schnörkel. »Das heißt ›Ich hab dich lieb‹.«

»Ich hab dich auch lieb, Süße.«

Sie lächelte mich an und blätterte erneut weiter. »Eins ist für meine Lehrerin.«

»Nun, du kannst deine Lehrerin nicht vergessen!« Tränen brannten mir in den Augen, während ich aufstand und die Bücher in den Regalen zurechtrückte. Harriets Zimmer – direkt gegenüber dem von Mia – war immer noch aufgeräumt: da waren eine rüschenbesetzte Tagesdecke mit Rosen, rosafarbene Vorhänge, sogar ein Frisiertisch mit einer Rosenschnitzerei im Holz über dem Spiegel.

Im Gästezimmer am anderen Ende des Flurs standen ein einzelnes Bett an einer Wand und ein Nähtisch und eine Nähmaschine in der einen Ecke. Stoffe und Schnittmuster stapelten sich auf einem Stuhl, der neben einem Tisch und einem Ablageschrank stand. Ich sah erneut nach Mia. Sie malte immer noch, also ging ich ins Gästezimmer zurück, angelockt von dem Papierstapel, den Beileidskarten und den Aktenordnern auf dem Tisch. Ich wusste, dass ich neugierig war und hatte Schuldgefühle, trotzdem ging ich die Karten durch, die von Ärzten, Lehrern, Harriets alten Freunden und ihrer Familie an der Ostküste stammten. Dann erregte eine Mappe meine Aufmerksamkeit. »Mia« stand darauf, und ich fand darin Kopien von Mias ärztlichen Untersuchungsergebnissen. Ganz unten lag eine Kopie der Geburtsurkunde. Mia hatte 3528 Gramm gewogen. Sie war im Cove Hospital an einem 13. Februar um 02:35 Uhr geboren worden. Die Mutter war Monique Beaumont, aber ein Vater wurde nicht genannt. Ich fand nicht mal eine leere Zeile für den Namen des Vaters.

Einfach gar nichts.

14

Auf der Rückfahrt zur Shadow Bluff Lane folgte ich einem spontanen Einfall und machte einen Umweg, der mich in Eris' Einfahrt brachte. Ich versuchte zu verarbeiten, was ich gerade über Mia erfahren hatte, aber es ging niemanden etwas an, wer ihre Eltern waren.

Monique hatte davon gesprochen, dass sie vor vier Jahren überraschend und schnell geheiratet hatte, was bedeuten konnte, das Mia schon auf der Welt war, als Monique und Chad den Bund fürs Leben geschlossen hatten. Hatte Monique ihren Mädchennamen behalten? Ich war nie auf die Idee gekommen, sie zu fragen. Ich war jedoch davon ausgegangen, dass es sich bei Chad um Mias leiblichen Vater handelte.

Harriet hatte mich nach ihrer Rückkehr vom Krankenhaus gebeten, Mia am folgenden Wochenende für eine Nacht zu mir zu nehmen. Harriet musste für ausgiebigere Tests noch einmal ins Krankenhaus. Sie wirkte abgespannt und müde, wie ein wandelndes Strohbündel.

Ich hatte zugesagt. Allerdings gab es bei uns keinerlei Spielsachen oder Bücher, und wir hatten für Mia auch kein Bett, deshalb hatte ich Eris angerufen und gefragt, ob sie uns ein zusätzliches Bett ausleihen konnte. Als ich jetzt auf ihre frisch gestrichene Veranda zuging, fand ich Todd Severson mit dem Hammer in der Hand bei der Arbeit am Geländer vor. Seine dunklen Haare und das kantige Gesicht schienen das Sonnenlicht regelrecht zu absorbieren.

»Nur hereinspaziert. Sie ist oben und trainiert«, sagte er. Er sah mich mit einem langen und durchdringenden Blick an.

»Danke«, sagte ich. »Aber vielleicht sollte ich sie jetzt lieber nicht stören?«

Er setzte sich auf die Fersen zurück. »Möchten Sie das Bett allein tragen?«

Ich wurde rot. »Daran hatte ich nicht gedacht.«

»Es ist schwer. Sie hat gesagt, dass ich Ihnen helfen soll.«

»Danke, das ist sehr nett. Ich wollte Sie auch noch fragen, was Sie damit gemeint haben, als Sie sagten …«

»Was?«

»Sie wollten mir gestern noch etwas sagen.«

»Daran erinnere ich mich nicht.« Er hämmerte weiter.

Na gut. Vielleicht hatte er mir auch nichts zu sagen. Ich öffnete die schwere Haustür und trat ein. Eris' Haus fühlte sich kühl und zugig an. Der überwältigende Geruch von Putzmitteln mit Orangenduft hing in der Luft und weckte die Erinnerung daran, wie ich sonntagvormittags frischen Orangensaft gepresst hatte. Die Erinnerung folgte mir die breite Treppe hinauf ins Obergeschoss.

Dumpfe, rhythmische Trommelklänge drangen aus einem Zimmer am Ende des Flurs. Etliche gerahmte Fotos hingen an den Wänden: Landschaften, Wald, Meeresansichten und ein Bild von Eris als Teenager zwischen einem Mann und einer Frau mit freundlichen Gesichtern, vermutlich ihre Eltern. Weiche klassische Musik war aus einem Zimmer links von mir zu hören. Ich klopfte an, aber niemand reagierte. Die Tür war abgeschlossen. Ich wartete einen Augenblick und lauschte. Vom anderen Ende des Flurs war eine ganz andere Musik zu hören.

Das Trommeln brach ab, und Eris tauchte auf. »Sarah! Ich hatte dich gar nicht gehört.«

»Verzeihung, ich … Todd sagte, ich sollte …«

»Natürlich. Das Bett.« Eris lächelte, während sie auf mich zukam und dabei auf den Zehenballen wippte. Sie deutete mit dem Kopf auf das Zimmer, aus dem ich gekommen war. »Das ist mein Ruheraum. Ich war im Zumbazimmer.« Ihr hautenger Fitnessanzug aus Elastan glänzte, und sie trug ein Schweißband über der Stirn. »Komm. Folge mir.« Sie führte mich durch den Flur zu einem zusätzlichen Schlafzimmer, das als Lagerraum diente, zerrte hinter einem großen gerahmten Foto der Space Needle in Seattle ein Faltbett hervor. »Es ist zusammenklappbar. Siehst du?«

»Perfekt«, sagte ich. »Ich danke dir.«

»Ich habe es für meinen Freund aufbewahrt. Ich denke, er würde gern mal campen.« Sie blinzelte mich an, während wir das Bett an einigen Hindernissen vorbei zur Tür manövrierten.

»Oh? Du hast einen Freund?«

Eris sah mich mit Verschwörermiene an. »Verrate es nicht weiter! Ich stecke immer noch mitten in der Scheidung. Ich weiß, dass das alles schnell geht.«

Ich lächelte. »Es ist schön für dich. Meinen Glückwunsch.«

»Er hat selbst noch mit schwierigen Verstrickungen zu tun. Aber letztlich wird alles an die richtige Stelle rücken und wir werden zusammen sein.« Sie erreichte die Tür, schob sie mit der Schulter auf.

»Ich hoffe, dass alles glattläuft.«

»Ich auch.«

Wir trugen das Bett nach unten und auf die Veranda. Es war erstaunlich schwer. Todd hievte es sich über die Schulter und marschierte damit zu seinem blauen Pick-up.

»Ich kann später zu dir kommen, falls du Zeit für einen Spaziergang im Wald hast«, sagte Eris. »Ich kann dir den Weg zum Fluss zeigen.«

»Gern. Bis später dann.«

Ich winkte zum Abschied und stieg in Todds leicht schmutzigen Wagen. »Danke fürs Mitnehmen.«

Todd nickte und fuhr zu unserem Cottage. Er trug das Faltbett ins Haus und stellte es im Gästeschlafzimmer auf. Dann nahm er ein Foto in die Hand, das ich auf den Tisch gestellt hatte. Es zeigte Monique, Chad, Johnny und mich beim Schlittschuhlaufen im Winter vor zwei Jahren auf der einzigen Eisbahn in der Stadt. Ich hatte das Bild schon vergessen. Johnny hatte es in seiner Brieftasche aufbewahrt. Todd starrte es stirnrunzelnd an. Trauer stand in seinem Blick. »Das Feuer war so verdammt heiß.« Ich konnte fast sehen, wie sich die Flammen in seinen Augen spiegelten. Dann löste sich seine Miene auf, und eine Träne lief ihm über die Wange.

Ich wusste einfach nicht, was ich sagen sollte. Noch nie

hatte ich erlebt, dass ein Fremder in meinem Beisein die Beherrschung verloren hatte. »Es tut mir leid«, war alles, was ich herausbrachte. »Sie haben Ihr Bestes getan.«

»Ja.« Er wischte sich über die Augen und ging zur Tür. Sein Gesicht war vor Verlegenheit gerötet. »Tut mir leid. Das war verrückt.«

»Machen Sie sich keine Gedanken. Es ist okay. Es ist menschlich.«

Er öffnete die Tür, drehte sich dann zu mir um. »Haben Sie schon ein Haus gefunden?« Er blickte zum Nurdachhaus der Minkowskis hinüber und sah dann wieder mich an.

»Nein. Wieso?«

»Wenn Sie können, ziehen Sie so weit weg von dieser Stadt wie nur möglich.«

»Warum sollten wir das tun?« Ich spürte eine Taubheit an meinen Fingern, die sich weiter ausbreitete. »Wissen Sie etwas über das Feuer? Warum sollten wir die Stadt verlassen?«

Er schien jetzt aus einer Trance zu erwachen. Er sah mich an, die Augen blutunterlaufen, richtig gehetzt. »Wenn ich an Ihrer Stelle wäre und wüsste, dass ein verrücktes Arschloch mein Haus niederzubrennen versucht hat, würde ich versuchen, mich so schnell wie möglich vom Acker zu machen.« Er ging zu seinem Pick-up. Ich lief ihm nach.

»War es das, was Sie mir zu sagen versucht haben?«

Er stieg ein und startete den Motor, während die Tür noch offen stand. »Verraten Sie niemandem, dass ich das gesagt habe, okay?«

»Aber wieso?«

Er seufzte und schloss die Tür, kurbelte aber das Fenster herunter. »Ich weiß nur eines: Wenn ich Sie wäre, würde ich von hier verschwinden.« Und genau das tat er.

15

»Aber ihr beiden könnt doch nicht einfach die Stadt verlassen!« Eris war zu mir herübergekommen, um mich zu einem Spaziergang abzuholen. Sie trug einen dicken Strickpulli, Wanderhose und Wanderschuhe. Sogar dann, wenn sie nur in die freie Natur ging, wirkte sie so perfekt gestylt, als wäre sie dem Katalog eines Wanderausstatters entsprungen.

»Was denkst du, warum Todd so etwas gesagt hat?« Ich kam mir in meinem dicken roten Pullover, den Jeans und Laufschuhen richtig mittelmäßig vor.

»Er weiß, dass Brandstifter dazu neigen, ihre Tat zu wiederholen. So was ist einmal während seines Dienstes passiert. Ein eifersüchtiger Mann hat versucht, das Haus seiner Freundin niederzubrennen. Beim zweiten Mal hatte er Erfolg, ehe sie ihn schnappen konnten. Todd gehörte damals zum Feuerwehrteam.«

»Das erklärt es vielleicht. Aber wer weiß schon, welches Motiv hinter dem Brand in der Sitka Lane gesteckt hat?«

»Er möchte dich beschützen. Und er hat ein weiches Herz. An dem Tag nach dem Feuer ist er nicht zu mir gekommen, um an der Veranda zu arbeiten. Er sagte, es ginge ihm nicht gut.«

»Der arme Kerl. Er sollte sich nicht so verantwortlich dafür fühlen.«

»Das sollte er nicht, aber … es nagt an ihm. Hast du dem Brandermittler Bescheid gesagt, Mr Wie-hieß-er-noch-gleich?«

»Greene. Ryan Greene. Ich habe ihm eine Nachricht hinterlassen.«

Eris nickte nachdenklich, während sie mich über die Straße führte. Es war ein kühler, frischer Tag, und die Wolken leuchteten an den Rändern. Nach wie vor gab es keinen Hinweis auf Regen. Wir kamen am Haus der Minkowskis vorbei; in ihrem Garten lagen Spielsachen und ein kleines Fahrrad herum. Die Autos waren nicht da. Eris wandte sich nach rechts in den dichteren Teil des Waldes.

»Ein Stück weiter wird der Weg etwas breiter«, sagte sie, »aber hier müssen wir hintereinandergehen.«

Ich folgte ihr, sah ihren athletischen, ruckartigen Gang, die deutliche Entschlossenheit, als wollte sie verhindern, zu spät zu einer Verabredung zu kommen.

Als die Straße hinter uns verschwand, war es, als würden wir uns plötzlich mitten in der Wildnis befinden, meilenweit von jeder Zivilisation entfernt. Die Vögel zwitscherten, und unter den Heidelbeersträuchern war Klicken und Zirpen zu hören. Die Gerüche führten mich in die Kindheit zurück, in der ich viel Zeit im Wald verbracht und nach wilden Tieren Ausschau gehalten hatte, nach kleinen Feldmäusen und Raupen, während ich mir Notizen in meinem Tagebuch gemacht hatte. Jetzt hatte ich ein neues Tagebuch begonnen, in dem ich meine Ansichten, Gefühle und Eindrücke seit dem Feuer festhielt.

Das Rauschen des Flusses, der sich hinter dicht stehenden Tannen und Zedern befand, wurde lauter.

»Diese ganze Gegend hier ist ein einziger Grüngürtel!«, rief Eris über die Schulter. »Das Shadow-Cove-Schutzgebiet erstreckt sich bis zum Fluss.«

»Es ist wunderschön!«, rief ich zurück. Der Weg war inzwischen breit genug, dass ich zu Eris aufschließen und neben ihr hergehen konnte. Die Luft roch süß und klar nach Blättern und Moos.

»Was ist mit Todds Frau gewesen?«, fragte ich.

»Sie hat ihn verlassen. Er war ziemlich verliebt in sie, als sie sich kennenlernten, sagte er, aber dann hat sie sich wohl verändert. Verändern wir alle uns, wenn wir verheiratet sind?«

»Johnny und ich sind eigentlich immer noch so wie vorher, denke ich.« Aber stimmte das?

»Wie habt ihr beiden euch kennengelernt?« Eris blieb an der hohen Uferböschung oberhalb des Flusses stehen. Das Wasser floss unter uns dunkel und in vielschichtigen Strömungen dahin.

»Es war beim jährlichen Eisschwimmen. Johnny hat noch ein T-Shirt zur Erinnerung daran.«

Eris lächelte, und ihre Miene erhellte sich. »Ich liebe das Eisschwimmen! Ich war selbst zweimal dabei und habe auch ein T-Shirt.«

»Dann bist du ziemlich mutig! Ich hatte nie den Mumm, selbst hineinzuspringen. Das Wasser ist mir zu kalt. Ich habe aber zugesehen, wie andere, die tapferer waren, eingetaucht sind.« Mir wurde allein bei der Vorstellung kalt. »Ich habe

Johnny ein Strandtuch gegeben. Er hatte seines vergessen. Ist das nicht unglaublich? Dadurch sind wir ins Gespräch gekommen.«

»Über eiskaltes Wasser. Sehr romantisch. Ich bin meinem Exmann beim Hippofahren begegnet. Wir haben uns in denselben Wagen gequetscht. Die anderen Wagen waren alle besetzt. Ich habe mich an ihn geklammert, während das verflixte Ding rotierte.«

»Das ist eine tolle Geschichte; die ist noch besser als meine.«

»Es ist mein Spezialgebiet, besser zu sein.« Wir folgten dem Fußweg, der sich an der hohen Böschung entlangschlängelte. Hin und wieder gab es Abzweigungen, die hinunter zum Fluss führten. »Letztlich haben uns Geschichten aber nicht geholfen«, fuhr sie eine Zeit lang später fort. »Wir stecken immer noch in unserer hässlichen Scheidung fest.«

»Das tut mir leid.«

»Es ist besser so. Wir waren nicht füreinander bestimmt.«

Waren Johnny und ich füreinander bestimmt? Ich hatte seinen Heiratsantrag nach langem Nachdenken angenommen, nachdem wir uns tief, unwiderruflich und leidenschaftlich ineinander verliebt hatten. Jetzt fragte ich mich jedoch, ob ich lange genug gewartet hatte. Aber es war nicht gut, darüber nachzugrübeln. Nicht, nachdem wir alles verloren hatten und gemeinsam stark sein mussten.

Eris führte mich zu einem beeindruckenden Wasserfall. Ein Sprühregen aus schäumendem Wasser hing wie Nebel in der Luft, und ein leichter Regenbogen zog sich über den

Himmel. Der Fluss stürzte an dieser Stelle steil ab, landete schäumend am Fuß der Felswand und wurde ein Stück flussabwärts wieder ruhiger.

Eris deutete auf einen schmalen Seitenpfad rechts von uns. »Dort geht es zum Haus der Minkowskis. Sarah, du musst dir alle Abzweigungen merken. Ich bin mal aus Versehen dort langgegangen und prompt in deren Garten gelandet. Seitdem habe ich mich darin geübt, meinen Weg zurückzuverfolgen. Man kann sich leicht verirren.« Den Eingang zu diesem Pfad markierte ein üppiger, wilder Rhododendron.

»Johnny wäre von diesem Weg begeistert«, sagte ich.

»Oh, er kennt ihn schon. Hier ist die Stelle, an der ich ihn neulich gesehen habe, als er joggen war.«

»Du machst Witze!«

»Ich war ein ganzes Stück hinter ihm. Es war unmöglich, ihn einzuholen. Aber als ich am Ende des Wegs angekommen war, habe ich ihn im Garten der Minkowskis mit Theresa plaudern gesehen.«

»Vielleicht hatte er sich verirrt. Du weißt ja, dass Männer ungern nach dem Weg fragen und es erst tun, wenn es schon zu spät ist.«

Wir lachten beide, aber mein Lachen fühlte sich gezwungen an. Es wurde kälter, und die Brise frischte zu einem kräftigen Wind auf. Ja, Johnny war das Gleiche widerfahren wie Eris. Er hatte sich verirrt, hatte rein zufällig den falschen Weg eingeschlagen, der ihn auf Umwegen zum Garten der Minkowskis geführt hatte.

16

Als Johnny am nächsten Morgen zum Joggen aufbrach, sah ich, dass er über die Straße zu dem Wanderweg lief. Was veranlasste mich nur, die Kaffeetasse auf dem Küchentisch stehen zu lassen, meine eigenen Laufschuhe anzuziehen und ihm zu folgen? Ein kühler Herbstwind peitschte durch die Zweige und dämpfte meine Schritte. Beim Minkowski-Haus war es dunkel, und es stand auch kein Auto in der Einfahrt.

Während ich den Weg entlanglief, hielt ich nach Johnny Ausschau, aber ich sah ihn nicht. Was, wenn er eine Abzweigung genommen hatte? Ich wurde schneller, und meine Lunge protestierte. Wie war es nur möglich, dass ich kaum noch in Form war?

Rötelgrundammern zwitscherten im Unterholz. Als ich die Stelle erreichte, an der der Weg zum Fluss abfiel, entdeckte ich Johnny. Er lief mehrere Meter vor mir. Dann wurde er langsamer und warf einen Blick auf sein Handy, und ich glitt rasch hinter einen Baum. *Lauf einfach zu ihm, rede mit ihm*, dachte ich, aber irgendein uralter Instinkt hielt mich zurück.

Er tippte mit dem Daumen auf das Telefon, schickte jemandem eine Textnachricht, bog dann scharf nach rechts ab und verschwand im Wald. Ich stürmte los, um ihn einzuholen, folgte ihm in einiger Entfernung, während er mehrfach abbog. Ich versuchte, mich an den Weg zu erinnern. Schließlich erklomm er eine Anhöhe und verschwand auf der anderen Seite. Ich blieb auf der Kuppe stehen, in den Haaren den klammen Wind, der einen Sturm ankündigte. Ich versteckte mich hinter einer Tanne, halb im Schatten, und sah, wie Johnny zum Garten der Minkowskis hinablief. Es war, als betrachtete ich einen Fremden. Er wirkte so fremd, wie er die Schultern hochzog, verstohlen nach rechts und links blickte, und dann zur Hintertür der Minkowskis huschte.

Ich hielt die Luft an. Diese ganze Szene war irgendwie surreal. Theresa öffnete die Tür in einem glänzenden rosaroten Bademantel und Pantoffeln. Ihre herrlichen Haare waren zerzaust. Instinktiv fasste ich mir an die eigenen Haare. Ich konnte jetzt den Hügel hinunterlaufen und die ganze Sache auffliegen lassen. Ich hatte fast geglaubt, hatte glauben *wollen,* dass Eris nicht gesehen hatte, wie Johnny diesem Weg gefolgt war.

Theresa ließ Johnny eintreten. Er nahm die Strickmütze ab und zog den Kopf ein, um durch die Hintertür ins Haus zu gehen. Er schloss die Tür hinter sich.

Ich blieb auf dem Hügel stehen; der Wind auf meiner Haut fühlte sich kalt an. Was würde ich wohl vorfinden, wenn ich zum Haus der Minkowskis hinuntergehen würde? Johnny und Theresa lagen vielleicht gemeinsam im Bett, hatten ihre Kleidung auf dem Fußboden verstreut. Theresa kam vielleicht nackt an die Tür oder in nichts weiter bekleidet als einem Bademantel. Oder gar nicht. War Johnny wirklich zu einer solchen Täuschung fähig? Führte er womöglich ein Doppelleben?

Wäre ich nicht in den Trümmern unseres Hauses in der Sitka Lane herumgelaufen, wären die Wände nicht abgebrannt, hätte ich dann jemals das Foto der unbekannten Frau gefunden, die *meine Liebe* auf die Rückseite geschrieben hatte? Hätte ich dann auch hier in der Nähe unseres Cottages gestanden und zugesehen, wie Johnny durch die Hintertür im Haus einer fremden verheirateten Frau verschwand?

Während ich auf der im Schatten liegenden bewaldeten Seite des Hügels stand, beschloss ich, keine Szene zu machen. Ich würde warten, bis er nach Hause kam, und ihn dann einfach fragen. Ich würde ihm einen Vertrauensbonus gewähren.

Ich hatte nicht vor, durch den Garten der Minkowskis zu laufen – Theresa und Johnny hätten mich womöglich durchs Fenster sehen können, woraufhin er gewusst hätte, dass ich ihm gefolgt war. Also wandte ich mich um und nahm den Weg zurück, das Gesicht von Tränen und den ersten Regentropfen des Herbstes nass.

17

Ich ging denselben Weg durch den Wald zurück, den ich gekommen war. Der Himmel verdunkelte sich, und der Regen bildete einen durchsichtigen Schleier. Winzige Tropfen prasselten im Stakkato auf die Blätter und erinnerten an die trippelnden Schrittchen unsichtbarer Tiere. In der Ferne rauschte der Fluss, der hoch oben in den Vorbergen durch den Lake Wakhiakum gespeist wurde. Als sich der Lärm des Wasserfalls jetzt mit dem prasselnden Regen vermischte, war es, als würde er aus unzähligen Richtungen kommen, ganz, als wechselte er seinen Lauf mit dem Wind.

Vielleicht hätte ich lieber einen anderen Weg nehmen sollen. Ich hatte bereits ein Versprechen gebrochen, indem ich meinem Mann heimlich gefolgt war. *Du kannst mir immer vertrauen*, hatte er in unseren Flitterwochen gesagt. *Zweifle nie an meiner Liebe zu dir.* Ich hatte darauf erwidert: *Ich verspreche es.* Als er dann meine Hand gedrückt hat, war sein Blick klar und fest gewesen. *Ich möchte, dass unsere Ehe funktioniert, also musst du mit mir reden. Erzähle mir alles, was dir durch den Kopf geht. Warte nicht. Verbirg nichts. Lass keine Einzelheiten aus.* Johnny hatte bestimmt eine gute Erklärung.

Im zunehmenden Regen schienen sich die Abzweigungen

zu vervielfachen. Welche hatte Johnny genommen? Eris hatte sich ausgekannt, aber sie lebte ja auch schon eine ganze Weile hier in ihrem Haus. Wir hingegen hatten das Cottage gerade erst bezogen. Wenn Johnny mit Theresa reden wollte, warum ging er dann nicht einfach über die Straße?

Ohne den Kompass auf meinem Handy verlor ich jedes Gefühl für Orientierung. Normalerweise hatte mein Gehirn einen einigermaßen guten Sinn für Himmelsrichtungen, aber ohne Sonne oder Geländemerkmale und ohne die übliche gedankliche Klarheit musste ich die erste Abzweigung verfehlt haben. Kopfschmerz stach jetzt mit scharfer Spitze durch meinen Hinterkopf. Die Nachwirkungen der Gehirnerschütterung beeinträchtigten immer noch mein Urteilsvermögen. Führten mich in die Irre.

Ich erreichte eine Stelle, an der noch immer blutrote Waldlilien blühten und der herbstlichen Kälte trotzten. Auf dem Hinweg hatte ich sie gar nicht bemerkt, aber vielleicht war ich auch einfach nur zu erpicht darauf gewesen, Johnny im Blick zu behalten. Waldlilien blühten auch im Garten meiner Mutter in Portland, eine Oase der Wildnis außerhalb der Stadtgrenzen.

Ich habe hier wild wachsende Waldlilien gefunden!, hatte Natalie am Telefon berichtet, nachdem sie nach Shadow Cove gezogen war, um als Ernährungsberaterin im Krankenhaus zu arbeiten. Ich wohnte damals noch in Seattle, hatte mir gerade den ersten Buchvertrag gesichert und mich danach gesehnt, der Stadt zu entfliehen, in den Wald zurückzukehren, wo meine Gedanken den nötigen Raum finden würden, dass ich mir Geschichten ausdenken konnte. *Du würdest diese Gegend lieben*, sagte Natalie damals. *So viele Blumen und Bäume, und alles direkt am Meer.* Und so war ich nach Shadow Cove gezogen, wo meine Karriere einen Aufschwung nahm und ich Dr. Johnny McDonald begegnete. Ich war damals keine fünfundzwanzig gewesen, er vierunddreißig und gerade dabei, mit zwei männlichen Kollegen eine private Hautklinik aufzubauen. Dr. Johnny McDonald, schneidiger Junggeselle und Freund von Natalies Ehemann Daniel Kemp, einem Hausarzt. Wir waren alle zum jährlichen Eisschwimmen gegangen, wo ich Johnny ein Handtuch angeboten hatte, was der Beginn unserer Liebesbeziehung gewesen war. Fast zwei Jahre später hatten wir geheiratet.

Jetzt hörte ich den Fluss unterhalb von mir rauschen. Ich hatte einen mir unbekannten schmalen Weg genommen, der über steinigen Grund zum Ufer abfiel. Ich ging in die falsche Richtung, aber wenn ich das Ufer erreichte, konnte ich mich nach links wenden und dem Fluss zurück zum Hauptweg folgen.

Der Regen hatte nachgelassen, als ich am Fuß des Pfades ankam. Ich war vom Weg abgekommen und befand mich jetzt flussabwärts des gefährlichen Wasserfalls. Hier öffnete sich der Fluss zu einem trügerisch ruhigen, spiegelglatten Teich, aber ich konnte die Strömung unter der Oberfläche spüren, sie an den leichten Kräuselungen erkennen, die an die Oberfläche stiegen. Der Wasserfall krachte und toste ein Stück weiter links von mir in Richtung des Cottages.

Johnny war sicherlich schon bereit für die Fahrt zur Arbeit, wenn ich endlich wieder nach Hause kam. Er war es, der Fragen stellen würde. Ich malte mir aus, wie er den Autoschlüssel unruhig in der Hand hielt, wie immer, wenn er ungeduldig darauf wartete, aufzubrechen. *Wo warst du? Bist du mir gefolgt?*

Der Weg hier am Ufer war flacher und von vielen Fußabdrücken gezeichnet. Ein dickes Seil hing an einem Baum, der sich übers Wasser neigte. Die Böschung fiel sanft zu einem schmalen Sandstrand ab. Am Ufer gegenüber lag ein verlassenes Holzkanu umgedreht im Gras; der blaue Anstrich blätterte ab. Etliche Meter weiter rechts vom Boot entdeckte ich eine behelfsmäßige Anlegestelle, bei der ein verfallener Schuppen stand. Der Anblick kam mir irgendwie vertraut vor – die Anlegestelle, die Hütte, die Zedern und Tannen im Hintergrund. Der Schuppen bestand aus verwitterten, grauen Holzbalken. Das Dach hing an manchen Stellen durch, und die kleinen eckigen Fenster wirkten wie hohle Augen. Eine alte Fischerhütte, dachte ich. Hier hatte es einmal Unmengen an Ketalachs gegeben, wenn die Fische aus dem Meer zurückgekehrt waren, um im Winter im Fluss zu laichen, getrieben von einer unbekannten Naturkaft, die sie drängte, sich zu paaren, Eier zu legen und zu sterben. Der Lachs würde in ein oder zwei Monaten zurückkehren, aber der Bestand war geschrumpft.

Auch mein Realitätssinn war geschrumpft und waberte an der Grenze zu einem Traum. Mir wurde jetzt klar, warum mir der Anblick bekannt vorgekommen war. Wenn ich den Nebel durch einen strahlend blauen Sommerhimmel ersetzte, konnte ich Johnny auf der Anlegestelle sitzen sehen. Seine Füße berührten das Wasser, und neben ihm war diese atemberaubende Frau im schwarzen Bikini, so dicht, dass sich ihre Arme berührten. Ich konnte die Fischerhütte im Hintergrund sehen. Aber nein, das hier konnte nicht die Stelle sein, wo das Foto aufgenommen worden war. In diesem Gebiet gab es viele Flüsse, Hunderte Seen, viele verfallene Schuppen. Johnny hätte sich daran erinnert, wenn das Foto von hier stammte, einem Ort, der so nahe am Cottage, am Shadow River, lag.

18

Ich hatte erwartet, dass Johnny fertig sein würde und darauf wartete, zur Arbeit zu fahren, aber als ich jetzt in meiner dünnen Oberbekleidung zitternd ins Cottage zurückkehrte, hörte ich ihn unter der Dusche pfeifen. Wie konnte er sich nur so ungezwungen verhalten? Vielleicht hatte er ja auch gar nichts zu verbergen, vielleicht sah ich die Welt nur durch eine gefärbte Brille, weil mein Verstand aufgrund der Tragödie und der Kopfverletzung misstrauisch geworden war.

Die Uhr an der Küchenwand verriet mir, dass nur fünfundvierzig Minuten vergangen waren, seit ich das Haus verlassen hatte. Ich hatte das Gefühl gehabt, als wäre ich sehr viel länger weg gewesen. Die Zeit war im Wald offenbar langsamer verlaufen. Hier im Cottage nahm der Tag wieder an Geschwindigkeit zu. Die Luft wurde dicker, war warm und schwül. Johnny duschte zu heiß. Dampf drang aus dem Bad und beschlug die Wohnzimmerfenster. Der Geruch von Lavendelseife breitete sich aus.

Ich hatte das Foto auf dem Tisch im zweiten Schlafzimmer liegen lassen, in dem Zimmer, das Johnny inzwischen als Büro nutzte, aber ich konnte das Bild nirgends finden. Ich wollte es mit der Stelle am Fluss vergleichen, die ich gesehen hatte. Aber ich hatte Pech.

Ich ging ins Bad. »Ich bin zurück!«, sagte ich in vorgetäuschter Heiterkeit. »Wie war's beim Joggen?«

»Wie war's beim Spazierengehen? Du warst heute ja lang unterwegs.«

»Ich hab mich verlaufen«, sagte ich. »Bin auf einem Weg gelandet, den ich nicht kannte.«

»Böses Mädchen. Du hast dein Handy nicht mitgenommen.«

»Ich hatte nicht damit gerechnet, dass ich es brauchen würde.«

»Du solltest es immer mitnehmen.«

»Nächstes Mal mache ich das.«

Er spähte hinter dem Duschvorhang hervor. Die Haare waren voller Schaum; das Wasser lief ihm über den Körper, was dazu führte, dass seine Brusthaare flach auf der Haut auflagen. »Regnet es?«

»Ja.« Ich blickte an mir herunter und stellte fest, dass ich klatschnass war.

»Komm hier rein. Schnell.« Er lächelte mich auf seine typische schalkhafte Art an. *Komm schon, ein Quickie!*

Ich schälte mich aus den nassen Sachen und stellte mich zu ihm in den Strom heißen, beruhigenden Wassers. Die Kälte und der Regen waren mir bis in die Knochen gedrungen; ich lehnte mich rücklings an Johnny, schloss die Augen und spürte, wie er mich streichelte und meine Sinne in der Wärme erwachten. Allmählich hörte ich auf zu zittern. »Ich habe dich gesehen«, sagte ich, während er meinen Nacken küsste.

»Mmm«, sagte er und küsste meine Schulter.

»Ich meine, ich bin dir nachgelaufen«, sagte ich.

Er küsste erneut meinen Hals und bedeckte meine Brüste mit den Händen. »Warum hast du mich nicht gerufen? Ich hätte auf dich gewartet.«

»Ich bin dir den ganzen Weg bis zum Grundstück der Minkowskis gefolgt und habe dich durch die Hintertür ins Haus gehen sehen. Ich habe gesehen, wie sie dich hereingelassen hat.«

Seine Hände fielen von mir herab. »Wirklich?«

»Was hast du dort gemacht?« Ich drehte mich zu ihm um. Die Duschkabine war zu klein für uns beide. Zu klein und zu rutschig. Ich konnte hier leicht ausrutschen und mir erneut den Kopf stoßen.

Er blinzelte, und sein Blick verdunkelte sich. »Sie hatte mich gebeten, sie aufzusuchen«, sagte er nach kurzem Zögern. »Ich habe mir Kadin junior kurz angesehen. Sie ist fast hysterisch wegen seines Hautausschlags. Es ist aber nur eine allergische Reaktion. Er wird wieder gesund werden.«

»Sie kann sich glücklich schätzen, dass du Hausbesuche machst.« Sagte er die Wahrheit? Während ich ihm jetzt in die Augen sah, wurde mir klar, dass ich seine Miene nicht deuten konnte.

»Sarah, du denkst doch nicht … Du meinst doch nicht ernsthaft …« Er hob mein Kinn an und zwang mich, ihm weiter in die Augen zu blicken. »Du denkst, ich wäre dorthin gelaufen, um … komm schon!«

»Woher soll ich es wissen? Ich wache nachts auf, und du

bist dort drüben, und jetzt nimmst du diesen Umweg durch den Wald, als würdest du den Weg kennen.«

»Ich jogge täglich im Wald«, sagte er, schlang die Arme um mich und zog mich eng an sich. »Ich bin dort schon gelaufen, ehe ich dich kennengelernt habe. Ja, ich war vorher schon bei den Minkowskis. Ich erinnere mich an die Strecke. Nichts Besonderes. Sie hatte in der Klinik angerufen, und der Anruf wurde an mich weitergeleitet. Ich war schon unterwegs. Also habe ich sie aufgesucht.«

»Das war alles?«

»Das war alles, ich schwöre es. Warum bist du nicht zu uns gekommen? Du lässt zu, dass diese Sache an dir nagt. Du bildest dir Dinge ein.«

»Es ist mein Job, mir Dinge einzubilden. Ich bin Schriftstellerin.«

»Einer der vielen Gründe, warum ich dich liebe.«

»Das Bild von dir, auf dem du mit dieser Frau auf dem Anlegesteg sitzt. Hast du etwas damit gemacht?«

»Welches Bild? Ah ja. Nein, wieso?«

»Ich kann es nicht mehr finden. Du erinnerst dich nicht an damals?«

»Nein, tue ich nicht«, sagte er rasch. Er spülte sich inzwischen ab und machte sich bereit, die Duschkabine zu verlassen.

»Ich bin heute auf diese Stelle weiter unten am Fluss gestoßen. Ist das Foto dort auf der Anlegestelle aufgenommen worden?«

»Zeig es mir noch mal … vielleicht erkenne ich es dann.«

Als er mich ansah, war seine Stirn gerunzelt, und seine Miene drückte Vorsicht aus.

»Das Bild ist nicht mehr da«, sagte ich.

»Ich habe nichts damit gemacht«, sagte er leicht gereizt. »Was sollen diese ganzen Fragen?«

»Auf dem Bild war ein Haus zu sehen, eine Fischerhütte. Ich habe heute eine ähnliche Hütte gesehen. Sie sah genauso aus.«

»Vielleicht ist es auch dieselbe. Ich weiß es nicht genau.«

»Du erinnerst dich wirklich nicht?«

»Wieso ist das so wichtig? Hör zu, du bist empfindlich. Das begreife ich. Ich lüge dich aber nicht an.«

»Schieb nicht alles auf meine Kindheit«, sagte ich.

»Aber darum geht es hier doch.« Er verließ jetzt die Duschkabine und ließ mich allein unter dem kühler werdenden Wasser zurück.

Seine Worte taten weh, aber er hatte recht. Als mein Vater meine Mutter und mich im Stich gelassen hatte, hatte er seine Vergangenheit, sein ganzes Leben zurückgelassen. Seine Frau und seine Tochter. Er hatte uns gegen ein jüngeres Modell eingetauscht. Ich sagte mir damals, dass es mir egal war und es mir nichts ausmachen würde, wenn er nur zu besonderen Anlässen Karten und Geschenke schickte – sofern er sich daran erinnerte. Er war nach London gezogen, so weit von uns entfernt wie möglich. Ich spürte die Wunde heute noch, sie war dicht an der Oberfläche und allzu leicht wieder aufzureißen.

19

»Johnny hat eine Affäre. Möchtest du, dass ich es so ausdrücke?« Natalies Stimme knisterte, als wäre sie noch weiter entfernt als in Indien. Als wäre sie auf dem Mond.

»Du machst mich paranoid.« Tränen drängten gegen meine Augäpfel.

»Die Paranoia erzeugst du ganz allein«, sagte Natalie. »Glaubst du ernsthaft, er würde mit eurer schwangeren Nachbarin schlafen?«

»Er hat gesagt, dass er es nicht getan hat.«

»Dann hat er es auch nicht getan.«

»Du hast recht. Du musst recht haben.« Ich ging im Cottage herum und räumte die wenigen Sachen auf, die bereits dafür sorgten, dass es hier chaotisch aussah – Zettel und Stifte, Tassen und Teller und glänzende neue Exemplare des neuesten Miracle-Mouse-Buches, die heute Morgen in einer Box eingetroffen waren. Normalerweise hätte ich mich darüber gefreut, mein neues Buch gedruckt zu sehen, aber die Aufregung währte diesmal nur kurz.

»Johnny würde dich nicht betrügen. Er liebt dich mehr als das Leben. Erinnerst du dich noch an dieses Mädchen, mit dem er zur Schule gegangen ist, die sich ihm auf eurer Hochzeit betrunken an den Hals geworfen hat?«

»Das würde ich lieber vergessen«, sagte ich.

»Er hatte nur Augen für dich, immer schon. Er liebt dich so sehr, dass ich neidisch auf dich bin.«

»Aber die Ehefrau erfährt es immer als Letzte.«

»Bei deiner Mutter war das so, aber das ist kein Grund, zu glauben, dass es bei dir auch so sein wird. Nicht jeder Mann auf dem Planeten gleicht deinem reiselustigen und sich unerlaubt verdrückenden Vater. Es gibt nichts Neues, das du über Johnny erfahren müsstest. Du hast dich aus gutem Grund für ihn entschieden.«

»Aber unser Leben fühlt sich so brüchig an, Nat. Wir haben alles verloren. Ich kann ihn nicht auch noch verlieren.«

»Das wirst du auch nicht.«

»Ist das eine deiner Prophezeiungen?«

»Eine gute.«

Ich hatte das Gefühl, als würde jemand in meinen Kopf greifen und mein Gehirn verdrehen. »Ich vertraue ihm. Aber was, wenn ich es besser nicht tun sollte?«

»Du musst dich darauf konzentrieren, gesund zu werden. Wieder auf die Beine zu kommen und in ein neues Haus zu ziehen.«

Nachdem ich aufgelegt hatte, lief ich auf und ab. Ich hatte nicht vor, Theresa aufzusuchen. Es hätte damit geendet, dass ich eine unschuldige, nette, schwangere Nachbarin einer Art Verhör unterziehe. Natalie hatte recht. Johnny und ich mussten uns einen Platz zum Leben suchen. Ich rief Eris an und sagte ihr, dass wir ihr Angebot annehmen würden, uns Häuser zu zeigen, die zum Verkauf standen.

Bis Freitagnachmittag hatte sie uns eine ganze Reihe schöner Häuser gezeigt, von denen jedoch keines richtig zu passen schien. Ein ausgefallen gestalteter blauer Bungalow direkt am Ufer der Moon Cove hatte zu viele Fenster. Die Gerüche von draußen sickerten durch die Ritzen – das salzige Meer und ein nahes Feuer, das den Übelkeit erregenden Geruch von brennendem Holz verströmte. Früher einmal hatte ich einen solchen Geruch als tröstlich empfunden, weil er mich an Lagerfeuer und solche Dinge erinnerte, aber heute war das anders. Ich hatte im Bad durchs Dachfenster auf die rasch über den Himmel ziehenden Wolken gestarrt, während Eris und Johnny sich im Schlafzimmer unterhalten hatten. »DeForrest wollte, dass alle Fenster zum Wasser zeigen«, sagte Eris. »Und er wollte hohe Scheiben, damit so viel Licht wie möglich reinfällt.«

»DeForrest hat dieses Haus entworfen?« Johnnys Stimme drückte jetzt Bewunderung aus. Sie unterhielten sich über diverse Architekten, und anschließend zeigte Eris uns ein zweistöckiges Haus am Green Spot, dessen Erdgeschoss in den Hang hineingebaut war. Die Räume waren dunkel, das untere Stockwerk leicht feucht und schimmelig. Abgesehen vom Anblick der Fähre, die über den Sund tuckerte, hatte dieses Haus nichts zu bieten. Wir standen wieder am Anfang. Es würde dauern, ein richtiges neues Zuhause zu finden.

Johnny war dazu übergegangen, auf den Straßen zu joggen und den Wald zu meiden. Es schien, als würde er mit Absicht belebten Wegen folgen, die gut einsehbar waren, um mich zu beruhigen. Meine Kopfschmerzen ließen nach, aber dafür entwickelten die Albträume ein richtiges Eigenleben, und als ich am Freitagnachmittag auf Mia aufpasste, brachte ich nur mühsam ein Lächeln zustande. Ihre Haare wuchsen allmählich nach, aber die weiße Narbe auf der Stirn war durch den Pony hindurch zu sehen. Auf der Fahrt von Harriets Haus zum Cottage sang Mia mit, als im Radio ein Song von Taylor Swift gespielt wurde.

»Ganz schön eindrucksvoll«, sagte ich. »Weißt du denn, was die Worte bedeuten?«

»Es geht darum, mit einem Jungen Schluss zu machen.«

»Du bist ja voller Weisheiten«, sagte ich, während ich in die Shadow Bluff Lane einbog.

»Ich bin voll mit … Frühstück!«

»Dann können wir ja gleich miteinander spielen.«

Als Johnny am Abend ins Cottage zurückkehrte, saß Mia mit Zuckerguss verschmiert auf dem Wohnzimmerboden. Ihre Haare waren hochgesteckt, die Nägel lackiert. Sie spielte schweigend mit ihren Barbiepuppen.

Johnny hängte seine Jacke in den kleinen Wandschrank beim Eingang und betrat das Wohnzimmer. Ich saß auf der Couch und tat so, als würde ich lesen, behielt aber die ganze Zeit Mia im Auge, die vollkommen in ihrer Barbiewelt aufging. Sie bewegte in einem fort die Lippen und formte lautlos Worte, die ihre Puppen einander mitteilten.

»Mia, Onkel Johnny ist da«, sagte ich.

Mia reagierte nicht, sie spielte einfach weiter und flüsterte vor sich hin.

»Hallo Mia.« Johnny kniete sich neben sie und nahm eine

blonde Barbie zur Hand, die ein rosa Tanzröckchen trug. »Wer ist das?«

»Das ist Barbie Ich-kann-eine-Ballerina-werden.« Sie sah ihn nicht an.

»Was möchtest du sein?«

»Ich bin eine Prinzessin.«

»Das bist du ganz gewiss. Hübsche Frisur.«

Sie blickte zu ihm auf und lächelte. Grübchen bildeten sich auf den Engelswangen. »Ich habe eine Barbie-Flügelfee zu Hause. Aber nicht in Omas Haus.«

»Verstehe.« Johnny blickte zu mir auf, und ich schüttelte den Kopf. Keine von Mias Puppen hatte das Feuer überstanden.

Er legte die Puppe wieder hin. »Wir sollten vielleicht für Ersatz sorgen.«

»Nein, ich hab schon eine. Meine Mom hat sie gekauft. Sie kauft mir noch mehr Feenpuppen.« Sie machte sich daran, eine andere Barbie auszuziehen, die sie von Harriet mitgebracht hatte. »Ich möchte die Prinzessinnen- und die Popstar-Barbie.«

»Ja, nicht wahr?« Johnny blickte auf den Stapel Bilderbücher auf dem Couchtisch. »Du hast auch Gutenachtgeschichten mitgebracht?«

»Mein Dad liest sie mir immer vor.« Mia presste die Lippen zusammen und schien einen Augenblick lang kurz davorzustehen, in Tränen auszubrechen. Erinnerte sie sich an das Feuer? »Mein Dad kauft mir Geschenke. Ich habe Barbie als Rock-Prinzessin. Sie hat ein Malbuch. Ich brauche mehr Buntstifte. Meine Lieblingsfarbe ist Granny Smith Apple.«

»Okay, wir besorgen einen in Granny Smith Apple.« Er stand auf und ging in die Küche. Ich folgte ihm. Er sah die Post durch, die Schultern nervös hochgezogen. »Wie war das noch, wie lange wird sie bleiben?«, fragte er.

»Eine Nacht«, flüsterte ich.

»Sie glaubt immer noch, sie könnte wieder nach Hause gehen.«

»Sie ist erst vier.«

Im Wohnzimmer war es auf einmal still, als würde Mia lauschen. »Eris hat von einem Haus oben in Kingston gesprochen, das zum Verkauf steht«, sagte er. Er riss Umschläge auf und warf Werbesendungen ins Altpapier.

»Ich nehme Mia morgen zum Einkaufen mit«, sagte ich. »Jessie wird uns begleiten.«

»Klingt nett«, sagte Johnny zerstreut.

»Du musst arbeiten.«

»Ja, stimmt.« Er sprach, als wäre er auf einem anderen Planeten.

Ich schluckte meinen Ärger hinunter, kehrte ins Wohnzimmer zurück und lächelte Mia an. »Möchtest du noch auf die Reifenschaukel, bevor es dunkel wird?«

Mia sprang auf, in jener unbeschwerten Art, die für Kinder typisch ist – mit entspannt herabhängenden Armen, den Kopf zur Seite geneigt, während sie die Ballerina-Barbie-Puppe mit dem Kopf nach unten an den Füßen hielt. »Darf sie mitkommen?«

»Ja, das darf sie. Es könnte aber sein, dass du auf der Schaukel beide Hände brauchen wirst.«

»Okay.« Mia ließ Barbie einfach auf den Boden fallen. »Sie sagt, sie möchte diese Barbie-Urlaubsfahrt. Mit dem großen Lieferwagen und all ihren Sachen und so.«

»Wirklich? Braucht eine Ballerina mehr Kleider?«

»Sie braucht ganz viele Kleider.«

»Vielleicht solltest du mit deiner Oma darüber reden.« Ich nahm Mias Hand, und es erwies sich als eine ziemliche Prozedur, ihr die Schuhe anzuziehen. Johnny flüchtete ins zweite Schlafzimmer und schloss die Tür hinter sich. Mia schwatzte weiter über die Puppen, die sie zu Hause hatte. Sie zählte alle ihre Namen auf.

Im Garten half ich Mia, in die Reifenschaukel zu steigen. »Das ist eine Donut-Schaukel!«, rief sie und stieß sich mit den Beinen kräftig ab. Ich hatte sie bereits ein paar Minuten angeschubst, als sie zur Straße deutete. »Guck mal! Ein Hündchen!«

»Wir haben keine Hunde.« Dennoch sprang ein gelber Labrador mit hängender Zunge im Garten herum und wedelte förmlich mit dem ganzen Körper.

»Ist der süß!«, sagte Mia ohne jede Angst.

»Er muss einem Nachbarn gehören. Bleib hier.« Ich lief vors Haus. Eris flanierte gerade mit einem großen Mann in Freizeitkleidung und einer Leine in der Hand die Straße entlang. »He, Sarah!«, rief Eris und winkte.

War das ihr neuer Freund? Ich traf sie am Bordstein, während der Hund ihnen in einem fort um die Beine herumlief. Aus der Nähe betrachtet, machte der Mann einen ordentlichen, adretten und höflichen Eindruck. Er rief mit strenger

Stimme nach der Hündin – *Briana* –, und nahm sie an die Leine.

Eris tätschelte Briana den Kopf und lächelte mich an. Ihre Wangen waren gerötet. »Sarah, ich möchte dir Steve Wessler vorstellen.«

Ich lächelte und schüttelte ihm die Hand. »Freut mich, Sie kennenzulernen.«

Steve nickte oberflächlich und presste die Lippen zusammen; es erinnerte an einen horizontalen Riss in Beton. »Wir sollten zurückgehen«, sagte er zu Eris. »Wir haben noch etwas zu besprechen.«

»Ja, das haben wir.« Eris blinzelte mich an, und die beiden kehrten, den Hund eng an der Leine führend, zu ihrem Haus zurück.

Als ich wieder zur Reifenschaukel zurückkehrte, sah ich sie ohne Mia sanft hin und her schwingen. Aber sie konnte unmöglich allein so schnell heruntergeklettert sein.

»Mia, wo bist du?« Ein Adrenalinstoß setzte mich in Bewegung. Ich rief nach ihr, während ich erst hinter dem Holzstapel suchte und dann hinter dem kleinen Schuppen am Rand des Gartens. Die Tür war mit einem Vorhängeschloss gesichert. Mein Blick schweifte am Waldrand entlang. *Okay, nicht in Panik geraten!*

Endlich hörte ich von der Veranda vorne ein leises Wimmern. Mia versteckte sich unter der Veranda, zusammengekauert und die Arme um die Beine geschlungen. »Da bist du ja!«, sagte ich, und eine Woge von Erleichterung ging durch mich hindurch.

»Ich habe Angst«, sagte sie.

»Es wird dir nichts geschehen. Das verspreche ich dir.« Konnte ich ein solches Versprechen wirklich halten? »Was würde dir helfen, weniger Angst zu haben?«

Sie blickte zu mir auf. »Mommy gibt mir dann immer einen Beschützerkuss.«

Moniques traurige Augen tauchten in meinen Gedanken auf, aber ich erinnerte mich nicht mehr an die Einzelheiten ihres Gesichts. »Einen doppelten Beschützerkuss für dich«, sagte ich und warf Mia eine Kusshand zu. »Kommst du jetzt wieder raus?«

»Vielleicht«, sagte sie.

»Wie wäre es, wenn es zum Kuss auch noch ein Eis gibt?«

Sie nickte und kroch langsam unter der Veranda hervor. Ich drückte sie fest an mich und strich ihr über die weichen Haare.

Johnny war die ganze Zeit nicht aufgetaucht. Er hatte sich in seinem Büro verkrochen, und als ich später am Abend an der Tür stand und zuhörte, wie er Mia aus *Wo die wilden Kerle wohnen* vorlas, war ich mir nicht mehr so sicher, was ihn als künftigen Vater anging.

Wann genau hatten meine Gefühle für ihn angefangen, sich zu verändern? Ich hatte mir so oft vorgestellt, wie Johnny einem Kind etwas vorlas. Hatte er sich verändert, oder war ich mir seiner einfach nicht mehr sicher?

»Noch mal«, sagte Mia, als Johnny endete.

»Wir haben es schon zweimal gelesen«, wandte er müde ein.

»Noch mal.« Was hatte es nur damit auf sich, dass Kinder so auf Wiederholungen aus waren? Ich erinnerte mich daran, wie ich mir als Kind immer wieder dieselben Bücher über Coco, den neugierigen Affen, aus der Bibliothek ausgeliehen hatte, immer wieder den Trost der vertrauten gelben Buchdeckel suchte. Könnte ich ihn doch nur auch jetzt finden!

»Okay, aber es ist das letzte Mal, und dann heißt es wirklich gute Nacht«, sagte Johnny. Er las die Geschichte noch einmal, und seine tiefe Stimme klang wie ein beruhigendes Schlaflied. Mias Blick ruhte auf den ganzseitigen fantasievollen Bildern; ihr Kopf ruhte an Johnnys Schulter. Und ganz allmählich fielen ihr die Augen zu.

Als er zu Ende gelesen hatte, rührte sich Mia nicht. Sie schnarchte leise. Johnny befreite sich langsam aus ihrem Griff und stand vom Bett auf. Ich hatte noch nie gesehen, wie sich ein so großer Mensch so leise bewegen konnte. Mia wurde nicht wach. Johnny legte das Buch auf den Tisch, schlich auf Zehenspitzen zur Tür und schaltete das Licht aus.

Als wir wieder in unserem eigenen Zimmer waren, wobei wir beide Türen einen Spalt geöffnet ließen, drückte Johnny mich an sich und strich mir über die Haare. »Also, was denkst du? Könnte ich der perfekte Vater sein?«

»Du warst toll«, flüsterte ich.

»Aber nicht perfekt«, sagte er.

»Niemand ist perfekt.«

20

Nachdem Johnny am Samstag zur Arbeit gefahren war – und während Mia mit einem aufwendigen Ensemble von Barbiepuppen spielte –, fuhr Jessie im Honda ihrer Eltern vor dem Cottage vor. Als sie aus dem Wagen stieg, sah ich, dass sie sich dick eingemummelt hatte – schwarzer Regenmantel, graues Kapuzenshirt, gestreifte Wollmütze, schwarze Regenstiefel. Ihr Gesicht war vom Weinen verquollen, die Augen dick mit Eyeliner umrandet. Sie roch nach Patschuli und Lipgloss.

»Wie geht es dir?«, fragte ich und umarmte sie an der Haustür. »Ist alles okay?«

Jessie brach in Tränen aus. Ich reichte ihr ein Papiertaschentuch. »Jessie, was ist los?«

»Ich wünschte, es würde mir nichts ausmachen. Ich wünschte, ich könnte ihn irgendwie einfach hassen.«

»Sprichst du von Adrian ..?«

Jessie wischte sich die Augen ab. »Er ist so ein Loser!«

Vielleicht machte sie endlich mit ihm Schluss. »Manche Typen können so sein. Es tut mir leid. Komm rein.«

Jessie trat ein, und Mia warf sich ihr in die Arme. »Jessie!«

»Mia! Wir fahren einkaufen!«

»Juhu! Kaufen wir auch Cinderella-Schuhe?«

»Ja, aber du musst erst die normalen Schuhe anziehen. Du kannst nicht in Socken rumlaufen.« Jessie setzte Mia ab.

»Sie sind im Schlafzimmer«, sagte Mia.

Jessie deutete mit dem Kopf in die Richtung des Zimmers. »Dann hol sie.«

»Und auch deine Jacke«, fügte ich hinzu.

Mia rannte ins Schlafzimmer.

Jessie sah sich um, musterte alles. »Diese Bude ist voll krass.«

»Sie ist ziemlich klein …«

»Nein, ich meine, sie ist krass. Ich könnte hier ewig leben. Niemand würde wissen, wo ich stecke.«

»Oh, ich verstehe. Krass im Sinne von *gut*.«

Jessie warf mir einen komischen Blick zu und rümpfte die Nase. »Ja doch, wie sollte ich das wohl sonst meinen?«

Fünfzehn Minuten später saßen wir drei in meinem Camry, den ich aus der Werkstatt abgeholt hatte, und fuhren in die Stadt. Mia plapperte unaufhörlich. Ich parkte an der Waterfront Road, und wir schlenderten den Bürgersteig entlang und sahen uns Schaufenster an. Jessie hielt Mia an der Hand; die beiden waren in ernste Gespräche vertieft. Mia hüpfte neben uns her, verschlang Vanilleeis im Hörnchen, obwohl es für Eis eigentlich zu kalt war, und schmierte es sich über das ganze Gesicht. Sauberkeit war etwas, das mit dem Älterwerden kam, sagte ich mir, ebenso wie die Entscheidung, wie man das eigene Leben innerhalb eines vorgegebenen Rahmens ausgestaltete.

Wie lange war es her, seit ich das letzte Mal einen freien

Tag in der Stadt genossen und mir Pistazieneis gegönnt hatte? Jessie hatte sich für Eis mit Lakritzgeschmack entschieden, eine Spezialität des Eiscafés in der Stadt. Von der Lebensmittelfarbe wurde ihr Mund grün. Jedes Mal, wenn sie die Zunge rausstreckte, schrie Mia »iii, pfui!« und quietschte vor Vergnügen, wenn Jessie sie den Bürgersteig entlangjagte.

»Es macht auch die Scheiße grün«, sagte Jessie.

»Eine Information zu viel«, sagte ich und lief ihnen nach.

An der Maple-Grove-Secondhand-Boutique drückte Mia Hände und Nase ans Schaufenster. »Schuhe!«, rief sie und deutete dann mit dem Finger darauf.

»Man leckt nicht an der Scheibe«, mahnte Jessie. Sie packte Mia an der Hand und zog sie mit sich ins Geschäft. Ich folgte ihnen.

Mia ging direkt auf die Regale mit den glitzernden Schuhen los. Sie zog ein Paar schwarze Ferragamo-Schuhe an, die ihr mehrere Größen zu groß waren, stolzierte vor den mannshohen Spiegeln auf und ab und drehte sich zur Seite, um das eigene Profil zu betrachten. Die Verkäuferin, eine elegante Frau mit zarten Gesichtskonturen, lächelte mich an. »Sind Sie nicht die Schriftstellerin?«

Ich spürte, wie meine Wangen warm wurden. »Eine der vielen«, sagte ich und erwiderte das Lächeln.

»Aber Sie sind diejenige, für die der Buchladen eine Signierstunde angekündigt hat. Ich habe das Poster im Fenster gesehen. Geschichten um eine lispelnde Mäusedetektivin, nicht wahr?«

Ein paar Kunden sahen mich an. Ich senkte den Blick kurz

auf meine Schuhe, ehe ich die Verkäuferin wieder anlächelte. »Ja, das bin ich.«

»Meine Tochter möchte auch Schriftstellerin werden …«

»Sie glitzern!«, rief Mia laut und rettete mich damit. Sie trug funkelne Silberpantoffeln in ihrer Größe.

»Du bist eine wunderschöne Prinzessin«, sagte ich.

Und schon rannte sie aus dem Geschäft.

»Mia!« Ich lief ihr nach, dicht gefolgt von Jessie.

Mias Füße waren wie zwei Silberblitze, als sie zum Auto stürmte. »Mia, komm sofort zurück!«, schrie Jessie.

Mia riss die Autotür auf und kletterte auf den Rücksitz.

»Mia, nein!«, schrie ich. Der Wagen besaß keine automatische Verriegelung, und Jessie musste vergessen haben, die hintere Tür zu verschließen. Mia schloss sich im Auto ein. Jessie und ich stürmten zu ihr, und Jessie hämmerte ans Fenster. »Mach sofort auf!«

Mia hob den rechten Fuß und wackelte damit. »Ich bin Cinderella!«

Ich suchte in meiner Handtasche nach den Schlüsseln. Wo zum Teufel steckten sie?

»Mach die Tür auf, Liebes«, sagte Jessie. »Wir dürfen keine Schuhe klauen. Und es ist gefährlich, allein ins Auto zu steigen.«

Mia schüttelte den Kopf. »Ich bin Cinderella«, wiederholte sie.

Ich legte meine Hände wie einen Trichter ans Fenster, sodass ich besser hineinsehen konnte. Auf dem Fahrersitz lagen die Schlüssel, glitzerten regelrecht höhnisch. »Ich werde wohl den Schlüsseldienst rufen müssen.«

Jessie folgte meinem Blick. »Oh nein! Warte. Ich habe eine Idee.« Sie öffnete ihre Umhängetasche und holte einen goldenen Lippenstift hervor. »Mia, sieh mal.« Sie hielt den Lippenstift ans Fenster. An der Seite waren die Initialen M.K. eingraviert. »Weißt du noch, wie wir Make-up ausprobiert haben?«

Mia blickte jetzt auf und sah den Lippenstift an.

Moniques Stimme hallte in meiner Erinnerung: *Ich hatte einen goldenen Füller neben dem Telefon liegen …*

21

Jessie holte eine zum Lippenstift passende Puderdose heraus, auf der ebenfalls die Initialen M.K. eingraviert waren. Sie öffnete sie, und der Spiegel reflektierte das Sonnenlicht. »Das ist magisches Make-up für Prinzessinnen, und es ist alles für mich.« Sie machte eine große Show daraus, den leuchtenden kirschroten Lippenstift aufzutragen und sich im Spiegel zu bewundern.

Mia stieß die Tür auf und sprang aus dem Auto, ohne auch nur einen Gedanken daran zu verschwenden, dass wir ihretwegen beinahe einen Herzinfarkt bekommen hätten. »Ich will ihn auch ausprobieren«, sagte sie und griff nach dem Lippenstift in Jessies Hand. Dann verzog sich ihr Gesicht zu einer Grimasse, und ihre Lippen zitterten. Tränen traten ihr in die Augen. »Mommy!«, jammerte sie. »Ich will zu Mommy. Wo ist Mommy?«

Meine Gereiztheit war augenblicklich verschwunden. Ich hob Mia hoch und umarmte sie fest. »Es ist alles okay, Süße. Wir sind ja da.«

Es dauerte einige Zeit, bis ich sie beruhigt hatte, und nachdem wir sie später wieder zu Harriet zurückgebracht hatten, stellte ich Jessie auf der Rückfahrt zum Cottage zur Rede. »Du hast die Kimballs bestohlen!«

Jessie, die auf dem Beifahrersitz saß, hauchte die Scheibe an und zog mit dem Zeigefinger einen Kreis darüber.

»Wie bist du an das Make-up von Monique gekommen?«, fragte ich.

Jessie zuckte die Achseln. »Sie hat mir öfter was ausgeliehen.« Sie holte Lippenstift und Puderdose aus der Tasche und legte sie auf den Sitz. »Ich wollte es ihr zurückgeben.«

»Jessie, ist dir eigentlich klar …«

Ihre Fassade brach zusammen. »Bitte sag es niemandem! Ich dachte, es würde ihr nichts ausmachen. Ich wollte in den Under 21 Club und hatte vor, ihr die Sachen hinterher zurückzugeben. Das habe ich immer getan. Sie hätte nie etwas davon mitbekommen. Aber dann sind Monique und Chad früher als erwartet nach Hause zurückgekehrt.«

»Du kannst ihre Sachen nicht behalten.«

»Warum nicht? Sie ist tot.«

»Jessie …«

»Nun, das ist sie doch. Beide sind es.« Jessie blickte zum Fenster hinaus. Eine Minute später sagte sie: »Findest du, dass sie hübsch war?«

»Wer, Monique?«

»Sie war mal ein Model. In Frankreich.«

»Sie war elegant.« Moniques Stimme tauchte wieder in meinem Kopf auf, begleitet von ihrem glänzenden Kleid, von ihrer Art, auf hohen Absätzen zu gehen. Als wäre sie auf einer Wolke dahingeglitten.

»Findest du, dass ihr Akzent sexy war? Wie *Le fromage est sur la table*?«

»Hast du Französisch gelernt?«

»Ich habe gesagt: ›Der Käse steht auf dem Tisch.‹«

»Das ist gut. Hast du noch andere Sachen von Monique genommen? Was hast du sonst noch?«

Jessie blickte auf ihre Finger, die silberne Ringe zierten. Dann sah sie mich mit großen, besorgten Augen an. »Wirst du es meinen Eltern sagen?«

»Das hängt von dir ab. Du musst mit ihnen reden.«

»Sie werden mich umbringen.«

»Sie sind vielleicht zornig, aber sie kommen darüber hinweg.«

»Ich hab noch ein paar andere Sachen …«

»Du darfst sie nicht behalten.«

»Ich weiß.« Jessie rang die Hände im Schoß. »Da ist ein Gegenstand … es ist etwas Persönliches. Sie hätte nicht gewollt, dass es jemand sieht.«

»Was ist es?«

»Ein Tagebuch. Ich konnte nicht anders. Aber es hat mir nicht verraten, was ich wissen wollte.«

»Was meinst du damit? Was hätte es dir denn verraten sollen?«

»Sie hat etwas geschrieben, aber nicht über … nichts, was ich wissen musste.«

Ein kalter Schauer lief mir über den Rücken. »Was musstest du wissen?« Ich bog in die Shadow Bluff Lane ein, wo die Bäume lange Herbstschatten auf die Straße warfen.

Jessie blinzelte die Tränen weg. »Dieses eine Mal, als ich auf Mia aufgepasst habe … ich hatte Moniques Make-up ausprobiert, nur so zum Spaß. Nachdem Mia im Bett lag. Und ich habe Moniques schwarzen BH angezogen. Versprich mir, dass du es meinen Eltern nicht verraten wirst! Ehrenwort!«

»Nur wenn du versprichst, Moniques Sachen auszuhändigen und mit deinen Eltern zu reden. Wenn du es nicht machst, mache ich es. Das garantiere ich dir.«

Jessie holte tief Luft. »Ich verspreche es dir. Aber ich habe nur gespielt. Und dann … ist er nach Hause gekommen.«

»Wer ist nach Hause gekommen?«

»Chad.« Jessie starrte durch die Windschutzscheibe zum dichten Wald hin. »Ich habe nicht gehört, wie er reingekommen ist. Er sagte, er hätte etwas vergessen. Er sah aus, als hätte er geweint. Als wollte er Monique vielleicht verlassen. Als hätten sie sich gestritten.«

Ich fuhr in die Einfahrt des Cottage und parkte. »Wie hat er reagiert? War er sauer?«

»Am Anfang war er ziemlich schockiert. Er hat mich gefragt, was ich in ihrem Zimmer zu suchen habe. Aber dann hat er mich auf eine ganz andere Art angeguckt.«

Mir wurde kalt. »Auf was für eine Art?«

Tränen liefen Jessie über die Wangen. Sie machte sich nicht die Mühe, sie wegzuwischen. »Er sagte, ich wäre schön.«

»Und …?«

Hatte Chad die junge Frau vielleicht vor unseren Augen ausgenutzt? Er hatte so freundlich gewirkt, so … normal. Aber schließlich hatte auch Ted Bundy auf seine Nachbarn normal gewirkt.

Jessies Augen wurden erneut feucht, waren voller Trauer und Sehnsucht. »Er hat gesagt, ich würde wie seine Frau riechen. Ich hatte ihr Dior-Parfüm benutzt. Die Flasche war so hübsch.«

Ich holte tief Luft. »Hat er …? Hast du …? Habt ihr beide …?«

»Zuerst hat er so was gemacht.« Jessie hielt die Hand dicht an meine Wange. »Ich habe mich nicht bewegt, nur die Augen geschlossen. Ich wollte, dass er mich berührt.«

Ich bemühte mich, meine Stimme ruhig zu halten. »Was ist dann passiert?«

»Er hat mich geküsst.«

»Wirklich.«

Jessie ließ den Kopf gegen die Kopfstütze sinken. »Er hat fantastisch geküsst. Es war kein Zungenkuss, nicht so, wie Adrian es macht. Adrian sabbert. Chad dagegen war ganz sanft.«

»Er hat dich geküsst, und das war alles? Wenn mehr passiert ist, kannst du es mir erzählen. Ich gehe vertraulich damit um. Es bleibt unter uns.«

Jessie blickte mich mit einem Gesicht voller Traurigkeit und Sehnsucht an. »Er hat gesagt, dass ich nach Hause gehen soll.«

»Mehr nicht?«

»Danach habe ich ihn einige Male angerufen, bis er die Handynummer geändert hat. Und Monique hat angefangen, mich komisch anzusehen. Es war egal, was ich tat, wie ich mich anzog, was ich sagte. Ich wollte, dass er mich so ansah, wie er Monique angesehen hat. Er hatte mir gesagt, ich wäre schön, aber vermutlich war ich nicht schön genug. Ich war nicht so schön wie sie.«

Unser Haus hatte auf der anderen Straßenseite von dem von Jessies Eltern gestanden und gleich neben Chads. Ich hatte beide immer wieder kommen und gehen sehen, aber ich hatte nicht wirklich etwas *gesehen.* »Du weißt doch, dass es nicht okay von ihm war, das zu tun. Du bist minderjährig, und Chad … er war verheiratet.« *Er hat deine Naivität, deine mangelnde Reife ausgenutzt.*

»Aber ich wollte es! Es war auch meine Entscheidung.«

Das denkst du nur. »Du warst in Chad verknallt.«

Jessie beugte sich vor, verschränkte die Arme vor dem Bauch. »Es war nicht nur Schwärmerei. Mir tut immer noch das Herz weh, und der Bauch auch, als hätte ich was Verfaultes gegessen, wie wenn ich die Grippe habe.«

»Es tut mir leid, Schatz.« Ich biss mir auf die Zunge, damit ich keine nutzlosen Ratschläge von mir gab. »Was war mit Adrian?«

»Ich habe es ihm nicht erzählt, aber er wusste, dass etwas im Busch war.«

»Du warst die ganze Zeit lang mit ihm zusammen.« In meiner Zeit auf der Highschool hatte ich gelegentlich schamlos mit mehr als einem Freund gleichzeitig rumgemacht. Allerdings war Chad nicht Jessies Freund gewesen, so weit ich wusste.

»Ja, schon … aber …«

»Ich weiß, dass es schwer ist. Du bist im Grunde ein guter

Mensch. Du hast eine Zukunft und Glück verdient.« Ich riss ein Papiertaschentuch aus der Schachtel am Armaturenbrett und reichte es Jessie.

»Du auch«, sagte Jessie und schnäuzte sich.

»Danke.« *Ich habe vergessen, was Glück bedeutet.* »Hast du nach dieser Begegnung mit Chad angefangen, dir Moniques Sachen, ähm, auszuleihen?«

Jessie nickte. »Die Typen haben sie alle angestarrt. Sogar Adrian. Er fand, dass sie heiß ist.«

»Du wolltest so sein wie sie. Und vielleicht hätte Chad dich dann irgendwann haben wollen.«

Jessie achtete nicht auf das zerknüllte Papiertaschentuch auf ihrem Schoß und wischte sich die Nase mit dem Handrücken ab. Die Tränen flossen weiter. »Wie konnte sie nur alle Welt verzaubern? Sogar Adrian? Was hatte sie, das ich nicht auch hatte? Ich fühle mich mies, weil ich überhaupt solche Gedanken habe.«

»Du brauchst nicht wie sie oder irgendjemand sonst zu sein. Du bist prima so, wie du bist.«

»Abgesehen vom Klauen, stimmt's?«

»Du musst mit deinen Eltern reden und mit der Sache ins Reine kommen.«

»Ja.«

Ich blickte auf mein Mobiltelefon. Es war vier Uhr. »Geht es dir soweit gut, dass du mit deinem Wagen nach Hause fahren kannst? Ich kann dich auch hinbringen. Den Honda bringen wir dann später zu euch.«

Jessie setzte sich aufrecht hin. Sie holte tief Luft und nahm ihren Mut zusammen. »Meine Eltern kommen erst um sechs Uhr nach Hause. Wir haben also Zeit.«

»Zeit wofür?«

»Du musst mit zu uns kommen. Ich muss dir etwas zeigen.«

22

Jessie führte mich in die fremde Welt ihres Zimmers, das von der lauen Herbstsonne matt erhellt wurde. Ihr Bett war ein unkartiertes Meer aus zerknitterten Decken. Ein iPod lag auf dem Nachttisch neben einem schwarzen Spitzen-BH.

Wo war die junge Jessie geblieben, die ich früher gekannt hatte? Diejenige, die dicke Brillengläser getragen und sich für ihre Wissenschaftsprojekte begeistert hatte? Die erklärt hatte, dass Bilder auf der menschlichen Netzhaut auf dem Kopf abgebildet werden und es unser Gehirn ist, das sie wieder herumdreht? Geheimnisvolle Mechanismen der Physiologie wie diese hatten sie stets fasziniert – und sie hatte davon gesprochen, Augenärztin zu werden.

Als sich ihr Körper jedoch veränderte, hatte sie Kontaktlinsen getragen, und ich vermutete, dass sie sich manchmal aus Eitelkeit damit begnügte, nur verschwommen sehen zu können. Es war eine Ironie, dass sie ihre Augen heute mehr hinter Wimperntusche versteckte als früher hinter Brillengläsern.

Sie hob den BH rasch auf und stopfte ihn unters Kopfkissen. Die anderen Spuren ihrer nächtlichen Streifzüge waren weniger leicht zu vertuschen. Ein knappes silbernes Tanktop glitzerte auf einem Sessel. Auf der Frisierkommode stapelten sich Kleidungsstücke neben einem Wirrwarr aus Parfümfläschchen, Lippenstiften und Lidschatten. Ein ganzer Haufen goldener Halsringe und Perlen quoll über die Ränder eines Schmuckkästchens.

In dem hohen Regal an der Wand gegenüber vom Bett drängten sich jedoch die Bilderbücher ihrer Kindheit. Ich erkannte die *Dr.-Seuss*-Bücher, die *Chroniken von Narnia* und die Trilogie *Herr der Ringe*.

»Entschuldige bitte das Durcheinander«, sagte sie, stürzte zum Sessel und griff nach dem Tanktop, stopfte es in eine Schublade.

Ich sah mich nach einer Möglichkeit um, mich zu setzen. Jessie strich hastig das Bett glatt, sodass ich darauf Platz fand. Ich ließ mich auf die Matratze sinken. »Wissen deine Eltern Bescheid?«, fragte ich.

Jessie hockte vor ihrem Schreibtisch neben den Regalen und wandte mir den Rücken zu. »Was sollen sie wissen?«

»Dass du Sex hast. Ich kann das erkennen.« In Wirklichkeit vermutete ich es nur.

Sie ging prüfend ihren Schlüsselbund durch und zögerte kurz. »Bei dir klingt es so technisch.«

»In gewisser Hinsicht ist es auch technisch.«

»Es geht nicht um Sex.«

»Vielleicht nicht für dich.«

»Sie wissen es nicht. Sie würden explodieren. Und mich einsperren.«

»Das würden sie nicht tun.«

»Du kennst meine Eltern nicht«, sagte Jessie bitter. »Einmal habe ich meine Mutter in meinem Zimmer angetroffen, als ich nach Hause kam. Sie war in meine Privatsphäre eingedrungen. Sagte, sie würde sich um die Wäsche kümmern, aber das war eine Riesenlüge. Sie hat herumgeschnüffelt.«

»Das tun Eltern, weil sie sich etwas aus ihren Kindern machen. Ich weiß, wie das klingt.«

»Dumm. Es klingt dumm.«

»Du nimmst doch irgendwas zur Empfängniskontrolle, oder?«

»Die Betonung liegt auf Kontrolle. Das ist es, was meine Mutter ist, ein Kontrollfreak.«

»Was immer du tust, Jess, tu es für dich selbst. Richte dich nach deinen eigenen Träumen. Nach deinem Gewissen.«

»Mein Gewissen ist mit dem heutigen Leben nicht vereinbar.« Sie öffnete mit einem kleinen Messingschlüssel die unterste Schublade ihres Schreibtischs.

»Sag das nicht. Du trägst einen klugen Kopf auf den Schultern.«

»Aber ich muss lernen, ihn zu benutzen, was?«

»Du bist zu streng mit dir. Und mit deinen Eltern. Sie tun ihr Bestes.«

»Wenn ich achtzehn werde, fange ich an zu fluchen. Es sind nur noch ein paar Tage.«

»Inwiefern willst du fluchen?« Ich konnte meine Beunruhigung nicht ganz aus meiner Stimme heraushalten. Jessie wirkte jünger, als es ihrem Alter entsprach.

»Ich will einfach nur fluchen, weiter nichts. Verflixt, verdammt, Scheiße.«

»Jess …«

»Meine Mutter wird fast ohnmächtig, wenn ich Scheiße sage. Aber die Leute sagen heute viel Schlimmeres, wie …«

»Du wolltest mir noch etwas sagen, das mit deinem Geburtstag zu tun hat.«

»Ich möchte nicht mal einen Geburtstagskuchen oder Geschenke oder so was.«

Sie blickte zum Fenster hinaus auf die Trümmer, die vom Haus der Kimballs übrig geblieben waren. Jessies Zimmer lag im Erdgeschoss gegenüber dem Haus der Calassis. In unserem Haus hatten wir aus diesem Raum ein Gästezimmer gemacht.

»Hör zu, überstürz bitte nichts«, sagte ich.

»Warum nicht? Das Leben ist kurz. Man weiß nie, wann man stirbt, richtig? Man könnte im Schlaf verbrennen.«

»Euer Haus wird nicht abbrennen.«

»Woher weißt du das? Du weißt es nicht. Du weißt nie, wann jemand, den du von ganzem Herzen liebst, in Rauch aufgeht.« Ihre Stimme verriet, dass sie gefährlich nah an einem Zusammenbruch war.

In diesem Augenblick wurde mir klar, dass Jessie mich vielleicht trotz ihres tränenreichen Eingeständnisses, was ihre Liebe zu Chad betraf, belogen haben könnte. Vielleicht hatte sie nur erzählt, was ich hören wollte. Hatte Chad es bei einem Kuss bewenden lassen? Oder war er weitergegangen?

Jessie würde mir vielleicht nie die Wahrheit sagen. Menschen wahrten ganze Schichten von Geheimnissen, wurde mir klar – Geheimnisse, die gleich unter der Oberfläche lauerten und offenbart werden wollten. Andere, die tiefer lagen und zu versteckt waren, als dass sie sie freilegen oder auch nur sich selbst eingestehen konnten.

Jessie öffnete die Schreibtischschublade und holte ihre Beute hervor – einen gläsernen Briefbeschwerer mit einem Blatt darin, ähnlich einem Insekt in Bernstein; einen goldenen Füller der Marke Cross; ein Probefläschchen von Dior. Ein blau-violettes Tagebuch in Leineneinband, über den sich fliegende Gänse erstreckten.

Sie setzte sich neben mich aufs Bett, das Tagebuch auf dem Schoß. »Ich wollte es wirklich zurücklegen«, sagte sie kleinlaut, »aber die Kimballs sind ja früher als erwartet zurückgekehrt …«

»Wo hast du es gefunden?«

Jessie strich sich ein paar Haarsträhnen aus den Augen. »Sie hatte es nicht sonderlich gut versteckt. Es lag bei ihren Sachen unter den BHs'.«

»Aber sie hatte es versteckt. Du hättest ihre Schubladen nicht durchsuchen dürfen.«

»Ich weiß, aber ich habe es gefunden. Der Buchdeckel sah so schön aus, und ich dachte mir, dass sie vielleicht etwas geschrieben hat, das … Ich weiß nicht. Vielleicht etwas darüber, dass Chad die Scheidung wollte.«

»Du dachtest, er wollte sich scheiden lassen, um mit dir zusammen zu sein.« Ich sprach mit ruhiger Stimme, denn auch ich war einmal naiv gewesen. Vielleicht war ich auf ganz andere Weise sogar immer noch naiv.

»Dumm von mir, nicht wahr?« Jessie blickte zu den verkohlten Überresten hinüber, die Augen gerötet und feucht.

»Ach Süße, du bist nicht dumm. Du bist einfach nur ein Teenager mit einem gebrochenen Herzen.« Ich hatte all das selbst auch erlebt, als mein Herz zum ersten Mal in Trümmern lag.

Jessies Lippen bebten. »Ja«, flüsterte sie.

»Aber du kannst nicht einfach die Schubladen von anderen Leuten durchwühlen. Du musst es den Behörden übergeben.« Von welchen Behörden genau sprach ich hier? Was sollte Mr Greene mit einem persönlichen Tagebuch anfangen? »Oder vielleicht ihren nächsten Angehörigen.«

»Wem, Mia?« Jessie wischte sich die Nase mit dem Ärmel ab. »Sicher nicht Harriet. Harriet konnte Monique nicht mal leiden.«

»Du solltest es der Polizei geben.«

»Und was, wenn man mich ins Jugendgefängnis steckt? Ich hab mal jemanden gekannt, der …«

»Was auch geschieht, es ist immer die beste Strategie, bei der Wahrheit zu bleiben.«

»Wie wäre es, wenn ich es einfach wieder aufs Grundstück werfe? Dann könnten die Cops es dort finden.«

»Aber du würdest die Wahrheit kennen. Du würdest wissen, dass du es an dich genommen hast. Und sie würden es auch herausfinden. Sie haben das Grundstück schon abgesucht. Es ist nicht an uns, das Tagebuch zu behalten … oder auch nur es zu lesen.«

»Die Cops werden es ja auch lesen. Und ich habe es schon gelesen. Sie ist tot; was macht es also noch?«

»Jess! Es macht sehr viel.«

»Also schön.« Sie schlug das Buch auf und deutete auf die erste Seite. »Sie schreibt da über einen Mann, mit dem sie zusammen war. Jemand, der nicht Chad war.«

»Woher weißt du das? Viele Menschen schreiben ihre Fantasien auf. Es ist nicht immer die Wirklichkeit.« Die Vorhänge klatschten ans offene Fenster, als der Wind draußen zunahm.

»Kommt mir aber ganz schön real vor. Sie hat mit einem Typ namens Jules geschlafen.«

Ich holte scharf Luft. Die Seiten schienen porös zu werden und den ganzen Sauerstoff aus dem Zimmer einzusaugen, bis ich kaum noch atmen konnte. »Das kann nicht sein!« *Ist Jules zu Hause?*

»Doch. Sie hatte einen Freund. Einen Franzosen. Jules ist doch ein französischer Name, oder so ähnlich?«

»Oder so ähnlich«, sagte ich matt.

»Sieh mal. Gleich hier.« Jessie legte mir das Tagebuch auf den Schoß.

Auf das pergamentartige Papier hatte Monique den Spitznamen von Johnny geschrieben. Jules, der Name, der aus dem Film *Jules und Jim* stammte, den wir vier uns gemeinsam angesehen hatten. Am Schluss der Geschichte fuhr die von beiden Männern geliebte *femme fatale* Catherine mit Jim in ihrem Auto von einer Brücke und ließ Jules mit nichts weiter als der Asche seiner Freunde zurück.

Du wärst Jules, der ruhige Typ, sagte Monique damals zu Johnny. *Chad wäre Jim, der laute.*

Und wer wäre Catherine, fragte ich.

Moi, bien sur.

Moniques hübsche Schrift wanderte über die Seite und erinnerte an die Kalligraphie aus einer Zeit, in der eine schöne Handschrift noch als eigenständige Kunstform wertgeschätzt worden war.

Lieber Jules,

nun gehen wir endlich fort. Unsere Entscheidung erfüllt mich mit Hoffnung, aber auch mit Schmerz. Der Umzug bedeutet, dass ich dir endgültig Lebewohl sagen muss. Mia hält sich für eine Prinzessin, die in ein Märchenschloss zieht. Jim und ich werden dafür sorgen, dass ihre Träume wahr werden. Könnte ich doch nur genauso an Märchen glauben wie sie! Manchmal steigen Erinnerungen in mir auf, wenn ich dich sehe. Einzelheiten. Augenblicke. Wir sind uns einig gewesen, dass wir nur körperliche Lust miteinander geteilt haben, nichts weiter. Ich weiß, was ich gesagt habe, aber für mich sind Herz und Körper nicht zu trennen.

Ich habe jedoch gelernt, Jim für seinen Sanftmut, sein Mitgefühl und so vieles mehr zu lieben. Mein Herz und mein Körper gehören also letztlich doch ihm.

Er hat nie Verdacht gehegt, was zwischen dir und mir wirklich vorgefallen ist, aber Harriet hat es immer gewusst.

Ich erkenne es an der Art, wie sie mich ansieht. Sie hält mich für eine schlechte Mutter. Sie versteht weder die Tiefe meiner Liebe zu Mia noch die jetzt zu Jim. Aber so lange wir hier in deiner Nähe bleiben, wird die Vergangenheit stets bei uns sein.

Jules, ich wünschte …

Bonsoir, mon amour.

Monique.

23

Ich kniete mich hin, um die schwere Steinschildkröte im Vorgarten meiner Mutter umzudrehen. Ein kalter, gleichmäßiger Regen tropfte in den Kragen meines Regenmantels und klatschte mir die Haare an den Kopf. Ich klapperte mit den Zähnen; meine Finger waren bereits taub geworden. Wäre doch mein Gehirn auch taub geworden! Ich wollte mir nicht vorstellen, wie Johnny und Monique zusammen waren. Ich wollte einfach nicht noch weitere Verluste betrauern.

Wo war der verdammte Schlüssel? Ich wühlte in der nassen Erde herum, und meine Tränen vermischten sich mit dem Regen. Was, wenn ihn jemand gestohlen oder Mutter doch vergessen hatte, draußen einen zu deponieren? Dann musste ich mir ein Hotelzimmer besorgen. Oder in der Dunkelheit den ganzen Weg zurück zum Cottage fahren.

Was, wenn irgendein Nagetier den Schlüssel verschluckt hatte? Die Natur schien das Grundstück übernommen zu haben. Es war einige Zeit her, seit ich das letzte Mal hier gewesen war, vor der Abreise meiner Mutter nach Kenia, aber allein in den wenigen Monaten war alles zugewuchert – und das, obwohl der Gärtner hier nach dem Rechten sah. Die Sträucher erstickten in Unkraut. Der Weg zur Veranda vor dem Haus war voller Kiefernadeln und Blätter.

Endlich fand ich den Schlüssel. Er lag in der Erde vergraben, aber in einem Druckverschlussbeutel. Mutter hatte es schon immer verstanden, Dinge zu verstecken. Ihren Schmerz, ihre Trauer, ihre Unfähigkeit, über meinen Vater hinwegzukommen. Sie hatte nie wieder geheiratet. Aber sie reiste.

Inzwischen war ich bis auf die Knochen pitschnass. Im Haus war es jedoch warm, und es roch überraschend frisch und sauber. Ein Hauch Lavendelduft hing in der Luft. Mutter liebte es, Päckchen mit getrockneten Kräutern in die Schubladen zu legen. Das Mobiliar war funktionell, aber gemütlich, das Dekor ein Museum aus den Erinnerungsstücken jener Länder, die sie bereist hatte.

Ich hatte Johnny eine Nachricht aufs Handy gesprochen und danach mein eigenes fast durchs Zimmer geschleudert. Warum erreichte ich ihn nie persönlich und musste ständig Nachrichten auf seine Mailbox sprechen?

Ich hatte ihm außerdem eine schriftliche Nachricht dagelassen. *Ich weiß über Monique Bescheid. Ich bin im Haus meiner Mutter in Portland, falls es einen Notfall gibt und du mich erreichen musst. Komm aber bitte nicht her. Ich brauche Zeit.* So viele Fragen wirbelten durch meinen Kopf. Alles, woran ich bisher in meinem Leben geglaubt hatte, schien sich als Zaubertrick zu entlarven, ein Vorhang aus funkelndem Feenstaub, den man mir vor die Augen gehängt hatte, um die Wahrheit zu vertuschen.

Mein Kinderzimmer mit den Schrägen und dem Dachfenster, durch das ich auf die Schlucht blicken konnte, fühlte sich zugleich vertraut und fremd an. Noch immer standen der Frisiertisch und der Schreibtisch hier. Meine Mutter hatte die einzelne Matratze gegen ein Gästebett eingetauscht. Die Sachen aus meiner Kinderzeit, die ich so sehr geliebt hatte – meine Plüschtiere, meine Lieblingsstifte, alte Malbücher, Puppen, Lite-Brite – waren irgendwo verstaut worden.

Eine kleine Ansammlung von Büchern stand noch im Regal – Romane von Nancy Drew, Beatrix Potter und ein paar College-Lehrbücher. Ich hatte mich langsam in den Schriftstellerberuf hineingearbeitet, zunächst Artikel für die Unizeitung geschrieben, dann Firmenprofile für repräsentative Bildbände, Kurzgeschichten, schließlich Romane. Heute hatte ich eine Karriere, aber kein Leben, keinen Ehemann und kein Zuhause.

Ich legte mich aufs Bett und starrte auf die Strukturtapete an der schrägen Decke. Während der Highschool hatte ich dort ein Gemälde von Redwoodbäumen angeklebt, aber als ich dann zur Universität gegangen war, hatte Mutter das Bild entfernt und die Decke neu gestrichen. Ich schloss die Augen und versuchte, mit Gedanken das Bild des tröstlichen Waldes heraufzubeschwören, aber nichts geschah. Ich konnte nicht in jene Zeit zurückkehren.

Mein Handy summte erneut. Johnny hatte schon sechs Nachrichten hinterlassen. Ich sehnte mich danach, mit ihm zu reden, ihn zu fragen, wie lange er mit Monique zusammen gewesen war. Und wann war das gewesen? Liebte er sie? Warum hatte er sich von ihr getrennt? War Mia seine Tochter? So viele andere Dinge bekamen jetzt eine neue Bedeutung. Johnny, der den Pfad verlassen hatte und zum Haus von

Theresa gelaufen war, der Anrufe auf seine Voicemail gehen ließ, abgebrochene Anrufe, gedämpfte Gespräche, die Tatsache, dass er in der Nacht des Brands nicht erreichbar gewesen war. Wenn ich allerdings alles als Zeichen der Untreue neu bewertete, trieb ich mich nur selbst in den Wahnsinn.

Zunächst einmal musste ich einige wenige Stunden lang meine Wunden pflegen. Ich nahm ein ausgiebiges, heißes Bad, zog mir einen Flanell-Pyjama an und bereitete mir eine Tasse Kamillentee zu. Und ich weinte. Schon auf der Fahrt von der Halbinsel hierher hatte ich immer wieder geweint, ebenso im Bad und während ich im Haus herumspaziert war und vertraute Gegenstände angefasst hatte, die gerahmten Familienfotos auf dem Kaminsims. Mein Haus mochte abgebrannt sein, aber wenigstens hatte meine Mutter einige meiner Habseligkeiten aus Kindertagen aufbewahrt. Ich besaß nach wie vor Spuren meiner Vergangenheit, auch wenn mein Leben vollständig auf den Kopf gestellt worden war.

Es gab auch etliche Hinweise darauf, dass meine Mutter in aller Eile zum Flughafen aufgebrochen war. Sie hatte den Deckel nicht auf die Zahnpastatube aufgeschraubt. Eine Tasse stand auf dem Küchentisch, in der sich ein versteinerter Kaffeering befand. Eine ungelesene, zusammengefaltete Zeitung lag auf dem Esstisch und trug das Datum des Tages, an dem sie abgereist war.

In Mutters Arbeitszimmer entdeckte ich eine Reihe Fotoalben. Sie bevorzugte nach wie vor gedruckte Fotos. Sie war noch nie besonders an Technik interessiert gewesen. Allerdings hatte sie alle Bilder von meinem Vater entfernt und weggeworfen. Abgesehen von einem. Ich fand dieses Bild, auf dem er mich als pummeliges Baby hielt. Es war am Strand, er trug eine Badehose und hatte eine Pfeife im Mund. Der Haaransatz hatte sich schon zurückgezogen. Er lächelte mich an, als würde er mich lieben. Bevor er meine Mutter und mich verließ, hatte er jedoch schon zwei Jahre lang mit einer anderen Frau geschlafen. Er hatte uns nicht genug geliebt, um die Affäre aufzugeben.

Ich klappte das Fotoalbum mit zitternden Fingern zu und zog ein weiteres hervor, auf dem stand: HOCHZEIT – SARAH UND JOHNNY. Mein Vater war zur Hochzeit nicht erschienen. Der Fotograf hatte trotzdem Glücksmomente eingefangen – wie ich unter dem Zeltdach durch den Mittelgang marschiert war, da es bei unserer Hochzeit im Juni angefangen hatte, leicht zu regnen, und wir gezwungen gewesen waren, in letzter Minute einen Regenschutz aufzustellen. Es gab Fotos davon, wie ich den Blumenstrauß warf. Wie ich fast über die Brautschleppe gestolpert wäre. Vom Make-up, das auf der Haut juckte. Alle unsere Freunde waren aufgenommen worden, allein oder in kleinen Gruppen, mit Sektgläsern in der Hand, beim Kuchenessen, beim Plaudern.

Später am Abend hatten wir getanzt. Auf fast jedem Bild, auf dem ich zusammen mit Johnny abgebildet war, hielt er meine Hand und blickte mir in die Augen. War seine Liebe echt gewesen? Ich hatte immer das Gefühl gehabt, dass unsere Ehe aufrichtig war. Konnte ich meiner eigenen Intuition vertrauen? Nicht, solange es noch so viele Leerstellen gab, so viele Fragen und Beweise für seine Affäre.

Besonders ein Foto schaute ich mir sehr lange an. Es zeigte uns beide beim Dinner nach dem Hochzeitsempfang. Warum war mir damals nicht aufgefallen, dass am Tisch im Hintergrund Monique stand, in einem gewagten grünen ärmellosen Kleid? Sie schien für die Kamera zu posieren, hatte das Kinn auf die Hand gestützt und den Kopf leicht zur Seite gedreht. Die Haare waren zu einer kunstvollen Frisur hochgesteckt, und die goldenen Ohrringe glitzerten. Sie lachte über etwas, das jemand außerhalb des Bildes gesagt hatte, starrte dabei aber auf Johnnys Hinterkopf. Hatten die beiden womöglich sogar damals miteinander geschlafen?

Es war nicht gut, dass ich mir ständig weiter das Schlimmste ausmalte. Schlafen würde gut sein. Benommen und erschöpft zog ich mich ins Bett zurück und rollte mich wie ein Embryo zusammen, die Arme um die Knie geschlungen. Als ich gerade dabei war, einzuschlafen, hörte ich jemanden laut an der Haustür klopfen. Ich schoss kerzengerade hoch, und mein Puls geriet aus dem Rhyhtmus. Mein Kopf fühlte sich an wie in Watte gepackt. Die Türglocke läutete noch einmal. Ich wusste, wer es war. Ich dachte einen Moment daran, einfach nicht zu reagieren, aber andererseits konnte ich ihm nicht ewig aus dem Weg gehen.

24

Ich konnte nicht verhindern, dass – irrationalerweise – eine gespannte Erwartung in mir aufwallte, als ich die Treppe hinunterlief und durch den Spion in der Tür blickte, um mich zu vergewissern.

Johnnys verzerrtes Auge starrte zurück, und als ich die Tür öffnete, stand er da wie ein großer völlig durchnässter Landstreicher, wenn auch ein unfassbar attraktiver. Sein Atem bildete Dampfwölkchen in der kalten Luft. Ich wollte ihn gleichzeitig umarmen und verprügeln. Ihn lieben und umbringen.

»Was machst du hier?«, fragte ich. »Es ist mitten in der Nacht.«

»Ich bin so schnell gefahren, wie ich konnte. Es gibt eine Baustelle auf der I-5.«

»Ich hatte dir doch gesagt, dass du nicht kommen solltest.«

»Wenn du nicht gewollt hättest, dass ich komme, hättest du mir nicht verraten, wo du bist.« Er streckte die Hand aus und berührte mich sanft an der Wange, als wäre ich ein zerbrechlicher Gegenstand. Und ich ließ es geschehen. »Darf ich reinkommen?«

Ich brachte es nicht über mich, ihm die Tür vor der Nase zuzuschlagen. Ich trat also ein Stück zur Seite und verschränkte die Arme. Er schob sich an mir vorbei, und ich schloss die

Tür wieder. Er nahm seinen Mantel ab und hängte ihn in den Wandschrank. Er kannte sich in diesem Haus aus, von etlichen Weihnachtsfeiern, Geburtstagen, Thanksgiving-Festen und anderen Ritualen, die sich Jahr für Jahr wiederholen.

Er ging ins Wohnzimmer und setzte sich auf die Couch. Er hatte dunkle Ringe unter den Augen. »Warum bist du vor mir weggelaufen?«

»Ich laufe nicht weg.« Ich setzte mich in den Sessel ihm gegenüber. »Ich versuche zu begreifen, wie das alles passieren konnte.«

»Wie hast du das mit Monique herausgefunden? Was glaubst du zu wissen?«

Ich erzählte ihm von meinem Besuch bei Jessie und von dem Tagebuch. Davon, wie ich im Schock weggefahren war. »Ich habe ihr nicht erklärt, warum ich so durcheinander war. Niemand sonst würde das mit Jules und Jim erkennen. Aber die Polizei wird erfahren, dass Monique eine Affäre hatte.«

»Hat Jessie Moniques Tagebuch gestohlen?«

»War mir klar, dass das für dich das Wichtigste ist.«

Johnny sah mich an, als hätte ich ihm einen Schlag in die Eingeweide versetzt. »Wir waren nur kurze Zeit zusammen.«

Schon versuchte er, Erklärungen zu liefern. Dabei hatte ich noch nicht einmal eine Frage gestellt. »Hast du erwartet, dass es ewig ein Geheimnis bleiben würde? Oh, vielleicht wäre es auch so gewesen ohne das Feuer. Wären die Kimballs nicht einige Tage früher zurückgekehrt und praktischerweise gestorben.«

»Es tut mir leid. Ich weiß nicht, was ich sonst sagen soll.«

»Hast du sie geliebt? Liebst du sie immer noch?«

»Nein, habe ich nicht. Und tue ich nicht.«

»Aber du hast mit ihr geschlafen?«

»Ja.«

»Wie oft?«

»Ich weiß es nicht …«

»Zweimal? Dreimal?« Ich hatte schon Filme gesehen, in denen die betrogene Ehefrau ihrem Mann durchs Haus folgt und ihn mit verzweifelten Fragen regelrecht durchlöchert. »Zehnmal?«

»Es war eine kurze und heftige Sache …«

»Aus ihrem Brief geht deutlich hervor, dass sie dich sehr geliebt hat.«

»Nein, sie hat mich nicht geliebt«, sagte Johnny, stand auf und ging im Zimmer auf und ab. »Sie war von mir besessen.«

»Jetzt gibst du ihr die Schuld an eurer Affäre und erweckst den Anschein, als wäre sie labil gewesen.«

»Nein, das tue ich nicht«, sagte er und wandte sich mir zu. »Ich hatte gerade eine Enttäuschung hinter mir, und in einem Augenblick der Schwäche war Monique einfach da.«

»Wo hattest du Sex mit ihr? In deinem Haus? In unserem Bett?«

Er setzte sich wieder und umfasste mit der einen Hand die Armlehne der Couch. »Ich wusste, dass du mir diese Fragen stellen würdest. Ich werde sie alle beantworten. Ich habe dir schon gesagt, dass ich das tun würde. Es ist aber nicht wichtig, wo es passiert ist.«

»Für mich schon.«

»Ja.«

Ich spürte Übelkeit in mir aufsteigen. »Das Bild, das ich im Haus gefunden habe, diese Frau auf dem Anlegesteg. Das ist Monique, nicht wahr?«

»Ja.«

»Wann wurde das Foto gemacht?«

»Bevor ich dich kennenlernte.«

Konnte ich ihm glauben? »Warum hast du mir nichts davon gesagt?«

»Für mich war es eine vorübergehende Angelegenheit. Mir war nicht klar, dass es für sie mehr sein würde.«

»Vorübergehend.« Ich spürte seine Reue, seine Traurigkeit. Es kümmerte mich nicht. »Hast du ihr gesagt, dass du sie lieben würdest?«

»Nein, nie. Ich liebe dich, Sarah.«

»Wie kann ich das wissen?«

»Ich habe dir immer die Wahrheit gesagt. Ich habe nie gesagt, dass ich Monique liebe. Sie hat genau gewusst, was vorher bei mir gewesen war. Ich hatte es ihr erzählt.«

»Du hast ihr gesagt, dass eure Affäre lediglich ein vorübergehendes Techtelmechtel sein würde.«

»Ja«, stellte er schlicht fest. »Aber ich habe nicht das Wort ›Techtelmechtel‹ benutzt.«

»War sie schon verheiratet?« Ich bemühte mich darum, gleichmäßig und ruhig zu sprechen, aber meine Worte zitterten vor beherrschter Wut.

»Sie und Chad sind miteinander ausgegangen. Es war ihnen ernst, ja. Vielleicht war es ihm ernst und ihr nicht. Ich weiß es nicht.«

»Das Haus gehörte ihm.«

»Chad hat sein Haus etwa zur gleichen Zeit gekauft wie ich meins.«

»Zwei alleinstehende Männer.«

»Er war geschieden, mich hatte meine Ex verlassen«, sagte Johnny mit einer Stimme, die aus weiter Ferne kam.

»Also hat Monique eigentlich ihn betrogen. Wolltest du mit ihr zusammen sein? Jeder Mann wollte diese schöne Französin haben. Und du nicht? Hast du sie nur für Sex benutzt?«

Sein Unterkiefer wurde starr. »Ich habe sie nicht benutzt. Ich benutze keine Menschen.«

»Du hast mich benutzt. Du bist davon ausgegangen, dass du mir nicht die Wahrheit sagen musst.«

»So ist das nicht. Sie und ich … es beruhte auf Gegenseitigkeit. Wir hatten Sex. Es hatte nichts zu bedeuten. Es war beiläufig.«

»Für dich jedenfalls. Du kannst einfach nur Sex haben. Beiläufig.« Der Kühlschrank sprang an und verbreitete ein lautes Summen, und ein Holzbalken knarrte im Dachstuhl, während sich das Haus setzte.

Johnny fuhr sich mit den Fingern durch die Haare. Natürlich konnte er beiläufigen Sex haben. Welcher Mann konnte das schließlich nicht? Woran hatte ich mich festgehalten? An Annahmen, die so leicht brannten wie jeder greifbare Gegenstand in meinem Haus? Die Berührung seiner Hand auf der Hochzeit, das Aussprechen unserer Schwüre, die Art, wie er mir zärtlich den Ring übergestreift und meine Hand festgehalten hatte. War das alles eine Lüge gewesen?

»Ich möchte dich und nur dich«, sagte er. »Das ist keine Lüge.«

Seine Worte prallten von mir ab. »Ich habe keine Ahnung, was eine Lüge ist und was nicht.«

»Sarah, tu das nicht.«

»Nicht ich tue hier irgendetwas. Du bist das. Du warst es. Wann genau hat es geendet? Hast du noch mit ihr geschlafen, nachdem wir uns kennengelernt hatten?«

Er blickte auf die eigenen Handflächen. »Es kam zu einer kurzen … Überschneidung.«

Im Zimmer wurde es dunkler. Die Schatten wurden länger, und auf einmal standen hier zu viele Möbel herum, zu viel Gerümpel. »Wie viel Überschneidung?«

»Ich war mir noch nicht sicher, was dich anging. Du warst so vorsichtig.«

»Wie lange?«

»Nicht lange. Zwischen Monique und mir ist nichts mehr geschehen, seit ich wusste, dass ich mit dir zusammen sein wollte. Das habe ich dir gesagt.«

»Sie wohnte nebenan. Hältst du mich für eine Idiotin?« *Aber ich bin eine. Ich bin eine völlige Idiotin. Ich habe nicht erkannt, dass Jessie in Chad verknallt war, habe nicht Chads innere Kämpfe erkannt, die Leidenschaft zwischen Johnny und Monique.*

Johnny streckte die Hände nach mir aus, aber ich blieb auf Abstand. Die Hände fielen an seine Seiten zurück. »Du hast das Haus geliebt – ich sagte dir ja, dass ich lieber weggezogen wäre. Weißt du nicht mehr?«

»Ich weiß es noch. Du hast davon gesprochen.« Er hatte sich so ausgedrückt: *Fangen wir doch ein neues Leben in einem neuen Haus an.* Ich sagte: *Warum müssen wir dazu umziehen? Ich liebe dieses Haus. Ich werde ihm meine weibliche Note hinzufügen.*

»Diese Affäre ist direkt vor meiner Nase passiert. Warum habe ich es nicht bemerkt?«

»Das sagte ich doch schon. Sie und ich waren nicht füreinander bestimmt. Als ich dich beim Eisschwimmen sah, als du mir dein Handtuch gegeben hast und wir miteinander ins Gespräch gekommen sind, fühlte ich mich sofort zu dir hingezogen. Wir konnten über alles reden – Literatur, Filme. Wir haben uns miteinander wohlgefühlt. Du hattest die Art Schönheit, von der ich einfach nicht genug bekommen konnte. Innerlich wie äußerlich.«

Ich wurde schwächer; meine Rüstung öffnete sich ein Stück weit. »Wenn du es sofort gewusst hast, warum hast du dann noch weiter mit Monique geschlafen?«

»Ich weiß nicht – es war auch nicht sehr lange. Du hattest etwas Besonderes an dir. Immer etwas Neues. Bei Monique habe ich das nie empfunden. Niemals. Die Beziehung war beiläufig.«

»Was ist mit Mia? Ist sie …?«

»Nachdem ich mit Monique Schluss gemacht hatte, erfuhr ich, dass sie schwanger war. Ich habe sie gefragt, ob das Kind von mir wäre. Ich dachte damals, wenn Mia meine Tochter ist, würde ich alles tun, was Monique wollte. Sie sogar heiraten. Ihr mit dem Kind helfen.«

»Was hat sie gesagt?«

»Sie sagte, das Kind wäre von Chad. Der Zeitpunkt würde nicht passen. Ich könnte nicht der Vater sein.«

»Hast du sie gebeten, einen Vaterschaftstest durchführen zu lassen?«

»Warum sollte ich? Ich dachte mir, dass sie sich mit dem eigenen Körper auskennt. Sie kannte die Wahrheit. Warum sollte ich sie bedrängen? Jedenfalls hat mir Monique die Zusage abgerungen, Mia in Ruhe zu lassen und weiterzugehen. Sie wollte, dass ich wegziehe. Dann ist der Immobilienmarkt zusammengebrochen. Und du wolltest in dem Haus bleiben.«

Der Regen setzte wieder ein und trommelte aufs Dach und die Dachfenster. »Vielleicht liegt es für dich in der Vergangenheit, aber für mich ist es neu. Und Monique hat erst vor Kurzem über die ganze Affäre geschrieben.«

»Es muss etwas passiert sein.«

»Sie und Chad hatten vorgehabt, wegzuziehen. In ihrem Tagebuch denkt sie über die Beziehung zu dir nach.« Ich ging zum Fenster, stützte eine Hand auf die Fensterbank. Das angestrichene Holz fühlte sich unter den Fingern kalt an.

»Was auch immer zwischen Monique und mir passiert ist – es ist vorbei. Ich habe dich nicht angelogen. Ich habe dich nicht betrogen.«

»Du hältst es nicht für Betrug, mir etwas zu verschweigen?« *Wie kann man je etwas über die Menschen wissen, die man liebt? Die Menschen, denen man vertrauen möchte?* Wenn jedoch seine Affäre mit Monique wirklich der Vergangenheit angehörte, dann vielleicht … »Ich habe auf Mia aufgepasst! Wir haben mit Monique und Chad was getrunken. Wir haben hinter dem Haus gesessen und über blöde Sachen geredet. Warum hat *sie* mir nichts erzählt? Musste sie dir versprechen, es nicht zu tun?«

»Sie hat mich nach dir gefragt. Wir haben darüber gesprochen, wie wir mit der Situation umgehen. Sie wollte es dir sagen. Sie wollte aber auch nicht unsere oder ihre eigene Ehe zerstören.«

»Wie aufrecht von ihr. Ich hatte es verdient, es zu erfahren.« Ich war also eine Situation, mit der umgegangen werden musste.

»Du hast recht. Du hattest es verdient, aber ich dachte, ich könnte die eigene Vergangenheit ruhen lassen. Jetzt weiß ich, dass das unmöglich ist.«

»Das hätte dir von Anfang an klar sein müssen.«

»Es tut mir leid. Was kann ich noch sagen?«

»Nichts.« Wie hatte ich nur so viele herrliche Nächte in unserem King-Size-Bett in der Sitka Lane verbringen können, so ruhig und entspannt? Überzeugt davon, dass unser Glück ewig währen würde? »Da waren Anrufe, Gespräche, die plötzlich abgebrochen sind. Hast du derzeit wieder eine Affäre?«

Er wirkte beleidigt. »Was? Nein, natürlich nicht!«

»In der Nacht des Brands warst du nicht in deinem Hotelzimmer. Ich habe dich nicht erreicht.«

»Ich habe dir gesagt, weshalb.«

»Wie kann ich im Licht dessen, was ich inzwischen weiß, glauben, dass du lediglich eine Kollegin getröstet hast?«

»Sie hatte einen Patienten verloren.« Er öffnete den Mund, um mehr zu sagen, schloss ihn aber wieder.

»Wenn ich also mit ihr reden würde, würde sie mir lediglich sagen, dass ihr nur an der Bar was getrunken hattet.«

»Im Grunde ja …«

»Im Grunde?«

»Das war alles, Sarah. Ich kannte sie nur … vorher schon.«

»So, wie du Theresa kanntest?«

»Ich kannte Theresa nicht, bevor wir ins Cottage gezogen sind.«

»Und du hast auch keine Affäre mit ihr?«

»Nein«, sagte er. »Ihr Baby ist auch nicht von mir.«

»Aber du kanntest diese … Kollegin schon vor der Konferenz.«

»Ich kenne sie vom Studium her. Sie ist inzwischen verheiratet. Sie hat Kinder.«

»Eine Ehe stellt für manche Leute anscheinend kein Hindernis dar. Sie machen weiterhin alles, was sie möchten.«

»Ich habe in San Francisco nicht mit ihr geschlafen.«

»Wo dann?«

Er sagte nichts, verschränkte die Hände und blickte auf sie hinab.

»An der Uni?«

Er reagierte nicht.

»Ich kann das alles gar nicht glauben.«

»Es ist nicht so, wie du denkst. Sie hatte einen Patienten

verloren, wir haben zusammen was getrunken, und sie hat ihren Kummer im Whiskey ertränkt. Dann sind wir auseinandergegangen.«

Ich fühlte mich ausgelaugt, viel zu erschöpft, um noch mehr Fragen zu stellen. War er immer noch der Johnny, den ich kannte? Der Johnny, der mich liebte?

»Was möchtest du noch von mir?«, fragte er verzweifelt, aber er wusste es schon. Er stand langsam auf und ging zur Haustür, und ich folgte ihm.

»Hör zu, du kannst nicht hierbleiben«, sagte er. »Ist da nicht eine Signierstunde, die auf dich wartet? Ich habe die Bücher im Cottage gesehen.«

»Ich werde eine Lösung dafür finden.«

»Deine Mutter kehrt bald zurück. Willst du hier zusammen mit ihr wohnen?«

»Ich habe noch nicht so weit vorausgeplant. Ich muss mir erst einmal über einige Dinge klar werden.«

Seine Miene wurde weicher, und eine Bitte schimmerte in seinem Blick. »Ich möchte nicht getrennt von dir sein. Ich bin dir treu gewesen. Ich versuche, mir über die eigenen Gefühle in dieser Sache klar zu werden, genau wie du. Ich habe dir nicht von Monique erzählt, weil ich dich nicht verlieren wollte. Das ist die Wahrheit. Es gibt keine andere. Komm zurück ins Cottage. Bitte.« Er berührte meine Wange, und sein Blick war voller Schmerz.

»Ich muss eine Weile allein sein, mir alles durch den Kopf gehen lassen. Das ist alles.«

»Sarah …«

»Ich brauche Zeit.«

Er nickte, ließ die Schultern hängen. »Ich ziehe in ein Hotel. Fahr du zum Cottage zurück und bleibe dort. Ich gebe dir den Raum, den du brauchst. Ich möchte aber, dass du eines weißt: ich liebe dich. Ich habe nicht vor aufzugeben. Wenn diese Ehe scheitert, dann deshalb, weil du dich entschließt zu gehen.«

»Schiebe mir jetzt nicht die Verantwortung zu.«

»Das wollte ich nicht. Ich möchte nur sagen – es ist deine Entscheidung. Das Cottage gehört dir, solange du es brauchst.« Er wandte sich ab und ging, aber eine Spur seines Dufts hing noch lange in der Luft, auch als er schon fort war.

25

Als ich vor dem Cottage anhielt und die Einfahrt vor mir leer vorfand, wurde alles in mir still. Johnny hatte die Vorhänge vor dem eisigen Himmel geschlossen und dann das Grundstück verlassen. Der graue Vormittag hing einsam und verlassen in der Luft. Die Vögel waren verstummt, als spürten sie die Kälte in meiner Seele. Selbst die Rhododendron-Sträucher hatten die Blätter zum Schutz vor dem Frost zusammengerollt.

Johnny hatte das Cottage in einem unberührten Zustand zurückgelassen. Seine Zeitschriften waren vom Wohnzimmertisch verschwunden. Seine Schuhe fehlten auf der Fußmatte. Seine Jacken waren nicht mehr da, die Messinghaken an der Wand waren leer, abgesehen von dem einen, an den ich meinen Regenmantel hängte.

Aber Johnnys Duft war noch da – der Kieferduft seines Aftershaves und sein undefinierbares männliches Aroma, das an Würze und das salzige Meer erinnerte. Ich hatte gehört, dass Gerüche in uns Erinnerungen an tiefe Gefühle erwecken können – und das stimmte. Ich erinnerte mich, wie er auf dem Strand von O'ahu meine Hand gehalten hatte, wie er an einem Verkaufsstand am Straßenrand spontan angehalten hatte, um mir eine Tüte Lychees zu kaufen. Er verstand meine Stimmungen, spürte, was ich brauchte, wenn wir uns liebten. Nach welchem Maß beurteilte man eine Ehe? Waren es diese Erinnerungen an Warmherzigkeit und Glückseligkeit? Oder war es das, was verschwiegen worden war?

Hatte ich den echten Johnny jemals kennengelernt? Er war ein wandelnder Widerspruch. Unter Stress erwies er sich als leistungsfähig, und zugleich war er in Kleinigkeiten zerstreut. Er kümmerte sich um seine Finanzen, ließ aber die Socken in der Gegend herumliegen. Er hatte ein ausgeglichenes Konto, ließ jedoch Krümel auf dem Tisch zurück.

Hielt er sich nach wie vor in Shadow Cove auf, oder war er in eine andere Stadt geflüchtet, wo man ihn nicht so leicht erkennen würde? Hier in unserer inselähnlichen Gemeinschaft konnte er Menschen begegnen, die er kannte. Menschen, die ihm Fragen stellen würden.

Hatte er wohl den Ehering abgenommen, oder trug er ihn noch und drehte ihn gedankenverloren herum, wie es seine Gewohnheit war? Alles, was ihn einengte, pflegte er abzulegen, sobald er zu Hause war. Brieftasche und Schlüssel, Geldscheine und Münzen, alles nahm er aus den Taschen.

Am heutigen Vormittag hatte er die Inhalte seiner Taschen mitgenommen. Auf dem Küchentisch fand ich einen Vorrat meiner Lieblingsspeisen – weichen Hefezopf, biologisch angebaute Heidelbeeren, Sojamilch und gemahlenen Kaffee. Er wusste, dass ich oft so ins Schreiben eintauchte, dass ich zu essen vergaß. Er wollte mich daran erinnern, wie aufmerksam er war. Aber konnte man die guten Dinge gerecht gegen die Lügen abwägen? Oder, was zutreffender war, gegen das Verschweigen?

Wie sollte es mir gelingen, mich aufs Schreiben zu konzentrieren? Die bevorstehende Signierstunde im Shadow-Cove-Buchladen belastete mich sehr. Wie sollte ich lächeln und Freude verströmen? In Gedanken hörte ich schon Natalies Stimme: *Die beste Rache besteht darin, ein schönes Leben zu haben.* Ich musste einen Weg finden, ein schönes Leben zu haben.

Oder einen Weg, überhaupt einfach nur zu leben.

Im Schlafzimmer hatte er die Tagesdecke über die Matratze gelegt und unter die Kissen geschoben. Mein normalerweise unordentlicher Mann hatte sich die Zeit genommen, das Bett zu machen. Auf einmal sehnte ich mich nach seiner Unordentlichkeit, der Delle im Kissen, seine auf einem Stuhl herumliegenden Kleidungsstücke.

Das andere Schlafzimmer wirkte ohne seinen Computer und seine Stifte, seine Bücher und Tassen unpersönlich. Der Sessel befand sich gekippt in Ruhestellung, als hätte er dort geschlafen. Vielleicht konnte er den Gedanken nicht ertragen, sich ohne mich ins Bett zu legen. Hatte er im Hotel geschlafen? Oder hatte er dort einfach nur den Koffer abgestellt, sich die Zähne geputzt und war direkt zur Arbeit gefahren? Vermisste er mich? Ich wünschte mir, dass er sich nach mir sehnte, obwohl ich auf einer tieferen Ebene nicht den Wunsch danach verspürte, dass er litt, auch wenn er mich getäuscht hatte. Aber was hätte ich mit Bitterkeit schon erreicht?

Trotzdem konnte ich nicht verhindern, dass sich düstere Gedanken in mir ausbreiteten. Wie viele Abende hatten wir mit den Kimballs verbracht, uns Filme angesehen oder beim

Abendessen geplaudert – Gelegenheiten, bei denen sein Arm den von Monique gestreift haben mochte. Oder wenn sie sich am Esstisch über ihn gebeugt hatte, um eine Platte mit gebratenem Gemüse auf einen Topfuntersetzer zu stellen, hatte Johnny womöglich einen Hauch ihres Parfüms aufgefangen, einen kurzen Blick auf die Wölbung ihrer Brust erhascht. Vielleicht Pläne für ein neues Rendezvous mit ihr geschmiedet. Jeder einzelne Augenblick barg jetzt die Möglichkeit eines Seitensprungs. Wie auch jene Situation, als Monique an einem heißen Tag an einem Eis gelutscht und dabei über den Rand ihrer Sonnenbrille hinweg zu uns in unseren Garten gesehen hatte, wo Johnny gerade mit freiem Oberkörper und schweißbedeckt Erde umgrub.

Er hatte sich Mühe gegeben, im Cottage nichts zurückzulassen. Seine Fächer im Schlafzimmerschrank waren leer. Er hatte sämtliche Sachen mitgenommen, abgesehen von einem Hemd und einer Hose, die über einem Handtuchhalter hinter der Badezimmertür hingen. Zum ersten Mal, seit ich ihn kannte, ertappte ich mich dabei, dass ich seine Hosentaschen durchsuchte. Hätte er nicht darauf bestanden, seine Anzüge selbst in die Reinigung zu bringen, hätte ich es vielleicht schon früher getan, um nach banalen, vergessenen Gegenständen zu suchen. Eine unschuldige Angelegenheit. Jetzt suchte ich jedoch nach Hinweisen darauf, dass er mich betrogen hatte, und ich fand die zusammengefaltete Quittung von Harborside-Florist – in blassblauer Tinte – für die Anlieferung einer Topfhortensie, die er einen Tag vor dem Abendessen bei Eris bestellt und in bar bezahlt hatte.

Ich starrte immer noch auf die Quittung, als ich das leise Rumpeln eines Autos hörte, das die Straße heraufkam. Adrians schwarzer Buick fuhr an den Bordstein und blieb im Leerlauf vor dem Cottage stehen. Dann ging der Motor aus. Jessie, die auf der Beifahrerseite saß, stieg aus.

Ich wischte mir über die Augen, strich den Strickpulli glatt und öffnete die Haustür. Die Kälte der zu frühen Winterluft brannte auf meiner Haut. »Jessie, was ist los? Alles okay mit dir?«

»Nur eine Minute!«, rief sie Adrian über die Schulter zu. »Ich bin gleich wieder da!« Sie kam über den Rasen auf mich zu, in ihrer Kapuzenjacke und den dünnen Jeans viel zu leicht bekleidet für diese Kälte. Sie rutschte auf dem Fußweg kurz aus, erlangte aber rasch das Gleichgewicht wieder und streckte nun die Arme leicht von sich. Ihr Eyeliner war verschmiert, das Gesicht mager.

»Was tust du hier?«, fragte ich. »Du wirst dir noch den Tod holen. Möchtest du eine Jacke? Komm rein.«

»Ich habe mir Sorgen um dich gemacht«, sagte sie. »Meine Mutter sagte, ihr würdet euch scheiden lassen, du und dein Mann.«

»Was? Aber das stimmt nicht.« Ich spürte, wie mir das Blut aus dem Gesicht wich. Wie hatte sich die Nachricht von unseren Problemen so schnell verbreiten können? Wer hatte Pedra davon erzählt?

Jessie verschränkte die Arme und blickte zum Wagen zurück. Dann wandte sie sich wieder mir zu, einen hohlen Ausdruck in den rot geränderten Augen. »Stimmt es? Trennt ihr euch? Liegt es am Tagebuch? Er hatte eine Affäre, nicht wahr? Er hat Monique gevögelt.«

»Gevögelt? Wer hat dir das erzählt?«

»Ich bin selbst draufgekommen. Das ist hart. Es tut mir leid.«

»Jess …«

»Ich bin nur gekommen, um dir zu sagen, dass ich weggehe«, sagte sie. Sie schlang jetzt die Arme um ihre Taille, während sie in der Kälte von einem Fuß auf den anderen trat.

»Du gehst weg? Aber wohin? Warum kommst du nicht rein? Wir können uns ein wenig unterhalten. Du frierst.«

»Das geht nicht. Adrian möchte sofort losfahren. Er hat ein Vorstellungsgespräch in Silverdale.«

»Arbeitet er nicht mehr auf dem Bau?«

Sie schüttelte den Kopf und trat kräftig gegen den Rand des Fußwegs. »Er wurde gefeuert.«

»Was suchst du eigentlich bei ihm?« Ich kannte jedoch die Antwort schon. Ich sah sie in seinen massigen Schultern, in Jessies Naivität.

»Ich muss weg von hier«, sagte sie.

»Wohin möchtest du gehen?«

Sie blickte zum Cottage auf, und Sehnsucht stand in ihren Augen. »Wir werden uns eine Bleibe besorgen.«

»Wer? Du und Adrian?« Das war unmöglich. Sie würde nicht einfach so mit ihm weggehen.

Sie deutete mit dem Kopf auf das Auto. Adrian telefonierte mit dem Handy und gestikulierte dabei. Jessie blickte wieder mich an. »Ich habe nur meinen Geburtstag abgewartet.«

»Wissen deine Eltern Bescheid?«

Adrian schlug mit der Handfläche auf das Lenkrad. Jessie zuckte sichtlich zusammen. »Ich habe eine Nachricht für sie zurückgelassen«, sagte sie und sah mich trotzig an.

»Denk noch einmal über das nach, was du vorhast.«

»Ich brauche darüber nicht nachzudenken. Meine Eltern kapieren es nicht. Sie halten ihn auch für den Brandstifter. Aber sie irren sich.«

War er denn der Brandstifter?, fragte ich mich. »Hast du die Sachen zurückgegeben, die du genommen hattest?«

»Das mache ich noch, versprochen.«

Adrian stieg aus dem Wagen und kam mit einer arroganten Haltung auf uns zu. Ich hatte das Gefühl, als würde die Luft um Jessie und mich dünner werden. Als würde er sie vollständig einsaugen.

»Geh nicht mit ihm weg«, platzte ich an Jess gerichet heraus. Ich packte sie am Ärmel. Sie entzog sich mir nicht, hielt aber stand.

»Jess, komm schon!«, sagte Adrian und schob die Hände in die Jackentaschen. Er trat dicht zu uns, viel zu dicht. Er trug eine gebügelte Kakihose und eine Wolljacke. Die schwarzen Schuhe glänzten, die gegelten Haare waren zurückgekämmt. Er überragte uns beide und verströmte den überwältigenden Geruch von Mundwasser und metallischem Aftershave. »Wir verspäten uns noch.«

»Warum fährst du nicht zu deinem Vorstellungsgespräch und lässt Jessie bei mir?«, fragte ich.

Seine dunklen Augen wirkten seltsam ausdruckslos. »Jess, komm schon.«

Das Haus der Minkowskis war zugeschlossen und dunkel, und es stand kein Auto in der Einfahrt. »Ruf deine Eltern an«, sagte ich zu Jess. »Sofort. Sie lieben dich. Ruf sie an.«

Sie schüttelte den Kopf, blickte zu Boden. »Ich gehe nicht wieder dorthin zurück.«

»Komm mit, Jess«, sagte Adrian.

»Sie geht nicht mit dir mit«, sagte ich. In der Ferne öffnete sich quietschend Eris' Haustür und knallte wieder zu. Eris kam in Parka und Boots die Verandastufen heruntergeklappert und marschierte zwischen den Bäumen hindurch zu uns.

Adrian sah mich an, als wäre ich nichts als eine hinderliche Temposchwelle. »Sie sind die Schriftstellerin«, sagte er.

»Ja, ich schreibe«, sagte ich. Ich konnte mein Herz im ganzen Körper spüren.

»Kindergeschichten, wie?« Er schnaubte.

»Es sind tolle Krimis«, meldete sich Jessie zu Wort.

»Aber sie handeln von einer Ratte oder so«, sagte er. »Soll ich vielleicht den Kammerjäger rufen?«

»Eigentlich ist es eine Maus«, sagte ich.

»Oh, eine Maus! All das … über Nagetiere zu schreiben. Hat Ihr alter Herr Sie deshalb verlassen? Wegen der ganzen Ratten in Ihrem Gehirn?« Sein Blick fuhr wie eine Harke an mir auf und ab.

Jessie erstarrte. »Adrian, komm schon! Es gibt keinen Grund, dass du sie beleidigst.«

»Jess«, sagte ich, »warum kommst du nicht rein? Lass Adrian gehen.«

Er nahm eine Hand aus der Tasche und deutete mit dem

Zeigefinger auf mich. »Siehst du, Jess? Was habe ich dir gesagt? Alle werden versuchen, uns aufzuhalten.«

Eris ging jetzt noch schneller; sie hatte inzwischen den halben Weg zu uns zurückgelegt.

»Sarah, ich kann nicht bleiben.« Jessie blickte überallhin, nur nicht zu mir.

»Gehen wir«, sagte Adrian. Er sprang vor, packte Jessie am Arm. »Wir verschwinden.« Er zerrte sie zu seinem Wagen.

»Halt!«, sagte ich. »Lass sie los.«

»Verpissen Sie sich«, sagte er. »Lassen Sie uns in Ruhe.«

Eris näherte sich uns und schwenkte ihr Handy in der Luft. »He!«, rief sie. »Wartet, ihr alle!«

26

»Was zum Teufel geht hier vor?«, fragte Eris, als sie bei uns ankam. »Ich rufe die Cops.«

»Nein, bitte nicht!«, sagte Jessie, aber immerhin hatte sie sich von Adrian gelöst. Er versuchte nicht, sie erneut zu packen, starrte aber Eris argwöhnisch an.

»Was hast du mit Jess vor?«, wollte Eris von ihm wissen.

Er antwortete nicht.

»Bitte rufen Sie niemanden an!«, bat Jessie und zupfte mich dann am Ärmel. »Ruf nicht die Polizei. Das ist nicht nötig. Ich bin nicht mehr minderjährig.«

»Aber du bist in Gefahr«, sagte ich und funkelte dabei Adrian an.

»Nein, das bin ich nicht. Adrian und ich – wir müssen nur miteinander reden.«

»Worüber reden?« Eris zog die Brauen hoch. »Es sah so aus, als wollte er dir den Arm ausreißen.«

»Ich hab nicht an ihrem Arm gerissen«, entgegnete Adrian. »Da haben Sie was falsch gesehen. Mein Vorstellungsgespräch ist in zehn Minuten, Baby.«

»Dann fahr los«, sagte ich. »Sie bleibt hier.«

»Ich ziehe mit ihm zusammen«, sagte Jess mit zitternder Stimme.

»Wirklich.« Eris' Blick wanderte von Adrian zu mir und dann zu Jess. »Süße, er ist nicht gut für dich.«

Adrian brach in raues Gelächter aus.

»Ihr kapiert es nicht«, sagte Jessie. »Ihr versteht es einfach nicht. Niemand versteht es.«

»Sie möchte mit mir mitkommen«, sagte Adrian. Sein Gesicht war gerötet. Er hielt die Arme leicht vom Körper abgespreizt und ballte die Fäuste.

»Sie kann für sich selbst sprechen«, sagte Eris ruhig. »Er hat dich schon geschlagen, nicht wahr?«

Jessie wurde bleich. »Er hat mich nicht geschlagen.«

»Nächstes Mal werden die Verletzungen schwerwiegender sein. Bist du sicher, dass du mit diesem Mann weggehen möchtest? Denk an deine Zukunft.«

»Genau daran denke ich ja«, sagte Jessie.

»Ich möchte, dass dein Freund mein Grundstück verlässt«, sagte Eris. »Sofort.«

Ich sah sie an, überrascht von dem harten Ausdruck in ihren Augen.

Adrian reagierte nicht.

»Sofort«, sagte Eris. »Los.«

Jetzt machte Adrian einen Schritt zurück, trat dabei vom Bürgersteig weg und ging auf sein Auto zu.

»Komm.« Eris packte Jessie am Arm und scheuchte sie zu dem Pfad durch den Wald. Ich folgte ihnen.

»Was ist, wenn ich gar nicht mit dir mitgehen möchte?«, fragte Jessie, unterließ es aber, zu Adrian zurückzulaufen.

»Glaub mir, Süße, du möchtest lieber bei deiner Familie

bleiben«, sagte Eris und lenkte Jessie den Weg entlang. »Du kannst von Glück sagen, dass du Eltern hast, die etwas auf dich geben.«

»Sie sind ätzend«, sagte Jessie und rümpfte die Nase, blieb aber bei uns. Adrian stieg in seinen Wagen und ließ den Motor aufheulen.

»Als Teenager hasst man seine Familie immer«, sagte Eris. »Später wirst du begreifen, wie gut du es hast.« Eine Spur Bitterkeit kroch in ihre Stimme.

»Nein, werde ich nicht«, sagte Jessie und brach in Tränen aus.

Adrian fuhr mit quietschenden, qualmenden Reifen vom Bordstein los und raste die Straße entlang.

27

Jessie sank schluchzend auf die Veranda. Eris und ich versuchten, sie zu trösten, aber sie zog sich, so allen Halts beraubt, ganz in sich selbst zurück, brach regelrecht zusammen. Immer wieder sagte sie *ich liebe ihn ich liebe ihn ich liebe ihn,* aber ich wusste nicht einmal genau, von wem sie sprach, ob sie Adrian oder Chad meinte – oder vielleicht beide.

Eris fuhr sie nach Hause, und ich kehrte zittrig und betroffen zum Cottage zurück, die Hortensien-Quittung von Johnny immer noch in der Tasche. Ich hatte das Gefühl, als wäre Jessies Drama hiermit noch nicht zu Ende.

Im Cottage fand ich keine Ruhe. Da Adrian jetzt wusste, wo ich wohnte, und zwar allein, fühlte ich mich nicht mehr sicher. Aber wieso eigentlich? Er hatte weder mich noch sonst jemanden direkt bedroht. Trotzdem sah ich vor mir, wie seine ausdruckslosen Augen auf mir ruhten.

Als Eris mit dem Wagen zurückkehrte, fuhr sie an ihrer eigenen Einfahrt vorbei weiter bis zum Cottage. Graupeln prasselten inzwischen vom Himmel und bedeckten den Boden mit winzigen glitzernden Scherben.

»Ich habe getan, was ich konnte«, sagte sie in der Diele. Trotz des Wetters sah sie einfach perfekt aus.

»Geht es ihr gut?«

»Wer weiß? Ich habe versucht, sie zur Vernunft zu bringen, aber es gibt Grenzen dessen, was ich tun kann. Oder was andere tun können. Ich war auch mal in ihrem Alter. Und viel wilder als sie.«

»Ist sie wieder zu Hause?«

»Zunächst einmal«, antwortete Eris. Sie zog die Handschuhe aus und legte sie auf den Küchentisch. »Soll ich uns einen Tee machen?«

Wenige Minuten später saßen wir mit zwei Tassen Tee in der Essecke. »Möchtest du darüber reden?«, fragte sie.

»Sie hat es dir also erzählt«, stellte ich fest.

»Steht eine Scheidung an?«

»Erst einmal nur Trennung.« Draußen lösten sich die Graupel in Regentropfen auf.

»War er …? Ich meine, hat er …?«

»Ja«, sagte ich.

»Das tut mir so leid«, sagte sie, flüsterte die Worte fast nur.

»Und so sitze ich wieder allein da und trinke Tee.«

»Du erfährst gerade, aus welchem Holz du geschnitzt bist. Kennst du nicht die Redewendung: eine Frau ist wie ein Teebeutel; man weiß erst, was in ihr steckt, wenn man sie in heißes Wasser taucht?«

»Ha ha.« Ich lachte, umfasste dabei die Tasse mit den Händen, sodass die Wärme sich in meinem Körper ausbreiten konnte.

Eris streckte eine warme Hand aus und legte sie mir aufs Handgelenk. »Was für ein Arschloch.«

»Wir stehen ziemlich unter Stress. Das Feuer hat mehr verbrannt als nur unser Haus. Es hat alles verbrannt, woran ich geglaubt habe. Tut mir leid, wenn ich melodramatisch klinge, aber ich fühle mich gerade dramatisch. Und heimatlos. Versteh mich nicht falsch, ich bin dankbar für das Cottage. Es ist nur so …«

»Ich weiß, was du meinst.« Sie blickte zum Fenster hinaus auf das Haus der Minkowskis. »Ich weiß, wie es ist, wenn man sich heimatlos fühlt. Ich bin in Pflegefamilien aufgewachsen.«

»Das wusste ich nicht …«

»Ich hatte erst ein Zuhause, als ich mir selbst eines errichtete. Ich habe gelernt, die Zügel in die Hand zu nehmen. Niemand sonst war dazu bereit.«

»Du hast dich gut geschlagen«, fand ich.

»Ich habe meine Hindernisse überwunden. Das tue ich immer.« Sie richtete zwei Finger auf die eigenen Augen und streckte sie dann von sich weg. »Ich visiere ein Ziel an und erreiche es. Geduld und Beharrlichkeit zahlen sich irgendwann aus.«

»Gute Einstellung. Ich bewundere dich.«

Sie lehnte sich zurück, sah erst auf ihre Hände und dann zu mir. »Was wünschst du dir jetzt, wo Johnny gegangen ist?«

»Es ist nicht für immer«, wandte ich ein.

»Der Mann hat dich betrogen, und du bist bereit, ihn zurückzunehmen?«

»Nein, aber ich meine … Er sagt, er hätte mich nicht mehr betrogen, seit wir verheiratet waren.« Das klang angesichts des Beweises in meiner Hosentasche lächerlich lahm.

»Verstehe«, sagte Eris. Sie stand auf, blickte auf die Uhr

und sah mich an. »Du kannst gern hierbleiben, solange du möchtest.«

Sofort sah ich Johnny vor mir, wie er mich aufs Bett legte, meine Lippen küsste, den Hals, dann tiefer wanderte … »Ich weiß nicht recht«, sagte ich. »Wir haben hier schon Erinnerungen gesammelt.«

Sie wirkte nachdenklich. »Ich muss dir etwas zeigen. Warte hier.« Sie ging zu ihrem Auto und kam mit ihrer Aktentasche zurück, nahm Bilder heraus, die das perfekte Refugium für eine Autorin sein mochten … ein zweistöckiges Cottage, das Bilderbuchheim für eine einzelne Person. »Es steht schon eine ganze Weile lang zum Verkauf. Es ist ein bisschen überteuert und abgelegen, aber ich könnte mit dem Verkäufer verhandeln. Ich bin gut darin, Leute zu etwas zu überreden.«

Die Fotos zeigten einen Bungalow aus ökologisch nachhaltig gewonnenen Baustoffen. Große Erkerfenster gewährten Ausblick aufs Meer. Ein Turmzimmer hatte Fenster in allen vier Wänden. Die Atmosphäre, die von den Bildern ausging, die Bilderbuchqualität dieser Zufluchtsstätte, berührte etwas tief in meiner Seele. »Das ist atemberaubend, aber …«

»Du kannst den Turm als Arbeitszimmer nutzen.« Sie deutete auf das besonders märchenhafte Bild eines Sonnenuntergangs, der sich in den Turmfenstern spiegelte.

Ich spürte einen kleinen Funken Aufregung in mir aufsteigen. »Aber es ist zwei Stunden von hier entfernt!«

»Das stimmt«, sagte sie. »Du würdest in einer neuen Stadt leben, in einer anderen Umgebung … Ich kann dir einen Termin für morgen machen.«

Ich sah mich im Cottage um, blickte in die Schatten und auf die leeren Stellen. *Hier hält mich nichts mehr.* »Ja«, sagte ich schließlich. »Ich sehe mir dieses Refugium sehr gern an.«

In der ersten Nacht, die ich allein im Cottage verbrachte, träumte ich von unserer Hochzeit. Ich stand vor dem Altar und wartete auf Johnny. Als ich mich umdrehte, versperrte mir Monique den Weg. Monique in ihrem eng anliegenden grünen Kleid, ein Champagnerglas in der Hand. *Jules va bien? Quelle dommage.* Ich trug in dem Traum ein weißes Hochzeitskleid, obwohl es in Wirklichkeit ein cremefarbenes Kleid mit silbernen Spitzen gewesen war. Johnny und ich hatten die Gäste gebeten, für wohltätige Zwecke zu spenden, anstatt uns etwas zu schenken. Wir hatten das Sitka Retreat Center auf einer Anhöhe beim Meer gemietet. Nichts verlief nach Plan. Der Kuchen kippte um, und der junge Friedensrichter, für den Hochzeiten noch neu waren, vergaß seinen Text. Johnny ließ den Ring fallen.

Im Traum versuchte ich, Monique aus dem Weg zu schieben. Ich erwachte zum Geräusch tropfenden Regens und war allein, und alles, was geschehen war und was ich herausgefunden hatte, drückte mich nieder.

Später am Morgen fuhr ich mit Eris in ihrem SUV nach Norden zum Autorenrefugium. Wir plauderten auf der ganzen Strecke über Immobilien, das Wetter, verflossene Ehemänner. Eris war in Kalifornien bei Pflegefamilien aufgewachsen, und sobald sie mündig geworden war, war sie so weit nach Norden gezogen, wie es nur möglich war, ohne gleich in Alaska zu landen.

Als wir schließlich den märchenhaften Bungalow erreichten, der an einem bewaldeten Hang stand und Blick aufs Meer bot, glaubte ich, das Haus meiner Träume gefunden zu haben, durch das ich in meinen Tagträumen barfuß spaziert war, ehe ich Johnny kennenlernte. Ehe ich mich in ihn verliebte, hatte ich mir ein solches Refugium abseits der Zivilisation gewünscht, von Sonnenlicht durchflutet, voller gewölbter Decken, Hartholzböden, bequemer Fensterbänke, eingebauter Bücherregale. Klein genug, dass es gerade für mich reichte.

»Es ist möbliert«, stellte ich fest, als ich das Wohnzimmer betrat. »Urige Couch, wow! Ist das hier eine Inszenierung oder ..?«

»Du kannst die ganze Einrichtung übernehmen«, sagte Eris lächelnd. »Erstklassige Gourmet-Essecke, frisch umgebaut. Neue Haushaltsgeräte. Hast du die Granitinsel gesehen? Erstaunlich, dass der Architekt sie in den Grundriss integriert hat, wenn man bedenkt, wie klein das Haus ist.«

Ich stellte mir vor, wie Mia in ihrem Prinzessinnen-Nachthemd im Wohnzimmer spielte, wie sie zum Frühstück in die Küche gerannt kam, die Haare vom Schlaf noch zerzaust. Licht tanzte über kobaltblaue Tischflächen und spiegelte sich in Intarsien aus recyceltem Glas. Blau war Mias Lieblingsfarbe.

»Großartig«, sagte ich, aber ich zögerte noch. Meine Gedanken wurden zurück nach Shadow Cove gezogen. Zu Johnny.

»Zwei Schlafzimmer, zwei Badezimmer, was in einem kleinen Haus eine weitere Überraschung darstellt. Auch wenn du Besuch hast, wirst du nie darauf warten müssen, dass die Toilette frei wird.«

»Woher wusstest du das?« Ich atmete den schwachen Geruch frischen Holzes ein.

»Du hast beim Abendessen von deinem Traumhaus gesprochen, weißt du noch?«, fragte Eris und zog die linke Augenbraue hoch.

»Wirklich?«

»Es war eine kurze Bemerkung, aber ich bin darauf spezialisiert, kurze Bemerkungen zu deuten.« Eris lachte. »Wir alle möchten die gleichen Dinge, denkst du nicht? Einen Ort, den wir als unser Heim bezeichnen können.«

»Dieses Haus gibt mir wieder Hoffnung.« Und dennoch.

»Das freut mich«, sagte Eris beschwingt. Aus der Nähe bemerkte ich winzige Linien um den Mund, Flecken der Erschöpfung unter den Augen – menschliche Spuren in einem ansonsten makellosen Gesicht. »Das ist genau das, was du brauchst.«

»Vielleicht. Ich denke darüber nach.« *Vielleicht raufen Johnny und ich uns auch wieder zusammen.* Aber wie konnten wir das?

28

Um mir ihre Unterstützung zu beweisen, luden mich Orla, Pedra und Eris zum Mittagessen ins Shadow Café ein. Orla trug einen schwarzen Rollkragenpullover und eine graue Wollhose. Pedras schwarzes Satinshirt und ihre Jeans saßen so eng, dass die Knöpfe zu platzen drohten. Sie saß links von mir und verströmte den kräftigen Geruch von Gardenien. Eris saß auf der anderen Seite von mir und hatte einen dezenten olivgrünen Baumwollpullover, eine schwarze Hose und schwarze Straßenschuhe angezogen. Die drei hatten sich bereits zu meinen Verbündeten erklärt, obwohl ich mich noch gar nicht zu einer Scheidung durchgerungen hatte.

»Bist du dir sicher?«, fragte mich Orla. »Ich meine, was den Umzug und all das angeht.«

»Sie ist sich sicher«, sagte Eris lächelnd. »Das Haus ist perfekt. Du kaufst es doch, oder?«

»Ich denke darüber nach«, sagte ich. Johnny hatte angerufen und sich erkundigt, wie es mir ging. Er wollte ins Cottage zurückkehren. Ich musste zugeben, dass ich von ihm geträumt hatte und ihn vermisste.

»Wir sind für dich da«, sagte Pedra und tätschelte mir den Arm. »Dios mio! Kein Mensch sollte sich mit so viel auf einmal herumschlagen müssen. Erst der Brand, und jetzt auch noch das …«

»Es wurden neue Beweise gefunden, wusstet ihr das?«, warf Orla ein, während sie ihr Lachssteak zerteilte.

»Was für Beweise?«, fragte ich.

»Das verraten sie niemandem.«

»Wenn sie es niemandem verraten, woher weißt du es dann?«, fragte Pedra und nahm einen hastigen Schluck von ihrem Eistee.

»Sie weiß es ja gar nicht«, sagte Eris.

»Lukas ist bei der freiwilligen Feuerwehr«, erklärte Orla. »Lenny dagegen interessiert sich nicht dafür.«

»Das hast du noch nie erwähnt.« Ich fror plötzlich. »Was hat er erfahren?«

»Er kann nichts wirklich mit Sicherheit sagen.« Orla blickte uns der Reihe nach an, zog die Augen zusammen und senkte die Stimme zu einem dramatischen Flüstern, was alle zwang, sich zu ihr hinüberzubeugen. »Der Brandstifter hat vielleicht das *falsche Haus* angezündet.«

Das Messer rutschte mir aus der Hand, fiel klappernd auf den Teller. »Was meinst du mit: das falsche Haus?«

Eris lachte. »Wo hast du das denn gehört?«

Pedra lehnte sich zurück. Ihr Gesicht war bleich. »Ja, wo?«

»Es ist eine glaubwürdige Quelle«, antwortete Orla. »Gut möglich, dass ein ganz anderes Haus in unserer Straße in Flammen aufgehen sollte.«

Das Blut wich mir aus dem Gesicht. »Welches Haus?«

»Keine Ahnung«, sagte Orla. »Vielleicht unseres.«

Eris runzelte die Stirn. »Wie könnte einem Brandstifter ein solcher Fehler unterlaufen?«

»Unsere Häuser sehen praktisch alle gleich aus«, sagte Orla.

»Oh, ich weiß nicht«, warf Pedra ein und hob den Blick von ihrem Teller. »Häuser haben Persönlichkeiten.«

»Aber im Dunkeln erkennt man die Unterschiede nicht«, sagte Orla. »Nachts sehen sie alle gleich aus.«

»Was für Beweise könnte man wohl dafür haben?«, fragte Eris.

»Ich schätze, ein Handy«, sagte Pedra.

Eris rümpfte die Nase. »Du schätzt es?«

Mein Herz schlug so heftig, dass ich glaubte, es an den Rippen spüren zu können. Warum hatte Ryan Greene nichts davon gesagt? Vielleicht hatte er es noch nicht gewusst, als er mich im Cottage aufgesucht hatte.

»Mein Sohn denkt, er hätte in einer Tüte mit Beweisstücken ein Handy gesehen«, erzählte Orla.

»Wenn du das sagst. Das Mobiltelefon kann aber auch Chad oder Monique gehört haben.« Eris goss Dressing über ihren Salat.

»Dann wäre es aber kein Beweisstück«, fand Orla.

»Natürlich wäre es das«, beharrte Eris. »Aber die Ermittler werden ihre Erkenntnisse wohl kaum mit Mitgliedern der freiwilligen Feuerwehr diskutieren.«

Orla warf ihr einen mürrischen Blick zu.

»Was würde man denn auf einem Handy finden?«, mischte ich mich ein. Ich fühlte mich wacklig.

»Adressen, belastende Nachrichten«, antwortete Orla. »Es war allerdings ein Wegwerfhandy. Nicht zu verfolgen.«

»Was für Nachrichten? Was für Adressen?«, hakte ich nach. »Vielleicht die Adresse des Opfers?«

»Das sind alles nur Spekulationen«, fand Eris. Sie spießte Salat mit der Gabel auf. »Sie haben kein Handy gefunden. Und warum reden wir überhaupt darüber?«

»Wahrscheinlich sind die Ermittler dabei, Beweise zu analysieren«, sagte Orla. »Gasspektrometrie und -chromatografie. Vor ein paar Jahren habe ich mal in einem Betrugsfall Recherchen zu einem Brand angestellt. Man kann Brandbeschleuniger analysieren, die man unter Teppichen oder Holzdielen findet …«

»Brandbeschleuniger?«, fragte Pedra.

»Du weißt schon, Benzin oder was sonst den Brand genährt hat«, erklärte Orla.

Ich hatte keinen Hunger mehr. Der größte Teil meiner Nudeln lag noch auf dem Teller. Brandgeruch schien ständig in meiner Nase zu hängen.

»Benutzt nicht jeder Brandstifter so einen Beschleuniger?«, fragte Eris. »Oder Benzin, das verschüttet wird? Einen Molotow-Cocktail, der durchs Fenster fliegt?«

»Jedes Benzin hat seinen charakteristischen Bauplan, ähnlich wie die DNA«, sagte Orla und gestikulierte dabei. »Manchmal kann man ihn bis zu der Tankstelle zurückverfolgen, wo er gekauft wurde. Wenn man sich dann die Überwachungsbilder ansieht, entdeckt man vielleicht auch die Person, die den entsprechenden Kanister gekauft hat.«

»Wow!«, sagte Pedra und schüttelte erstaunt den Kopf. »Erstaunlich, was heutzutage alles möglich ist.«

»Weit hergeholt«, sagte Eris, »oder nicht?«

»Ganz und gar nicht«, entgegnete Orla. »Die forensischen Methoden sind heute hoch entwickelt.«

Eris zog die Brauen hoch, während die Mundwinkel nach unten wanderten. »Wenn das stimmt, wäre ich beeindruckt. Vielleicht handelt es sich beim Brandstifter um denselben geistig gestörten Verbrecher, der schon andere Brände in der ganzen Stadt gelegt hat.«

Ich war wie betäubt. Die Nudeln verschwammen vor meinen Augen. Hatte Orla recht? Hatten die Ermittler ein Handy in den Trümmern gefunden? Hatte der Brandstifter das falsche Haus angezündet? Ich musste so schnell wie möglich mit Ryan Greene reden.

29

Ryan Greene führte mich in sein luftiges Büro, dekoriert mit Ehrungstafeln und den Fotos von drei Kindern – zwei kleinen Jungen und einem etwas älteren Mädchen –, aber keiner Ehefrau. Zum ersten Mal fiel mir auf, dass er keinen Ehering trug. Wie konnte ein Mann, der so gut aussah, nicht verheiratet sein? Aus allen möglichen Gründen. Er hatte seine Frau betrogen, oder sie hatte ihn betrogen, oder er war emotional nicht erreichbar. Oder sie war es nicht. Oder er war schwul. Nein, vermutlich nicht. Ich zügelte meine Vorstellungskraft und konzentrierte mich auf den Aktenschrank, auf dem sich Papiere stapelten.

»Was kann ich für Sie tun?« Mr Greene setzte sich an seinen Schreibtisch und forderte mich auf, einen Stuhl ihm gegenüber zu nehmen. Er wirkte frisch geduscht und rasiert.

»Ich werde gleich zur Sache kommen«, sagte ich. »Es kursiert da ein Gerücht, was die Ermittlungen betrifft.«

»Das überrascht mich nicht«, erklärte er und lehnte sich zurück.

»War das eigentliche Ziel der Brandstiftung unser Haus? Oder ein anderes Haus in unserer Straße?«

Weder zuckte er zusammen noch blinzelte er, und er atmete auch gleichmäßig weiter. Er legte die Hände auf den Tisch. »Was bringt Sie zu dieser Frage?«

»War es so?« Die Zeit schien langsamer zu laufen, selbst die Staubkörnchen verharrten in der Luft.

»Wer hat so etwas nahegelegt?«

»Welche Rolle spielt das? Stimmt es, oder stimmt es nicht?«

»Die Ermittlungen laufen noch«, sagte er und trommelte mit den Fingern auf dem Tisch.

»Sie streiten das Gerücht also nicht ab.«

Er schwieg einen Moment lang; dann sagte er: »Glauben Sie, dass die Angaben Ihres Mannes darüber stimmen, wo er sich in der Brandnacht aufgehalten hat?«

Seine Frage war wie eine Ohrfeige in mein Gesicht. Ich sah zu dem großen Foto an der Wand hinüber, dem Foto seiner lächelnden, sonnengebräunten Kinder, und wurde innerlich taub. »Natürlich glaube ich ihm. Warum sollte ich es nicht tun?« Ich war mir jedoch gar nicht sicher.

Mr Greene zuckte die Achseln, ungerührt von meinem Unbehagen. »War nur eine Frage.«

»Nein, war es nicht. Sie denken, dass er etwas mit dem Brand zu tun hatte.«

»Wir gehen jeder Spur nach.«

»Und mein Mann ist eine Spur? Können Sie mir aus diesem Grund nicht sagen, was hier vorgeht oder ob Sie nun ein Handy gefunden haben oder nicht?«

»Ein Handy? Ist das Teil des Gerüchts?«

»Ja, es heißt, Sie hätten als Beweisstück ein Handy gefunden.«

»Das kann ich nicht bestätigen.«

»Aber Sie bestreiten nicht, Beweisstücke zu haben, die andeuten, der Brandstifter hätte es im Grunde auf ein anderes Haus in unserer Straße abgesehen. Und Ihren Fragen nach zu urteilen, denken Sie womöglich, mein Mann könnte in die Sache verwickelt sein. Sind Sie verrückt?«

»Gelegentlich wurde ich schon als verrückt bezeichnet«, sagte er und lächelte.

»Wie könnte jemand das Haus der Kimballs mit einem anderen Haus an der Straße verwechseln? Die Häuser haben zwar identische Grundrisse, aber jedes hat seine eigene Persönlichkeit …«

»Es geschieht nicht oft, aber auch Brandstifter machen mal Fehler. Ist erst kürzlich in Chicago passiert und bei einem anderen Fall in Wales. Einmal war es eine Brandstiftung aus Rache; da wurde eine Bombe aus dem Auto heraus auf das falsche Haus geworfen. Einen weiteren Fall gab es in Bend, Oregon. Der Junge glaubte, er würde das Haus seiner Exfreundin anzünden, traf aber versehentlich das ältere Paar nebenan. Man nehme zwei identische Häuser, deren Verkleidung und Dachschindeln aus hoch brennbarem Zedernholz bestehen … beide gehen in Rauch auf. Reimen Sie sich den Rest selbst zusammen.«

»Ich reime mir den Rest so zusammen: Brandstifter zündet, aus welchem Grund auch immer, das Haus der Kimballs an, und das Ergebnis ist für sie und für uns eine Tragödie.« Eine Erinnerung machte mir allerdings doch zu schaffen. Kurz nach unserer Hochzeit war ich spätabends einmal fast in die Einfahrt der Kimballs eingebogen, hatte den Fehler aber noch im letzten Augenblick berichtigt. Danach hatte Johnny einen Spiegel ans Ende unserer Einfahrt montiert, damit unser Haus deutlicher zu erkennen sein würde. Ein Brandstifter hätte das jedoch nicht gewusst. »Warum sollte in unserer Gegend jemand den Wunsch gehabt haben, einem der anderen Nachbarn zu schaden? Wir sind alles nette Menschen. Wir haben keine Feinde.«

»Felix Calassis scheint anderer Meinung zu sein.«

»Was hat er gesagt?«

»Nur, dass damals am Abend eine gefährliche Person in Ihrer Straße unterwegs war. Mehr konnte ich ihm nicht entlocken. Kennen Sie jemanden, der gefährlich wäre?«

»Nein«, sagte ich ganz benommen.

»Sie sind Autorin. Jemals Post von geistesgestörten Fans erhalten?«

»Im Grunde nicht, nein.«

»Und Ihr Mann? Unzufriedene Angestellte oder Patienten?«

»Nicht, dass ich wüsste.«

»Wie steht es um Ihre Ehe? Wohnen Sie gegenwärtig mit Ihrem Mann zusammen?«

Geballter Zorn stieg in mir auf. »Was hat denn das mit alldem zu tun?«

Die Luft wurde dicht und drückend, und die Telefone klangen schrill.

»Sehen Sie, ich würde meinen Job nicht machen, wenn ich nicht alle Fragen stellen würde.«

Ich erhob mich auf wacklige Beine. »Sie stellen die falschen Fragen, Mr Greene.«

Ich verließ ihn eilig, setzte mich ins Auto und holte mehrmals tief Luft, ehe ich losfuhr.

30

Als ich die Sitka Lane erreichte, parkte ich am Bordstein und versuchte, mich zu beruhigen. Ein Reinigungstrupp hatte die beiden abgebrannten Grundstücke geräumt, die jetzt kahl und verlassen wirkten. Im Vorgarten der Calassis lag eine rostige Schubkarre auf der Seite und hatte Blumen verschüttet. Nebenan parkte ein großer Mayflower-Umzugstransporter in der Einfahrt. Ein junges gehetztes Paar schleppte Kartons ins Haus, während zwei kleine Jungen im Vorgarten spielten. Das VERKAUFT-Schild war verschwunden und hatte einem Fahrrad mit Stützrädern Platz gemacht, das auf der Seite lag. Spielsachen lagen auf dem Rasen verstreut.

Ich stieg aus, ging zur Veranda und klopfte an die Haustür der Calassis. Maude öffnete in Joggingsachen und Hausschuhen. »Sarah, schön, dich zu sehen. Komm doch rein. Ich habe von dir und Johnny gehört.«

»Wir leben nur getrennt.« Ich hatte Johnny auf der Fahrt hierher angerufen und nach der Frau gefragt, die ihm nachgestellt hatte.

Das ist vorbei, hatte er gesagt. *Du fehlst mir. Ich komme zu deiner Signierstunde.*

Ich hatte verstört aufgelegt. Das Problem war, dass er mir auch fehlte.

»Ich hoffe, ihr beide könnt eure Probleme lösen.« Maude führte mich ins Haus und schloss die Tür. Es war stickig hier, und da war ein bitterer Geruch, der sich mit dem von Blumen aus einem Duftspender vermischte. Nostalgie schwappte über mich hinweg. Der Grundriss des Hauses war mir so vertraut – die Treppe, die von der Diele nach oben führte, der Flur zum Wohnzimmer im hinteren Teil. Maude und Felix hatten sich jedoch für knallige Art-déco-Möbel entschieden, und die Wände waren in gruftigen Tönen in Blutrot und Blau gestrichen.

Ein Junge schrie draußen, und Maude zuckte zusammen. »Diese Kids machen mich noch verrückt. Wir haben Freunde, die das Haus nebenan kaufen wollten, aber … anscheinend hat jemand anderes ein besseres Angebot gemacht.«

»So etwas kommt vor.« Eris hatte nichts davon gesagt, dass sie für das Haus an der Ecke mehrere Angebote erhalten hatte.

Das ausdruckslose Geleier von einem Fernseher trieb aus dem Obergeschoss herunter. »Ich habe überlegt, ob ich mal mit Felix reden könnte«, sagte ich. »Er hat neulich versucht, mir etwas zu sagen.«

»Du kannst es versuchen«, sagte Maude. »Manchmal erinnert er sich an irgendwelche Dinge, aber ich weiß nie, wann sie passiert sind. Könnte letzte Woche oder letztes Jahr gewesen sein. Er wird dir allerlei erzählen – aber ob es real oder eingebildet ist, weiß ich nicht.«

»Ich würde es gern probieren.«

»Er ist oben. Komm mit.«

Maude führte mich die Treppe hinauf in ein im hinteren Teil gelegenes Schlafzimmer, das in Türkisfarben dekoriert war. Felix wirkte hinfällig, wie er im Bett an zahlreiche Kissen gelehnt dalag und eine Natursendung im Flachbildfernseher an der Wand gegenüber verfolgte.

»Felix«, sagte Maude lauter als bisher, »du hast Besuch.«

Er drehte die Lautstärke des TV herunter und blickte lächelnd zu mir auf. »Mein liebes Mädchen.« Er klopfte auf das Bett neben sich. »Komm und setz dich.«

Ich seufzte erleichtert. Er erkannte mich. Ich setzte mich neben ihn auf die weiche Matratze. Die Bettwäsche rings um ihn war zerknittert, und einige Krümel bedeckten das Kissen und seine Wangen. Ich legte meine Hand auf seine. »Du hast mir gesagt, ich soll vorsichtig sein, weißt du noch?«

Er betrachtete einen Reiher auf dem Bildschirm, der im Flug nach unten stieß. »Vorsichtig?«

»In der Brandnacht? Was hast du gesehen? Hast du durch dein Fernglas geschaut?«

Sein Blick ging ins Leere. Maude stand noch auf der Türschwelle. Dann klingelte das Telefon, und sie lief die Treppe hinunter.

»Felix«, sagte ich und umfasste seine beiden kühlen Hände mit der papierenen Haut. »Ich muss mit dir reden. Sag mir, was du in der Brandnacht gesehen hast.«

Sein Blick wurde etwas klarer. »Ich wusste schon immer, dass diese Frau Ärger bedeutet.«

»Welche Frau? Monique?«

»Er hat mit ihr gesprochen, sich mit ihr gestritten.«

»Wer? Wer hat sich gestritten?«

Er zog eine Hand zurück und zupfte an einer vereinzelten grauen Haarsträhne auf seinem Kopf. Dann blickte er zum Fenster hinaus, aber auf was? Ich trat zum Fenster. Von hier aus konnte ich das Haus der Ramirez sehen und – etwas schräg – mitten in Jessies Zimmer im Erdgeschoss. Ich konnte die Umrisse der Frisierkommode erkennen. »Du hast Jessie gesehen«, sagte ich. »Waren es vielleicht Jessie und Adrian?«

Felix sah mich an, noch immer verständnislos. »Ärger«, nuschelte er.

Ich hätte am liebsten in seinen Kopf gegriffen und sein Gehirn aufgeschlossen, um die Wahrheit zu finden. »Hast du Jessie gesehen?«

»Jessie«, plapperte er nach.

Schritte knarrten auf der Treppe. Ich wich vom Fenster zurück, als Maude ins Zimmer zurückkehrte. »Tut mir leid. Wie ist es gelaufen?« Maudes Blick wanderte von mir zu Felix und wieder zurück. »Hast du erfahren, was du wissen wolltest?«

»Nicht wirklich. Ich sollte jetzt besser gehen.« Ich ging zur Tür. »Ich fürchte, Felix konnte mir gar nichts sagen.«

31

Als ich bei den Ramirez klingelte, antwortete niemand, und die Einfahrt war leer. Trotzdem spürte ich, dass ich beobachtet wurde. Ich ging ums Haus herum zu Jessies Zimmer. Das Moos unter ihrem Fenster war zertreten und platt. Möglicherweise war Jessie durchs Fenster nach draußen geklettert, um sich dann an der Hauswand entlang zur Straße zu schleichen. Und Felix Calassis, der unter Schlafstörungen litt, hatte womöglich sein Nachtsichtfernglas benutzt, sie gesehen und ihr Geheimnis bewahrt. Meine Gedanken marschierten in verrückte Richtungen. Hatte Jessie das Haus der Kimballs angesteckt? War sie auf Monique eifersüchtig gewesen? Hatte sie irgendwie damit gerechnet, dass Chad überleben würde?

»Was machst du da?«, fragte jemand ganz in der Nähe.

Ich drehte mich um und sah Jessie durchs Gras auf mich zukommen. »Ich habe dich gesucht«, sagte ich.

»Warum?« Jessie wurde starr, war auf einmal vorsichtig. Sie wirkte erschöpft, und die Wimperntusche war verschmiert. »Ich bin so *ausgebrannt.* Es ist alles so scheiße.«

»Ich bin froh, dass du zu Hause bist.« Sie trug große Ohrreifen – dieselben wie in der Nacht des Brands. In diesem Augenblick wurde mir klar, was an ihr mir die ganze Zeit so zu denken gegeben hatte. »Du warst schon auf, als das Feuer ausgebrochen ist. Du warst angezogen, als du rübergekommen bist.«

»Na und?« Jessie wich zurück, und eine unsichtbare Mauer bildete sich um sie herum.

»Du hast dich ziemlich schnell angezogen. Ist schwer, in diese enge Jeans zu schlüpfen, nicht wahr? Du musst dich dazu aufs Bett legen, die Luft anhalten und …«

»Ist das ein Verhör?«

»Bist du an dem Abend heimlich aus dem Fenster gestiegen?«

Jessie verlagerte ihr Gewicht jetzt auf ein Bein und blickte auf ihre Füße hinunter. Sie trug Segeltuchschuhe von Keds, aber der linke Schuh hatte einen kleinen Riss an den Zehen. »Sie haben mir schon fünftausend Fragen gestellt. Die Ermittlungen sind ein epischer Reinfall.«

»Was sollten sie denn tun?«

Jessie zuckte die Achseln und blickte mich dann aus ihren großen, kajalumrandeten Augen an. »Sie müssten den Typen schnappen.« Sie latschte zur vorderen Veranda, und ich folgte ihr.

»Du bist aus dem Schlafzimmerfenster gestiegen, um dich mit Adrian zu treffen, nicht wahr?«

Jessies Augen füllten sich mit Tränen. »Ich hatte nichts mit dem Feuer zu tun. Ich schwöre es!«

»Und was ist mit Adrian? Hatte er etwas damit zu tun? Hat er vielleicht … etwas am Tatort zurückgelassen?«

»Und was, bitte? Er war mit mir zusammen. Auf der Rückfahrt ist er mit abgeschaltetem Licht die Straße entlanggerollt … und ich bin nach Hause gegangen.«

»Du bist wieder durchs Fenster in dein Zimmer geklettert.«

Sie blickte zu mir auf, Verzweiflung stand in ihren Augen. »Erzähl es bitte niemandem.«

»Ich kann dir nichts versprechen.«

»Sarah, bitte! Ich habe nichts angestellt. Adrian auch nicht. Ich schwöre es!« Sie biss sich auf die Lippe und blickte nach unten auf den Schuh, mit dem sie auf die Stufe tippte. »Warum denken alle nur, dass Adrian so ein Verbrecher ist?«

»Hast du damals am Abend sonst jemanden draußen gesehen?«

»Niemanden.« Ihr Blick wanderte aufs eigene Handy. Eine Textnachricht war gerade eingetroffen. Sie blickte zu mir auf. »Du ziehst also weg.«

»Was? Wer hat dir das erzählt?«

»Ich habe davon gehört – nach irgendwo im Norden?« Sie bedachte mich mit einem anklagenden Blick.

»Ich habe mir dort ein nettes Haus angesehen, ja.«

»Du wolltest nicht, dass ich weglaufe, aber jetzt tust du es selbst.«

»Das tue ich nicht. Ich habe kommende Woche eine Signierstunde hier und noch anderes zu erledigen. Ich gehe nirgendwohin.« Das war die Wahrheit. Ich konnte nicht so weit weg von Jessie ziehen, oder von Mia oder Harriet. Und auch nicht von Natalie, wenn sie erst einmal zurück war.

Oder von Johnny.

»Ich versuche, es zu deinem Buchdings zu schaffen«, sagte

Jessie. Adrians tiefergelegter schwarzer Buick bog um die Ecke, und ein tiefer Bass hämmerte die Straße entlang.

»Du bist immer noch mit ihm zusammen?«, fragte ich. »Er hat dir beinahe den Arm ausgerissen …«

»Er hat es nicht so gemeint. Er ist nicht so.«

»Wie kannst du so was sagen?«

»Ich bin zu Hause, oder? Wollten das nicht alle?«

»Oh, Jessie, es geht um deine Zukunft!«

»Das ist meine Zukunft.« Der Wagen fuhr an den Bordstein heran, und der Motor war jetzt im Leerlauf. Adrian drehte die Musik leiser. Ich hatte keine Zeit, weitere Fragen zu stellen. Jessie lief schon die Einfahrt entlang, und ich konnte nichts tun, um sie daran zu hindern, in Adrians Wagen zu steigen und mit ihm wegzufahren.

32

Ich konnte im Cottage nicht gut schreiben. Johnny fehlte mir. Das Problem war, dass ich ihn liebte. Liebe – geheimnisvoll, unerklärlich, vielleicht selbstzerstörerisch. Ich fühlte mich ohne ihn leer, wie ein Gespenst, das so tat, als würde es leben. Wenn ich mir vorstellte, Tage, Monate, Jahre ohne ihn zu verbringen, verspannten sich meine Muskeln, mein Kopf schmerzte und ich hatte das starke Bedürfnis, mich zu übergeben. Hin und wieder musste ich sogar weinen – mitten in der Nacht, oder wenn ich ein Kaninchen im Unterholz entdeckte oder einen Regenbogen bei Tagesanbruch sah, ein Reh, das reglos am Waldrand stand. Fast wollte ich losgehen und Johnny holen, damit er sich das ansehen konnte, bis mir wieder einfiel, dass er gar nicht da war. In diesen Momenten sank mir das Herz. Und je länger er nicht da war, desto mehr schien er sich von mir zu entfernen.

Die Minkowskis waren wie verschwunden. War Theresa nur ein Zwischenspiel gewesen, eine weitere flüchtige Liebschaft? Als ich Johnny auf seine heimlichen Ausflüge zum Haus der Minkowskis angesprochen hatte, hatte er gesagt, *du bildest dir Dinge ein.* Eris drängte mich weiter, ein Angebot für das Autorenrefugium im Norden zu machen. Ihr Freund, der Eigentümer, hatte es mit einem Verkauf nicht eilig. Ich konnte mich jedoch nicht zu einer Entscheidung durchringen.

Ich hatte das Hotel in San Francisco angerufen. Es war einige Schnüffelarbeit nötig gewesen, aber letztlich hatte ich es geschafft, mit dem Barkeeper zu sprechen, der an dem betreffenden Abend Dienst gehabt hatte. Die Kollegin hatte die Hotelbar ohne Johnny verlassen, der noch eine Weile allein dort geblieben war und sich mit einem Freund unterhalten hatte, ehe er in sein Zimmer zurückgekehrt war. Dieser Punkt ging also an Johnny.

Trotzdem blieben viele Fragen offen. Wer hatte ihn angerufen und wieder aufgelegt? Eine weitere Frau, von der ich nichts wusste?

Ich hätte die Signierstunde fast abgesagt, aber Eris drängte mich, hinzugehen. Sie lieh mir dazu sogar einen schwarzen Sweater von Chanel mit Goldbordüre. »Du wirst Spaß dabei haben«, hatte sie gesagt. »Die Signierstunde wird eine schöne Ablenkung sein. Und die Buchhandlung ist sehr hübsch.«

Sie sollte recht behalten. Die Buchhandlung von Shadow Cove befand sich in einem eleganten blauen viktorianischen Haus an einem leicht ansteigenden Hang, von dem aus man aufs Meer sehen konnte. Am Abend der Veranstaltung empfing mich die Inhaberin Mary Wells mit einem strahlenden Lächeln an der Tür.

»Sind Sie sicher, dass es für Sie okay ist?«, fragte sie. Sie hatte Flugblätter und Poster in Auftrag gegeben, hatte auf einem Tisch Gebäck und Getränke bereitgestellt und auf einem anderen meine Bücher. Wie hätte ich da Nein sagen können?

»Es geht mir gut«, sagte ich. »Danke für alles.« Familien mit Kindern tauchten langsam auf, bis die Stuhlreihen vor dem Podium dicht besetzt waren. Mit so vielen Fans hatte ich in einer so kleinen Stadt gar nicht gerechnet. Mary stellte mich souverän vor, und ich bedankte mich bei ihr und begann zu sprechen. Es wurde still im Raum. Ich musste diesen Abend durchstehen, immerhin ging es um die Erstveröffentlichung meines jüngsten Miracle-Mouse-Romans. Das Buch war so frisch und neu, dass der Buchrücken knisterte, als ich die erste Seite aufschlug. Der Geruch des frisch bedruckten Papiers verschaffte mir ungeachtet der Traurigkeit einen kleinen Kitzel und erinnerte mich daran, dass ich noch am Leben war.

Ich erzählte ein wenig über die Ursprünge von Miracle Mouse und las dann eine Passage aus dem Buch vor. Miracles Abenteuer mochten trivial sein, aber die Kinder liebten die Geschichte. Sie saßen mit gekreuzten Beinen in den vorderen Reihen und lauschten hingerissen.

Und dann trat Johnny ein, blieb aber hinten, halb im Schatten verborgen, stehen. Er hatte noch das Hemd an, das er sonst immer bei der Arbeit trug. Mit ihm kam Theresa. Sie und Johnny standen nebeneinander. Theresa hatte ihre Haare lässig hochgesteckt und gab den Blick auf ihren geschwungenen Hals frei.

Ich stockte kurz, las dann weiter, entschlossen, bis zum Ende des Abschnitts durchzuhalten. Applaus lief durch die vorderen Reihen der Kinder, und eines rief: »Mehr!« Mia und Harriet standen an der Seite bei den Kinderbüchern.

»Sarah wird gleich Bücher signieren«, sagte Mary und trat vor das Publikum. »Wenn Sie Fragen an sie haben, können Sie sie jetzt gern stellen.«

Hände schossen hoch. Aber wo war Johnny? War er noch hier? Er stand immer noch hinten. Theresa neigte den Kopf ein wenig zu ihm hin, und er beugte sich vor, während sie ihm die Hand ans Ohr hielt und ihm etwas zuflüsterte. Er richtete sich auf und lächelte. Wie konnten sie nur so etwas tun? Gemeinsam bei meiner Signierstunde auftauchen? Geheimnisse austauschen? Mich verspotten?

Mary wählte jemanden aus, der eine Frage stellen wollte, einen weißhaarigen Mann weiter hinten. Er stand auf und räusperte sich. »Ich würde gern wissen: Wie sieht eigentlich Ihr Tagesablauf als Autorin aus? Wann schreiben Sie?«

Ich lächelte ihn an, während ich innerlich eine Antwort formulierte. Hatte ich überhaupt noch einen richtigen Tagesablauf als Autorin? »Ich schreibe jeden Vormittag ein paar Stunden, bis andere Verpflichtungen auftauchen«, log ich. So hatte ich es bisher gemacht. Inzwischen war es ein Kampf. »Das Schreiben ist ein Teil von mir. Jeden Tag.« Noch eine Lüge.

Der Mann nickte und setzte sich.

Theresa flüsterte Johnny erneut etwas zu. Wieso hatte sie ihm so viel zu sagen? Sie fing meinen Blick auf und winkte mir zu. Ich winkte nicht zurück. Andere Fragen folgten: woher ich meine Ideen bekam (ich hatte keinen Schimmer), ob mir Miracle Mouse in irgendeiner Weise ähnelte, eine autobiografische Maus war. Oder nicht. Endlich rettete Mary mich und berührte mich am Arm. »Wenn Sie sich jetzt vorn in eine Reihe stellen würden … Sarah wird jetzt die Bücher signieren.«

»Ich brauche einen Boxenstopp«, sagte ich zu ihr. Ich konnte Johnny in der Menge nicht mehr sehen. Ich lief zur Toilette, aber Harriet hielt mich auf. Ihr Gesicht war blass und abgespannt. Mia stand mit großen Augen neben ihr und hielt die Hand der Großmutter fest.

»Mia, Harriet! Schön, dass ihr gekommen seid«, sagte ich, während mir klar wurde, dass ich sie schon früher hätte begrüßen müssen. Ich bückte mich und drückte Mia. »Wie geht es meiner kleinen Prinzessin?«

»Mir geht's gut, danke.« Mia war unnatürlich höflich, vielleicht schüchterten sie all die vielen Menschen ein. »Bleibe ich bei dir?«

»Ich weiß nicht – was sagt denn deine Oma?«

»Oma sagt, dass wir erst einmal nach Hause gehen«, sagte Harriet.

Ich berührte ihren Arm. »Wie geht es dir? Ich habe dir ein paar Nachrichten hinterlassen.«

»Ich wollte dich auch zurückrufen, aber ich war zu beschäftigt«, sagte Harriet. »Ich muss wieder über Nacht ins Krankenhaus.«

»Harriet, ach du meine Güte!«

»Nimmst du Mia? Ich weiß, dass es kurzfristig ist.«

Ein Mann schob sich an mir vorbei. »Sicher, natürlich. Das mache ich gern … Aber wann?« Diesmal würde ich es allein machen müssen.

Mia zupfte am Ärmel ihrer Großmutter. »Ich möchte mit zu Tante Sarah gehen. Sie hat eine Donut-Schaukel.«

»Du kannst mich jederzeit besuchen«, sagte ich.

»Ich danke dir, Sarah.« Harriet lächelte mich dankbar an.

Jemand rief nach mir, und Mia und Harriet verschwanden in der Menge. Ich lief zur Toilette, schloss mich ein, spritzte mir kaltes Wasser ins Gesicht. Ich konnte nicht wieder da rausgehen, konnte all diesen Menschen nicht wieder gegenübertreten. Aber es gab keinen anderen Ausgang von dieser Toilette.

Mir blieb keine andere Wahl. Ich musste Bücher signieren. Als ich die Tür öffnete, stand Johnny vor mir. Er wirkte verhärmt, ein von Sorgen niedergedrückter, gequälter Mann. Er nahm mich in die Arme, drückte mich fest. »Ich vermisse dich«, sagte er.

»Ich vermisse dich auch.« Und das stimmte. Ich konnte mich jedoch in seiner Umarmung nicht entspannen.

»Ich möchte nach Hause kommen.«

»Nach Hause? Du meinst das Cottage?«

»Egal wo. Zu Hause ist bei dir.«

»Ich bin noch nicht so weit. Was ist mit Theresa?« Ich entzog mich ihm, wurde starr.

»Ich muss dir etwas zeigen. Ich wollte es schon früher tun, aber die Minkowskis waren nicht da.«

»Ich muss Bücher signieren.«

»Das ist okay«, sagte Johnny, nahm meine Hand und führte mich zurück zu den Leuten. »Ich werde warten.«

33

Johnny folgte mir in seinem RAV4 zurück zum Cottage, parkte hinter mir und führte mich zum Haus der Minkowskis. Es regnete leicht in der Dunkelheit.

»Was tun wir hier?«, fragte ich.

Er nahm meine Hand. »Du wolltest doch wissen, was vor sich geht. Ich zeige es dir.«

»Du *bist* also wirklich hergekommen, um Theresa zu treffen.«

»Warte es ab.« Er sah mich mit seinem klaren, aufrichtigen Blick an. »Ich wollte noch warten, aber da wir nicht einmal mehr unter demselben Dach schlafen, werde ich es dir zeigen müssen.«

»Was meinst du mit, es mir zeigen müssen?«

»Hab noch etwas Geduld.« Er führte mich die Stufen hinauf und durch die Haustür. Theresa musste uns erwartet haben. Ich roch erneut Chemikalien und Parfüm.

»Kadin ist mit seinem Vater unterwegs«, sagte Johnny.

»He, Sarah«, sagte Theresa, die uns im Flur entgegenkam. Sie sah mit den hochgesteckten Haaren atemberaubend aus.

»Was geht hier vor?«, fragte ich mit einem bitteren Geschmack auf der Zunge.

»Komm mit nach hinten. Ich möchte dir etwas zeigen.«

Johnny ließ meine Hand los und schob mich vor sich her.

Ich folgte Theresa den Flur entlang in ein weitläufiges Zimmer im hinteren Teil des Hauses. Johnny folgte mir auf den Fersen. Die Beleuchtung war schwach; große Fenster zeigten zum Garten hinter dem Haus. Regale und verschiedene Mittel säumten das Zimmer – Flaschen mit Reinigern, Chemikalien, Lacken, Ölen. Pinsel und Klebstoffe. Zwei lange Werkbänke waren mit zahllosen Grafiken und Keramiken in verschiedenen Stadien der Beschädigung oder Wiederherstellung – je nach persönlicher Sichtweise – vollgestellt.

Eine Staffelei war mit einem Leinentuch abgedeckt. Theresa spazierte in die Mitte des Zimmers, breitete die Arme aus und holte tief Luft. »Das hier ist meine Werkstatt.« Sie und Johnny wechselten erneut einen langen Blick. Ich stellte mir vor, wie er den Hauptweg im Wald verließ und hierher lief, um sich mit Theresa zu treffen.

Johnny nickte ihr leicht zu, und sie hob das Leinentuch und schlug es über die Staffelei, sodass es flatternd zu Boden fiel. Der Geruch nach Farbe wurde stärker. Theresa trat zur Seite und gab den Blick auf ein Gemälde frei, von dem ich nie gedacht hätte, dass ich es jemals wiedersehen würde. Ich schnappte nach Luft, bekam kein Wort heraus.

»Daran habe ich in der letzten Zeit gearbeitet, wenn ich Zeit hatte«, erklärte Theresa. »Johnny hat es mir nach dem Brand gebracht.«

Ich starrte Miracle Mouse an. Das Bild war teilweise wiederhergestellt. Kein Rahmen. Ein grauer Rußfilm bedeckte nach wie vor das untere Drittel, wo die Farbe abgedunkelt war, als würde ein permanenter diagonaler Schatten auf die Leinwand fallen. Die Dunkelheit wich jedoch dem Licht. Die beiden oberen Drittel des Gemäldes wirkten neu, aufgefrischt, lebhaft.

Ich ging wie in Zeitlupe auf das Bild zu, streckte die Hand aus, zog sie wieder zurück. Die Farbe war noch nass. Das war Miracle Mouse, mit lebhaften, beinahe zuckenden Schnurrhaaren. Miracle mit ihrer glänzenden Brille, dem gelehrten Blick. Ein Ohr nach vorn geklappt, die runden Brillengläser bis zur Mitte der Nase hinuntergerutscht.

Ich wandte mich zu Johnny um. Meine Augen waren voller Tränen. »Wann hast du es gefunden? Wie konnte das Gemälde das Feuer überlebt haben?«

»Es war das Einzige in deinem Arbeitszimmer, das nicht vollständig verbrannt ist. Ein Wunder.«

»Ja«, flüsterte ich.

»Es war geschwärzt und verzogen«, erzählte Theresa. »Die Leinwand war rissig geworden, das Gemälde voller schwerer Brandschäden. Als Johnny es mir brachte, war er nicht sicher, ob man es noch retten konnte, und ich war es auch nicht. Ich sagte ihm jedoch, dass ich es versuchen würde. Er meinte, es würde dir sehr viel bedeuten.«

Tränen liefen mir über die Wangen. »Danke … Ja, meine Großmutter hat es gemalt. Ich dachte … Ich dachte, Miracle Mouse wäre verloren.«

»Ich kann auch den Rest des Bildes aufhellen, aber es wird einige Zeit dauern«, sagte Theresa. »Wir wollten es dir zu deinem Geburtstag im Dezember geben.«

»Aber du bist mir immer wieder hierher gefolgt«, sagte Johnny. »Ich wollte mich immer nur nach dem Fortschritt von Theresas Arbeit erkundigen, aber du hast dich entschieden, dich als Detektivin zu betätigen.«

Was fand ich hier? Einen Schimmer unseres früheren Lebens, so etwas wie einen einzelnen Sonnenstrahl in der Dunkelheit. »Ich – hatte ja keine Ahnung. Theresa, danke! Du kannst Wunder vollbringen.«

»Nein, das kann ich nicht. Aber ich versuche es. Nicht alles kann man retten«, sagte sie. »Miracle wird nie wieder richtig neu sein, aber ich kann dafür sorgen, dass es dem ziemlich nahekommt.«

»Restaurierungen sind ihr Spezialgebiet«, erklärte Johnny. »Ich wollte dir das Bild zurückgeben, sobald es wieder so gut wie neu ist, aber wie du siehst, ist es noch nicht fertig.«

»Deshalb bist du immer wieder hierher gegangen«, sagte ich.

Er nickte, und Theresa starrte auf ihre Schuhe. »Als du angefangen hast, mir Fragen zu stellen, musste ich mir schnell etwas überlegen«, sagte er. »Meine Lügen wurden immer komplizierter. Ich bin so was nicht gewöhnt. Ich bin nicht perfekt, aber ich bin kein Lügner.«

Ich wischte mir die Tränen ab. »Ich bin fast enttäuscht, dass es keine Überraschung mehr werden wird.«

»Wir haben gewartet, solange wir konnten«, sagte Theresa und lächelte Johnny an. Er zuckte die Achseln, blickte zu Boden.

Wir alle gingen zur Haustür zurück, und Johnny begleitete mich zum Cottage.

»Wann können wir das alles hinter uns lassen?«, fragte er. »Ich möchte mit dir zusammen sein.«

Ich blickte ihm in die Augen und wusste nicht recht, was ich dort sah. Er wirkte so offen, so voller Bedauern. »Ich glaube dir, und was du getan hast … das war schön und aufmerksam.«

Er trat näher zu mir. »Ich möchte nicht von dir getrennt sein. Ich kann nicht schlafen. Ich kann nicht essen.«

Ich auch nicht. »Ich brauche noch etwas mehr Zeit. Um alles zu verarbeiten.«

»Haben wir eine Chance?«, fragte er.

Ich zögerte kurz und sagte dann: »Ja, wir haben eine Chance.«

Er stieß einen tiefen Seufzer der Erleichterung aus, und sein ganzer Körper entspannte sich. »Gut.« Er berührte sanft meine Wange, und während er sich abwandte und zu seinem Wagen ging, fuhr Mr Greene heran und parkte am Straßenrand. Seine Miene war grimmig, als er ausstieg. Er schien mitten beim Joggen gestört worden zu sein, denn er trug Laufschuhe und einen Jogginganzug, der gut zu seiner großen muskulösen Gestalt passte. Die Haare waren vom Wind zerzaust und feucht.

Ich spannte mich sofort an, hätte mich am liebsten abgewandt und wäre davongelaufen. Falls er mich erneut verhören wollte, war ich nicht dazu bereit.

»Ich dachte, Sie würden es gern erfahren«, sagte Mr Greene. »Wir glauben, dass wir den Brandstifter gefunden haben.«

34

Shadow Cove Register

Möglicher Brandstifter an Überdosis gestorben

Der vierzig Jahre alte Todd Severson wurde heute in seinem Haus in Olalla tot aufgefunden, offenbar als Folge einer Überdosis an Methamphetamin, wie die Polizei mitteilte. Nähere Einzelheiten werden allerdings erst nach Durchführung einer Autopsie bekannt gegeben. Mr Severson galt als Verdächtiger bei den Ermittlungen zu der Brandstiftung, die letzten Monat zum Tod zweier Anwohner von Shadow Cove und zur Zerstörung zweier Häuser an der Sitka Lane geführt hatte. Er steht darüber hinaus im Zusammenhang mit weiteren ungelösten Fällen von Brandstiftung im County.

»Es ist noch zu früh, um Schlussfolgerungen zu ziehen«, erklärte Brandermittler Ryan Greene von der Shadow-Cove-Feuerwehr. Nachbarn von Severson bezeichneten den Verdächtigen als einen stillen Mann, der zurückgezogen lebte und *Severson Home Repair and Remodeling* leitete, was bedeutete, dass er mit diversen Einwohnern in der ganzen Stadt zu tun hatte. Darüber hinaus war er Mitglied der freiwilligen Feuerwehr.

»Es war nicht zu erkennen, dass er Drogen nimmt«, sagte Nachbarin Kathy McClinnon, neunundvierzig. »Sicher, nachdem seine Frau ihn verlassen hat, hat er sich sehr zurückgezogen und viel mehr gearbeitet.«

Seversons von ihm getrennt lebende Ehefrau war nicht zu einem Kommentar bereit …

Eris ließ die Zeitung sinken und schüttelte den Kopf. »Ich kann nicht glauben, dass er das Feuer gelegt hat. Ich habe ihn immerhin zu eurem Cottage geschickt – und ihm auch Aufträge für Arbeiten an anderen Häusern gegeben.«

»Du konntest es nicht wissen«, sagte ich. Ich saß an Eris' Küchentisch, und der Duft von Heidelbeermuffins trieb vom Ofen herüber. Todd hatte mich vor Verrückten in Shadow Cove gewarnt. Er hatte offenbar von sich selbst gesprochen. *Niemand hätte sterben dürfen.*

»Was wäre gewesen, wenn er ein Streichholz angezündet hätte, während eine von uns nicht zu Hause war?«, fuhr Eris fort. »Der Mann war ein Pyromane. Und ich hatte geglaubt, ihn zu kennen.«

»Ich hatte den Eindruck gehabt, als wäre er voller Bedauern über den Brand gewesen«, sagte ich. »Vielleicht dachte er, die Häuser würden leer stehen.«

»Wie hätte er auf diese Idee kommen sollen?«

»Vielleicht hat er das Haus der Kimballs beobachtet, als sie im Urlaub waren, und nicht damit gerechnet, dass sie früher zurückkehren würden.«

»Wir können nicht wissen, was in seinem Kopf vor sich ging«, sagte Eris.

»Man hat Methamphetamin bei ihm gefunden. Mir kam er aber nicht wie ein Abhängiger vor.«

»Das sieht man niemandem an.« Eris wischte den Tisch ab und stellte die Milch zurück in den Kühlschrank.

Ich blickte nach draußen, musterte das Cottage, das zwischen den Bäumen hindurch gut zu sehen war.

»Er war Feuerwehrmann. Ich begreife noch immer nicht, wie er ein Haus anzünden konnte.«

»Hast du jemals den Film *Backdraft* gesehen? Da war auch ein Feuerwehrmann der Brandstifter. Diese Leute fühlen sich zu Feuer hingezogen. Sie zünden was an, und dann erhalten sie Gelegenheit, an den Schauplatz ihres Verbrechens zurückzukehren und sich beim Löschen der Flammen als Helden zu beweisen. Ein doppelter Schlag.«

»Nicht alle Feuerwehrmänner sind so«, wandte ich ein.

»Nein, aber manchmal kriegt man die eine böse Saat …«

»Er wirkte reumütig.«

Eris zuckte die Achseln. »Wo wir von Reue sprechen: Was ist mit deinem Mann?«

»Ich war zu streng mit ihm.«

»Du findest einen Besseren.«

»Er hat Fehler, aber haben wir die nicht alle?«

»Manche von uns haben mehr Fehler als andere.« Eris holte einen Teller mit Butter aus dem Kühlschrank und widmete sich dann der Aufgabe, Geschirr aus dem Spülbecken in die Spülmaschine zu räumen.

»Es war nicht alles gelogen. Ich meine, er hat mir wehgetan, aber ich glaube, dass er mich liebt. Er wünscht sich, er hätte mir von Monique erzählt.«

»Das wette ich.« Eris stellte den Herd aus, holte ein Tablett voller Muffins aus dem Backofen und stellte sie zum Abkühlen auf die Herdplatte.

Tränen stiegen mir in die Augen.

Eris setzte sich neben mich, legte eine Hand auf meine. »Ich habe meinem Ex auch nachgetrauert. Aber ich habe es überlebt. Und du schaffst das auch. Du hast deine Freunde, dein Schreiben. Du bist stark.«

Ich nickte, fühlte mich nach wie vor leer. »Er lässt ein Gemälde für mich restaurieren. Er ist ein guter Mann.«

»Natürlich.« Eris nickte mitfühlend. Sie stand auf und holte einen Becher Joghurt aus dem Kühlschrank. »Einen Smoothie zur Aufmunterung?«

»Danke.« Ich hätte gern mit Natalie geredet, aber das war im Moment nicht möglich. Sie war noch auf dem Weg zurück nach Hause.

Eris kippte Joghurt in den Mixer. Dann schnitt sie Bananen klein und schaltete das Gerät ein. Das geräuschvolle Mahlen der Maschine schmerzte fast in meinen Ohren, aber der Smoothie schmeckte himmlisch. »Du bist eine Expertin in so was«, sagte ich. »Ich fühle mich schon besser.«

Sie setzte sich erneut neben mich und lächelte. »Meine Smoothies sind das Mittel schlechthin gegen Trauer. Dein Leben wird besser werden.«

»Das hoffe ich.« Ich starrte in mein halb leeres – oder halb volles – Glas, aber der Smoothie gab keinerlei Geheimnisse preis. »Ich werde den Sprung ins Ungewisse riskieren. Ich versuche es noch einmal mit Johnny.«

Eris musterte mich voller Neugier und Sorge. »Denkst du, dass er sich ändern kann?«

Ich nippte am Rest meines Smoothies und ließ die kühle dicke Flüssigkeit durch meinen Hals gleiten. »Er kann nicht ändern, was er getan hat, bevor er mich kennengelernt hat.«

Eris nickte nachdenklich. »Wie ich schon sagte, ich habe es in meiner Jugend auch etwas wild getrieben. Ich bin aber darüber hinausgewachsen. Bin reifer geworden. Ich hätte es auch nicht gern, wenn mich jemand nach meiner Vergangenheit beurteilt.«

»Genau das meinte ich.« Ich trank den letzten Rest vom Smoothie.

Ich drehte das leere Glas in der Hand. Die Nachmittagssonne schien ins Zimmer, bildete auf den Fliesen Flecken aus fast weißem Licht. Auf der Wand über dem Spülbecken tanzte ein Spiel aus Licht und den Schatten von Blättern.

»Ich verstehe«, sagte Eris und stand auf. »Es könnte allerdings sein, dass du es später bereust.«

35

»Wo ist Onkel Johnny?«, fragte Mia, während sie mit Prinzessin Barbie in der Hand ins Cottage gehüpft kam. Sie trug neue, glitzernde Prinzessinnenschuhe. Der Nachmittag hing grau und feucht in der Luft; der Himmel war düster und kündete von einem heraufziehenden Sturm.

»Er ist woanders«, sagte ich. »In Seattle.«

»Ssie-ät-tel«, sagte Mia und sprang in der Diele auf und ab. »Wann kommt er zurück?«

»Später.« Aber er würde zurückkommen. An diesem Abend wollte er in das Cottage zurückziehen. Vor lauter Vorfreude war ich völlig aus dem Häuschen und konnte mich kaum auf etwas anderes konzentrieren.

Seit wir Harriet im Krankenhaus abgeliefert hatten und zurück nach Hause gefahren waren, hatte ich Mia immer wieder verstohlen angesehen und ihre Gesichtszüge gemustert. Ich wollte wissen, ob es eine Ähnlichkeit mit Johnny gab. Was hatte es mit Mias überaus gelenkigen Daumen auf sich, oder mit der für sie typischen Art und Weise, wie sie die Zunge herausstreckte? Konnten diese Eigenheiten von ihm kommen?

Nein, dachte ich schließlich, während ich die schwere Tasche mit Mias Sachen ins Cottage schleppte. Da war eine kleine Furche in ihrem Kinn, genauso, wie es bei Chad gewesen war.

»Ich möchte, dass Onkel Johnny mir etwas vorliest«, beharrte Mia und stampfte mit dem Fuß auf. »Aus *Gute Nacht, ihr müden Bären*.«

»Du bist wirklich eine kleine Prinzessin, was?«

»Onkel Johnny.« Mia zog eine lustlose Schnute und holte einen neuen Satz von Dr.-Seuss-Büchern aus der Tasche. Kein Wunder, dass das verflixte Ding so schwer war.

»Er unterrichtet an der Universität. Es wird vielleicht spät.« Johnny war eingeladen worden, eine Gastvorlesung über allgemeine pädiatrische Dermatologie zu halten. Ich hatte vergangene Woche kaum Gelegenheit gehabt, mit ihm zu reden; es hatte gerade gereicht, um ihm zu sagen, dass ich bereit war, mich mit ihm über unsere Zukunft zu unterhalten. Seine Stimme war sofort lebhaft und hoffnungsvoll geworden. *Sobald ich wieder zurück bin*, hatte er gesagt.

Tonight, tonight, tonight … gab es da nicht ein Lied?

Mir fehlte der Klang seiner Stimme, die Art, wie er Zeitungen auf dem Tisch und Krümel unter dem Stuhl verstreute. Seine besondere Vorliebe dafür, indisches Essen zu kochen. Die Art, wie er mir vor dem Schlafengehen oft noch etwas vorlas. Die Art, wie er alle Zeit der Welt zu haben schien, wenn er mich berührte, als hätte er in seinem ganzen Leben nichts anderes mehr zu tun. Das Cottage fühlte sich ohne ihn seltsam groß und leer an.

Die Minkowskis waren weg, ihr Haus war abgeschlossen, die Fensterläden zugezogen. Kadins Vater war plötzlich gestorben, und so hatten sie sich nach Florida aufgemacht. Das Gemälde von Miracle Mouse war immer noch in Theresas

Werkstatt und wartete darauf, dass sie die Restaurierung beendete. Eris war zu Hause, aber oft in Besprechungen oder bei Verhandlungen über lukrative Immobiliendeals.

Mias pausenloses Plappern war für mich eine erfreuliche Ablenkung. Sie fand immer neue Möglichkeiten, zu spielen. Sie half mir, einen aufwendigen Kuchen zu backen, und verstreute dabei in der ganzen Küche Mehl.

Schließlich sank sie um die Mittagszeit auf ihr Bett, um ihr Mittagsschläfchen zu halten. Ihr Brustkorb hob und senkte sich in einem gleichmäßigen Rhythmus, und ihr Gesicht war friedlich. Im weichen Licht der Lampe ähnelte sie Monique, wie sie in jungem Alter ausgesehen haben mochte. Mia war jetzt in der Phase, in der sie die mit dem Brand verbundenen Gefühle ausagierte. Sie schien sich an ihre Angst zu erinnern, und wurde nachts schreiend wach. Ihre Traurigkeit schien jedoch verschwunden zu sein, seit sie im Cottage eingetroffen war.

Ich setzte mich mit meinem Laptop auf die Couch, um etwas zu schreiben, und war dankbar für Mias Gesellschaft. Auch ihre Großmutter war vermutlich froh darüber. Harriet war mir an diesem Vormittag zerbrechlicher als sonst vorgekommen. Sie hatte von ihrer Schwester in Vermont gesprochen. *Sie wird herfliegen, wenn ich sie brauche.* Brauchte Harriet sie nicht jetzt schon?

Sie war im Krankenhaus allein. Mia und ich waren eine Zeit lang bei ihr geblieben, aber dann war das Mädchen unruhig geworden, und ich hatte mich mit ihr auf den Weg nach Hause gemacht. Wir würden Harriet später noch einmal besuchen. Ich gab der Krankenschwester meine Nummer.

Mia schlief kaum fünfzehn Minuten, als das Display meines Handys aufleuchtete. Mein Herz machte einen Satz. *Johnny.* Vielleicht hatte er seine Vorlesung schon beendet. Aber es war nicht er. Es war Jessie.

»Kannst du kommen und mich holen?« Ihre Stimme klang schrill und tränenerstickt.

Ich antwortete mit gedämpfter Stimme: »Mia schläft gerade. Was ist los? Bist du bei Adrian?«

»Nein. Ich bin zu Fuß unterwegs zu dir. Kannst du mich abholen?«

»Aus welcher Richtung kommst du?«

»Ich bin am Cedar Drive, aber ich habe noch etwa zwei Meilen vor mir, und es regnet.«

»Ich kann Mia nicht alleinlassen. Kannst du nicht deine Eltern anrufen? Was ist los?«

»Sarah, bitte! Ich kann sie nicht anrufen.« Jessie begann heftig zu schluchzen.

»Bist du okay? Möchtest du lieber auflegen und die Notrufnummer wählen?«

»Nein, ich … ich brauche dich.«

»Kannst du ein Taxi nehmen und nach Hause fahren?«

»Ich bin mit dem Taxi bis hierher gefahren, aber mir ist das Geld ausgegangen. Ich habe noch fünf Häuserblocks vor mir.«

Fünf lange Blocks. Jessie hatte recht. Sie musste noch etwa zwei Meilen diese Landstraße entlanggehen – und das bei einem Wolkenbruch.

»Folge weiter dem Cedar Drive. Ich finde dich.«

Ich rief Eris an, bat sie, herzukommen und auf Mia aufzupassen. Wenige Minuten später stand Eris in Jeans und einer Regenjacke vor der Tür und schüttelte das Wasser von ihrem Schirm. Sie zog ihre mit Schlammflecken verschmierten Boots aus. »Wo ist das Kind?«, flüsterte sie. Sie wirkte bleich, hatte dunkle Ringe unter den Augen.

»Geht es dir gut?«, fragte ich.

»Prima.« Sie sah aber gar nicht prima aus. Vielleicht hatte sie sich mit ihrem Verlobten gestritten. Er war seit einigen Tagen nicht mehr zu Besuch gekommen.

»Sie ist im Schlafzimmer.« Ich ging mit ihr zu dem Bett, in dem Mia schlief. »Ich bin gleich wieder zurück.«

»Ich passe gut auf sie auf«, versprach Eris.

»Danke.« Ich schnappte mir meine Schlüssel und die Handtasche. »Ich weiß nicht, was mit Jessie passiert ist, aber es klingt übel.«

»Hast du ihre Eltern angerufen?«, flüsterte Eris.

»Ich habe ihrer Mutter eine Nachricht draufgesprochen.«

»Dann beeil dich.« Eris scheuchte mich hinaus.

Ich fuhr langsam den Cedar Drive entlang und musterte durch den Regenschleier hindurch den Bürgersteig. Endlich entdeckte ich dort eine Gestalt, die mit gebeugten Schultern dahinging. Ich fuhr an den Straßenrand und öffnete die Beifahrertür. Jessie stieg ein. In ihrem pitschnassen Zustand und der Kapuze über dem Kopf wirkte sie wie ein verwahrlostes Straßenkind. Ihre Hände zitterten, als sie den nassen Rucksack auf den Sitz stellte. Ich griff über sie hinweg und schloss die Tür. Jessie roch nach Nelkenzigaretten und nasser Wolle.

»Schnall dich an«, sagte ich.

Jessie folgte der Aufforderung mit zitternden Fingern.

Ich fuhr wieder an und wendete auf der Straße.

Jessie musterte mich unter dem Schatten der Kapuze heraus. »Wohin fahren wir?«

»Ich bringe dich nach Hause.«

»Ich dachte, wir würden zum Cottage fahren.«

»Das können wir nicht. Du musst mit deinen Eltern reden.«

»Aber das geht nicht!« Sie bedeckte das Gesicht mit den Händen, und ihre Schultern bebten.

»Wieso nicht?«

»Deshalb nicht.« Sie schob die Kapuze nach hinten, und ihr Gesicht kam zum Vorschein, der blaue Fleck auf der Wange, das geschwollene Auge, die aufgeplatzte, blutige Lippe.

Ich schnappte nach Luft und wäre fast in den Straßengraben gefahren. »Dieses Arschloch bringe ich um!«

Jessie sagte nichts. Ihre Lippen bebten.

»Ich fahre dich ins Krankenhaus«, sagte ich.

»Nein, Sarah, bitte!«

»Keine Widerrede.«

»Meine Eltern werden davon erfahren.«

»Wir stehen das gemeinsam durch, okay?« Ich nahm den direkten Weg zum Cove Hospital, das Lenkrad fest umklammert. Ich verkniff es mir, laut zu fluchen. »Du musst ihn anzeigen.«

Jessie wischte sich die Nase mit der Hand ab. »Ich hasse mich.«

»Sag nicht so etwas. Sag niemals so etwas!«

»Ich bin so dumm.«

»Du bist nicht dumm. Wo steckt er? Du musst die Polizei rufen.«

»Aber das will ich nicht. Ich weiß nicht, woher er es wusste.«

»Woher er was wusste?«

»Das mit Chad. Jemand hat es ihm erzählt.«

»Oh Jessie! Wie sollte jemand das gewusst haben? Vielleicht hat er es vermutet.«

»Ich möchte nicht ins Krankenhaus.«

»Dein Gesicht muss genäht werden.« Ich lenkte den Wagen zur Notaufnahme des Cove Hospital. »Komm schon. Gehen wir rein.«

Ich stieg aus und wählte Pedras Nummer, während der Regen auf meine Haut prasselte. Dann führte ich Jessie in die Notfallambulanz. *»Dios mio!«*, sagte Pedra am Telefon. »Ich bin sofort da.«

Danach rief ich Eris an. Sie schnappte nach Luft und fluchte gedämpft. »Das ist wohl ein Witz! Halt mich auf dem Laufenden.«

Zehn Minuten später kam Pedra ins Wartezimmer gestürmt, Don im Schlepptau. Beide waren bleich. »Jessie, was ist passiert?« Pedra umfasste Jessies Gesicht mit den Händen.

Tränen liefen Jessie über die Wangen.

Ich zog Don zur Seite. »Ich muss los. Mia ist heute bei mir. Im Augenblick passt eine Nachbarin auf sie auf.«

Er nickte; sein Blick war verwirrt und zornig. Ich machte

mir Sorgen darüber, was er zu Jessie sagen würde. Ob er ihr die Schuld geben würde. Aber ich musste unbedingt zurückfahren, und daher umarmte ich Jessie, drückte ihre Hand und ging zum Auto. Unterwegs rief ich noch einmal Eris an.

»Ist Mia schon aufgewacht?«

»Sie ist gerade aufgestanden. Wir spielen zusammen.« Ihre Stimme klang knisternd und fern, als hätte sie auf Freisprechen gestellt. »Bist du wieder auf dem Weg zurück?«

»Ich bin in zehn Minuten da.«

Als ich das Cottage erreichte, war alles dunkel und still, abgesehen von dem leichten Summen des Kühlschranks und meines Laptops, das ich in der Eile eingeschaltet zurückgelassen hatte. Keine Spur von Mia oder Eris. Vermutlich war Mia wach geworden, und Eris hatte sie mit zu sich genommen. Ich rief Eris' Handy an, wurde aber zur Voicemail weitergeleitet.

Ich ging ins Schlafzimmer, fand mein Tagebuch auf meinem Bett. Das Tagebuch, in dem ich minutiös alles festgehalten hatte, was nach dem Brand geschehen war, jeden Gedanken und jedes Gefühl. Ich erinnerte mich nicht daran, dass ich das Tagebuch auf das Bett gelegt hatte, aber so musste es wohl gewesen sein.

Ich hatte immer noch meinen Regenmantel und die Boots an, lief geradewegs aus dem Haus und folgte dem Waldpfad zu Eris. Ich klopfte an die Tür, aber niemand antwortete.

Ich probierte es erneut mit Eris' Handy. Wieder nur die Voicemail. Eris' Auto stand in der Einfahrt – aber im Haus war alles dunkel. Ich folgte einem ausgetretenen Pfad nach hinten, blickte suchend durch die Fenster. Niemand war zu sehen, und es reagierte auch niemand, als ich an der Tür zur Küche klopfte. Sie war nicht abgeschlossen, daher trat ich ein. »Eris! Mia!«, rief ich. Auf dem Tisch stand ein Teller mit Toastkrümeln darauf, neben einer Kaffeetasse und einem Teelöffel. Das Esszimmer roch nach Orangenreiniger.

»Eris! Mia!« Keine Antwort. Aus dem ersten Stock war leise klassische Musik zu hören. »Eris! Mia!« Nach wie vor keine Reaktion.

Ich folgte der Musik zu Eris' Ruheraum. Dort spielte eines der Brandenburgischen Konzerte. Ich klopfte an, aber auch hier antwortete niemand. Ich drehte am Türknauf, und zu meiner Überraschung ließ sich die Tür leicht öffnen. »Seid ihr hier drin?«, rief ich in das Halbdunkel hinein. Durch ein einzelnes Fenster fiel diffuses Licht auf eine zerknitterte Bettdecke, und die Umrisse einer Kommode, eines Sessels und eines Bücherregals schälten sich heraus. Vielleicht hatte Eris Mia hergebracht, um sie zu beruhigen. Aber noch immer meldete sich niemand.

Die Düfte von Räucherstäbchen und Parfüm hingen schwer in der Luft. Ich drückte den Lichtschalter neben der Tür, und eine Reihe Deckenlampen gingen flackernd an. Dann schnappte ich nach Luft und prallte fast zurück. Das Concerto spielte weiter, eine unpassende Begleitung zu dem unglaublichen Anblick vor mir. Niemand war hier, aber das Zimmer war ein einziger Schrein, ein Tempel, den Eris aber nicht irgendeiner Gottheit geweiht hatte – sondern Johnny.

36

Ich ging ein Stück weiter ins Zimmer hinein, atmete schnell und flach. Mein Herz raste wie im Galopp. Was war das nur für eine kranke Obsession? Dieses parfümierte Zimmer, aus dem sie einen aufwendigen Schrein für Johnny gemacht hatte? Sein Gesicht starrte mich aus Fotos an, die überall hingen, am Spiegel der Kommode und hinter Glasrahmen an den Wänden.

Das ist mein Ruheraum.

Im offenen Kleiderschrank präsentierten sich Negligés aus Seide in allen Farben des Regenbogens – Rot, Violett, Türkis. Spaghettiträger und Spitzenwäsche, Schuhe mit High Heels und Stringtangas. Flaschen mit Kölnischwasser standen auf der Kommode. Lotionen, Make-up, Haarbürsten. Kondome, noch in ihren bunten Verpackungen, lagen auf einem Teller arrangiert wie Fingerfood auf einer Party.

Was hatte es mit dem Bett auf sich, das dicht am Fenster stand, mit zerknitterter Bettwäsche darauf? Schlief Eris hier etwa Nacht für Nacht auf dem einzelnen Kissen und starrte die Fotos von Johnny an? War das ihr Schlafzimmer? Wer konnte in einem solchen Raum leben, das erfüllt von verrückter Begierde und Fixierung war? Das Brandenburger Konzert spielte unterdessen weiter.

Eine Weinflasche mit zwei Gläsern stand auf dem Nachttisch. Unberührte Gläser, die auf einen Mann warteten, der vielleicht niemals kommen würde, und es war auch nicht irgendeine Flasche Wein. Es handelte sich um genau die Flasche Chardonnay, die Johnny Eris überreicht hatte. Sie war ungeöffnet. Eris hatte während des Essens nicht angeboten, sie zu öffnen. Sie hatte sie verschwinden lassen, war stattdessen mit Himbeerwein zurückgekehrt.

Auf einem Regal standen medizinische Lehrbücher alphabetisch nach Titeln sortiert, manche noch eingeschweißt, als hätte Eris sie zwar gekauft, aber sich nie die Mühe gemacht, sie auszupacken. Außerdem gab es Architekturzeitschriften. Selbsthilfebücher. *Wie Sie ihn umgarnen und halten. Ihr liebenswertes Selbst. Perfekte Haut.* Wer schrieb solche Bücher? Ich begann zu hyperventilieren, und mir wurde übel.

Atme. Denk nach. Was geht hier vor? Ein großes Fernglas lag auf der Fensterbank. Eris hatte von hier einen perfekten Blick aufs Cottage – sie konnte direkt am Waldweg entlangsehen. Allerdings war es über diese Entfernung hinweg wohl kaum möglich, dass sie in unsere Zimmer schauen konnte. Aber sie konnte sehen, wie Johnny und ich kamen und gingen. Und mithilfe eines Ersatzschlüssels konnte sie auch das Cottage betreten, wenn wir nicht zu Hause waren.

Fotos hingen rings um den Spiegel des Frisiertischs. Johnny, wie er gerade in seinem Anzug aus der Klinik kam. Johnny, wie er in seinem RAV4 saß, Johnny, wie er auf dem Wanderweg joggte. Johnny, wie er das Haus in der Sitka Lane verließ und in sein Auto stieg. Eris musste ein Teleobjektiv benutzt haben. Sie hatte Johnny in Fotos von sich selbst einmontiert und andere Personen daraus entfernt. Eris und Johnny in einem Schwimmbecken, auf Skiern an einem Berghang, sich in die Augen sehend bei einem Candle-Light-Dinner. Das Bild von Johnny auf dem Anlegesteg. Eris musste es aus dem Cottage gestohlen haben. Sie hatte Monique herausgeschnitten.

Ich zitterte am ganzen Körper. Das konnte einfach nicht wahr sein. Über einem Stuhl hingen drei T-Shirts vom Eisschwimmen, alle in Eris' Größe, aber sonst identisch mit denen von Johnny. Hatte sie sie gesucht? Hatte sie sie je getragen?

Sie hatte auf dem Frisiertisch einen Ring aus Kerzen errichtet; in der Mitte befanden sich eine handschriftliche Notiz und das aus einem Foto ausgeschnittene Gesicht von Johnny. *Die Zeit wird kommen, mein Liebster. Bis dann!*

Auffällig war, dass ich auf sämtlichen Bildern fehlte. Es gab kein Foto von mir mit zerschlitztem Gesicht, kein Bild meines Kopfes mit einem Dartpfeil in der Stirn. Nein, für Eris existierte ich einfach nicht. Falls ich mal Bestandteil irgendeines der Fotos mit Johnny gewesen war, so hatte sie mich kurzerhand entfernt.

Wie schaffte es Eris, nach außen hin so zuversichtlich, normal, selbstsicher zu wirken? So freundlich? Als sie gesagt hatte, sie wäre verliebt, hatte sie nicht von Steve gesprochen. Sie hatte sich auf Johnny bezogen, den Mann, der ihrer Überzeugung nach in einer unglücklichen Ehe gefangen war und darauf wartete, von »Verstrickungen« befreit zu werden. Eris gab es zweimal: die eine war hier drin, die andere dort draußen. Die hier drin machte mir furchtbare Angst.

Die dort draußen hatte Mia.

37

Ich rannte aus dem Zimmer, und die Musik fiel hinter mir zurück, während ich die Treppe hinunterstolperte, die Notrufnummer in mein Handy tippte und brüllte, dass eine verrückte Nachbarin Mia Kimball entführt hatte und man sofort kommen solle. Ich hinterließ Johnny eine Nachricht: »Komm schnell her! Eris ist wahnsinnig. Sie hat Mia. Sie hat sie irgendwohin gebracht.« Dann sprach ich eine Nachricht auf Ryan Greenes Mailbox und lief hinaus in den Wind, rannte die Einfahrt hinunter zur Straße und schrie dabei nach Mia. Wohin konnte Eris sie gebracht haben?

Zum Fluss.

Mias rosafarbenes Haarband hing an einem Zweig, wo der Waldweg begann, als hätte Eris es absichtlich dort platziert, um mich hinter sich her zu locken. Der Regen hatte erst einmal aufgehört, aber ein neuer verheerender Herbststurm braute sich in Form schwarzer Wolken zusammen. Ich hatte Mia einer Psychopathin überlassen. Wie hatte ich nur so versagen können?

Während ich dem matschigen Weg folgte, brach ich in Tränen aus. Ich schrie nach Mia, aber niemand antwortete. *Es ist das Mindeste, was ich tun konnte,* hatte Eris gesagt, als wir bei ihr zum Essen gewesen waren.

Johnny hat mir das Leben gerettet.

Der Regen ging in einen unvermittelten Wolkenbruch über, erzeugte schmale Rinnsale auf dem Weg und lief in meinen Regenmantel. Meine Schuhe waren sofort voller Wasser. Ich hörte, wie ich nach Mia schrie, aber der Wind trug die Worte davon. Endlich entdeckte ich Eris in ihrem gelben Regenmantel, wie sie auf der hohen Uferböschung stand und eine viel kleinere, wimmernde Person festhielt.

»Mia!«, schrie ich und und lief auf die beiden zu. »Eris, lass sie los!«

»Komm keinen Schritt näher!«, schrie Eris. Sie zerrte Mia dichter an die Klippe. Der Wind legte zu und schüttelte die Bäume. Am Ufer gegenüber brach ein Ast ab und fiel klatschend ins Wasser.

»Wehe, du tust ihr etwas!«, rief ich zitternd. »Geh vom Rand weg!«

»Was sonst? Bleib du, wo du bist.« Eris näherte sich der Böschung noch mehr. Erdstücke kullerten in den Fluss.

»Gib mir Mia zurück.«

Mia schrie, und Eris riss so fest an ihrem Arm, dass er fast aus dem Gelenk sprang. »Sei still, du kleines Miststück!«

Mia wurde still.

»Lass sie los«, wiederholte ich, um einen ruhigen Tonfall bemüht. »Mia, es wird alles gut.«

»Tante Sarah!«

»Rede nicht mit ihr«, verlangte Eris.

»Was willst du?«, fragte ich.

»Du weißt, was ich möchte.«

»Nein, tue ich nicht. Sag es mir.«

»Du hättest im Feuer sterben sollen. Dann wäre all das hier nicht nötig.«

Du hättest sterben sollen. Die Worte peitschten mit der Kraft eines Orkans durch mich hindurch. »Lass sie los. Mia, es ist okay. Ich bin hier. Tante Sarah ist hier. Eris, sag mir einfach, was du willst.«

»Dieser Idiot wusste nicht, was er tat. Er hat das falsche Haus angezündet. In der Straße dort sehen alle gleich aus. Also musste ich alles wieder richten.«

»Dann hast du also Todd geschickt, damit er unser Haus anzündet.«

»Der Mann war ein idiotischer, drogensüchtiger Pyromane. Er wusste nicht, wann man aufhört.«

Todd Severson. Er hatte die ganze Zeit lang für Eris gearbeitet, Spülungen repariert und Brände gelegt. »Zieh Mia da nicht mit rein«, sagte ich. »Gib sie mir.« Was, wenn die Polizisten das Band am Zweig übersahen? Wenn sie nicht wussten, in welche Richtung sie sich wenden sollten? Ich holte mein Handy hervor.

»Wenn du jemanden anrufst, landet Mia im Fluss«, sagte Eris. »Gute Nacht, ihr müden Bären. Leb wohl.«

»Mommy!«, schrie Mia.

»Halt die Klappe«, verlangte Eris.

»Sie hat damit nichts zu tun«, sagte ich.

»Ich habe ihn besucht, weißt du«, erzählte Eris mit kindlicher Stimme. »Aber er versteht es noch nicht.«

»Wen hast du besucht? Johnny? Wann?«

»Ich habe ihm die Zeit gelassen, die er brauchte. Er ist dir endlich entkommen. Also bin ich zu ihm gefahren. Er war aber noch nicht bereit.«

»Was meinst du damit?« Ich rückte langsam vor, versuchte den Abstand zwischen mir und Eris abzuschätzen. Wenn ich jetzt auf Eris losgehen würde, hatte sie immer noch Zeit genug, Mia in den Fluss zu werfen.

»Halt«, sagte Eris. »Immer probierst du irgendwas. Warum habe ich es nicht selbst gemacht? Weil ich nett bin. Ich gewähre Menschen einen Vertrauensbonus. Nach dem Brand hatte ich Zweifel. Zwei unschuldige Menschen waren ums Leben gekommen. Das hatte ich nicht geplant. Dieses arme kleine Mädchen hat gelitten. Alle haben gelitten. *Johnny hat gelitten.* Ich wollte nie, dass er auch nur einen Augenblick lang Schmerz erleidet.«

»Er wird noch mehr leiden, wenn du Mia etwas tust.« Ich klapperte mit den Zähnen. Mia wimmerte.

»Nein, wird er nicht. Er möchte sie nicht.«

»Doch, er möchte sie.«

»Ich dachte, da Todd so einen Schlamassel angerichtet hat, sollte ich mit mehr Mitgefühl an die Sache rangehen. Dann habe ich mir überlegt, vielleicht hat er letztlich gar keinen so großen Fehler gemacht. Ich habe in deinem Tagebuch von Johnnys Affäre gelesen. Monique hatte den Tod verdient.«

»Nein, hatte sie nicht.« Ich hatte so viel in diesem Tagebuch festgehalten … Hatte Eris das alles gelesen?

»Ich habe gelesen, dass Jessie in Chad verknallt war; was für eine schmutzige Geschichte! Ich dachte, ihr reizender Freund Adrian sollte davon erfahren. Findest du nicht auch?«

»Du hast ihm davon erzählt?«

»Ich nehme meine Verantwortung sehr ernst.«

»Ist dir eigentlich klar, was du getan hast? Er hätte sie umbringen können!«

»Oh, das hätte er letztlich ganz von allein getan. Jessie und Adrian, das war leicht. Du bist der schwierige Fall. Ich habe versucht, dir klarzumachen, dass *du nicht die richtige Frau für Johnny bist!* Es hat dir aber nicht gereicht, all *die Beweise zu sehen, die ich dir förmlich unter die Nase gerieben habe!*«

»Was für Beweise?«

»Theresa. Die Quittung für die Blumen.«

»Du hast also die Quittung im Cottage deponiert.« Ich näherte mich ihr ein weiteres kleines Stück, jedes Mal ein bisschen.

»Ich habe dir so viele Gelegenheiten gegeben! Ich habe dir das perfekte Autorenrefugium gezeigt, schön weit entfernt.«

»Du hast aller Welt erzählt, Johnny und ich würden uns scheiden lassen.«

»Du hast das Refugium nicht gekauft. Du bist eine Idiotin.«

Ich tat einen weiteren Schritt nach vorn. »Reden wir doch irgendwo weiter, wo es warm und trocken ist …«

»Halt die Klappe!« Eris bewegte sich schwankend noch ein Stück näher an die steile Böschung heran und rutschte etwas aus. Mia kreischte. Ein paar Steine kullerten in den rauschenden Fluss. »Du bist blind. Was wäre eigentlich nötig? *Du willst dich einfach nicht verziehen!*«

»Ich erkenne es jetzt«, sagte ich. »Du und Johnny, ihr seid füreinander geschaffen. Ich werde fortgehen, aber du musst mir erst Mia geben.«

»Hältst du mich für blöd? Du hast ununterbrochen davon geredet, wie sehr du ihn vermisst. Dann hast du das ganze Melodrama auch noch in deinem Tagebuch festgehalten. Du hast dich entschieden, deinen Mann nach wie vor zu lieben. Bla bla bla.«

Ich bemühte mich, die Eris zu sehen, die ich zu kennen geglaubt hatte – die selbstsichere, hilfsbereite Immobilienmaklerin. Meine Freundin. »Lass sie zu mir kommen. Ich gebe dir, was immer du möchtest.«

»Was ich möchte, kannst du mir nicht geben. Du hast mir immer *verflucht noch mal im Weg gestanden!* Johnny und ich – in dem Augenblick, als wir uns begegnet sind, wusste ich es. Alle Zeichen waren da. Bei meiner letzten Nachkontrolle haben wir über alles gesprochen. Immobilien, Kunst und Architektur, unsere Träume. Du kannst nicht mal richtig mit ihm reden. Du teilst seine Interessen nicht. Du hast ihn *umgarnt*, damit er dich heiratet!«

»Es gehören immer zwei zu so was.« Noch ein Schritt, und ich war nahe genug bei ihr, um Mia packen zu können. Eris ließ sie praktisch schon über dem Rand baumeln.

»Ich kapiere es nicht. Du in deinen altbackenen Klamotten, ohne jeden Glanz. Trotzdem steht er in deinem Bann. Hast du ihm gedroht?«

»Was ist mit Steve?«

»Steve ist mein Scheidungsanwalt, du Trottel!«

Seine gerunzelte Stirn, das barsche Auftreten. Jetzt passte alles zusammen. »Ich bringe Mia nach Hause«, sagte ich. Ein Blitz zuckte knisternd über den Himmel, eine gezackte Linie an den Wolken – einen Augenblick später folgte Donner. Mia brach in Tränen aus.

»Tante Sarah. Mommy! Tante Mommy!«

Zur Hölle mit Eris. Ich stürmte los, aber zu spät. Ein weiterer Blitz spaltete den Himmel, als Eris Mia die Böschung hinabstieß und das Kind schreiend den steilen Hang hinunterrutschte.

»Mia! Greif nach einem Zweig! Halt dich fest!«, rief ich. Aber Mia purzelte weiter in die Tiefe, fast wie in Zeitlupe, griff mit den Händchen nach Büschen, vorstehenden Zweigen, glitt aber weiter, fand nichts, was ihr Halt bot, und stürzte schließlich in den Fluss.

»Mia!« Ich rannte an der Klippe auf und ab, fand eine Öffnung und rutschte auf dem Hinterteil hinab, schürfte mir an schartigen Steinen die Hände auf. »Halte durch, Schatz! Ich komme!«

Die Strömung hatte Mia jedoch schon gepackt und trug sie fort. Ich blickte zur Klippe hinauf, entdeckte aber keine Spur von Eris. Die Böschung war hier zu steil; ich konnte nicht mal mehr nach unten rutschen. Ich würde ins Wasser stürzen oder musste springen. Mir blieb keine Wahl. Ich hielt die Luft an und sprang in die eisigen Tiefen des schwarzen, rauschenden Flusses.

38

Ich ertrinke.

Die Strömung des Flusses zerreißt mich. Ich habe Mia aus den Augen verloren. Was, wenn sie schon tot ist? Der strömende Regen behindert meine Sicht. Hin und wieder erhasche ich einen Blick auf schemenhafte Bäume, die am fernen Ufer schwanken. Aber ich sehe nichts von ihr.

Sie ist fort – nein, da ist sie, ihr Kopf taucht aus dem Wasser auf, das bleiche Gesicht zeigt nach oben. *Nein, noch nicht.* Ich schwimme auf sie zu, pflüge durch das schwarze Wasser, aber die Strömung zieht mich in die Tiefe; ich schlucke ganze Mundvoll Wasser, während ich untergehe. Meine Lunge füllt sich mit verschlammter Flüssigkeit, aber ich kämpfe mich zurück nach oben. Die Lunge wird platzen, ich halte nicht mehr lange durch, aber da durchbreche ich die Oberfläche, sauge die kalte Luft ein. Ich spucke Schlick und Sand aus, den Metallgeschmack von Eis, das in den Bergen geschmolzen ist. Ich höre das Tosen des Wasserfalls. Ich werde Mia nicht rechtzeitig erreichen. Sie wird über die Kante gerissen werden, in die Tiefe stürzen und auf den Felsen zerschmettern. Und ich werde ihr folgen, wir beide werden zertrümmert werden. Und dann taucht Mia wieder auf, ihr Gesicht ist weiß in der Dunkelheit.

»Mia!«, schreie ich. »Halt dich irgendwo fest!« Aber der tosende Fluss verschluckt meine Stimme. Es darf nicht so enden. Ich habe Mia schon einmal gerettet. Ich kann sie wieder retten.

Meine Wahrnehmung wird schärfer. Ich werde unvermittelt des Waldes gewahr, einer Libelle, die in einem Bogen über den Fluss huscht, einer Rötelgrundammer, die in Ufernähe fliegt. Ein Teil meines Gehirns bleibt gelassen. *Nicht in Panik geraten!* Piloten geraten auch nicht in Panik, wenn ihr Flugzeug abschmiert. Astronauten geraten nicht in Panik, wenn ihnen die Luft ausgeht. Sie arbeiten daran, das Problem zu beheben. Mit Panik rettet man kein Leben. Und was ist mit Höhlentauchern? Mit diesen tapferen Seelen, die eine Taucherausrüstung anlegen und mehrere Hundert Fuß tief in mit Wasser gefüllte Höhlen vorstoßen, die vor Jahrtausenden entstanden sind? Sie nehmen Nylonseile mit, halten sich daran fest, wenn Ablagerungen ihr Blickfeld trüben und sie nicht mehr erkennen können, wo es nach oben geht. Sie halten sich fest, und indem sie sich festhalten, überleben sie.

Diese Gedanken stürzen innerhalb eines Augenblicks durch meinen Kopf, außerhalb der Zeit. Ich hole zu Mia auf. Sie treibt mit dem Gesicht nach unten, das an eine Meerjungfrau erinnerende Haar breitet sich im Wasser aus. Ihr Kopf taucht unter, kommt wieder hoch. Mit einem übermenschlichen, letzten Schwimmzug erreiche ich sie, packe sie und drehe sie um. Ihre Augen sind geschlossen, das Gesicht ist bleich und ruhig, die Lippen sind blau.

»Bleib bei mir!«, sage ich und ziehe sie zum Ufer. Meine

Kraft schwindet. Das Wasser ist zu kalt. Die Strömung zieht mich erneut unter Wasser, und Mia entgleitet fast meinem Griff. Sie treibt wie eine Stoffpuppe im Fluss.

Eine dunkle Gestalt erscheint oben auf der Böschung. Eris. Sie folgt uns entlang der Steilwand Richtung Wasserfall. Das Tosen wird lauter, ist inzwischen ohrenbetäubend. Eris' Silhouette dort oben am Ufer wirkt im Regen unscharf. Wir sind tot, Mia und ich – vielleicht waren wir von Anfang an verdammt. Während ich untergehe, taucht ein Licht am Himmel auf, durchdringt die Spiegelung des Wassers.

Meine Muskeln werden völlig kraftlos. Ich kriege keine Luft mehr, kann den Griff nicht aufrechterhalten. Mia entgleitet mir.

»Sarah!«, ruft jemand. Jemand, der sich nach Johnny anhört. Aber wie ist es möglich, dass er hier ist? Ich bilde mir seine Stimme nur ein, seine Hand, die vom Himmel herabgreift und mich ans Ufer zieht.

39

Kartons stapeln sich in der Diele des Cottages.

Für die kurze Zeit, die wir hier waren, haben Johnny und ich viel zu viele Dinge angesammelt. Vielleicht liegt es in der Natur des Menschen, sich an die materielle Welt zu klammern. Vielleicht erinnern wir uns auf diese Weise daran, noch am Leben zu sein. Trotzdem habe ich gelernt, mit weniger Besitz auszukommen und mich an der Schönheit des Augenblicks zu erfreuen. Die aufgehende Sonne an diesem klaren Wintermorgen; die hier lebenden Rötelgrundammern, die durch das Unterholz huschen; das ferne Nebelhorn der Fähre, während das Schiff in den Hafen fährt. Ich könnte jedoch gut auf das Rauschen des Flusses verzichten. In meinen Albträumen schlucke ich immer noch Wasser und greife nach Mia, während sie mir entgleitet.

Ryan Greene rettete sie gerade noch rechtzeitig. Es waren Sanitäter bei ihm, und die Polizei konnte Eris festnehmen. Es war jedoch Johnny, der mich in Sicherheit zog. Johnny, mein Schutzengel.

Er trägt einen Karton mit Geschirr von der Küche zum Kofferraum seines Wagens, kehrt dann mit langen selbstbewussten Schritten zurück. Seine Haare sind noch vom Schlaf zerzaust. »Fast voll«, stellt er fest.

»Gut, dass wir fast fertig sind.« Ich hebe einen Karton voller Kleider hoch, aber er hält mich auf.

»Du sollst doch noch nichts schleppen«, sagt er.

»Es geht mir gut.« Die Lunge tut mir aber immer noch ein bisschen weh. Der Arzt wollte mich eine zweite Nacht im Krankenhaus behalten, aber ich musste einfach weg. Ich war jetzt schon öfter im Krankenhaus gewesen, als mir lieb war.

»Ich nehme das.« Er balanciert zwei Kartons mit Kleidungsstücken auf den Armen, setzt sie aber wieder ab, als Ryan Greene mit seinem Transporter eintrifft. Als er aussteigt, erinnert er mich an einen Holzfäller, denn er trägt eine abgewetzte Jeans, ein kariertes Hemd und Boots.

»Guten Morgen«, sagt Greene. »Ziehen Sie um?«

»Kann gar nicht schnell genug gehen«, sage ich.

»Wohin geht's?«

»Wir haben in einem Vorort ein Haus gemietet«, sagt Johnny und schüttelt Mr Greene die Hand.

»Bis wir wissen, was wir tun werden«, füge ich hinzu.

Mr Greene nickt, senkt den Blick kurz auf seine Schuhe und hebt ihn wieder zu mir. »Ich war gerade in der Sitka Lane und habe mit Ihrem ehemaligen Nachbarn Felix Calassis gesprochen.«

»Wie geht es ihm?«

»Er hat in der Nacht des Brandes gesehen, wie Eris Coghlan sich mit Todd Severson gestritten hat.«

Diese Frau bedeutet Ärger. »Ich dachte, er hätte gesehen, wie Jessie sich rausschleicht, aber er hat von Eris gesprochen.«

»Ich bin mir nicht sicher, ob er wirklich weiß, was er gesehen hat«, sagt Mr Greene. Er zieht etwas aus der Gesäßtasche der Jeans und reicht es mir. Eine zusammengefaltete Seite, bedeckt mit einem handschriftlichen Text. *Meiner* Handschrift. Meine tiefsten Gefühle, ans Licht gezerrt. Der Schmerz, verraten worden zu sein. Eine Seite, die sorgfältig aus meinem Tagebuch herausgetrennt wurde, damit ich es nicht bemerken würde. Meine zornige, chaotische Handschrift erstreckt sich über die Seite.

»Was ist das?«, fragt Johnny und tritt neben mich.

»Nichts.« Ich falte das Papier hastig wieder zusammen und stecke es in meine Tasche. Ich werde rot. Ich kann Mr Greene nicht ansehen. Er muss meine Worte gelesen haben. Es ist, als hätte er mich nackt gesehen.

»Was meinst du mit nichts?«, fragt Johnny. »Was ist es?«

»Sie hat sie gestohlen«, sage ich. »Eris, meine ich. Eine Seite aus meinem Tagebuch.«

Johnnys Brauen heben sich. Seine Lippen formen ein »Oh«. Er und Ryan Greene wechseln einen Blick, dann fragt Johnny: »Was für eine Seite?«

»Nur … Gedanken.« Ich nehme meinen Mut zusammen und sehe Mr Greene an. »Wo haben Sie sie gefunden?«

»Unter ihren Habseligkeiten«, antwortet er. »Ich dachte, dass Sie sie vielleicht zurückhaben möchten.«

»Ist sie kein … Beweisstück?«

»Wir haben alles, was wir brauchen. Die Seite gehört Ihnen.« Er erwidert meinen Blick offen.

»Sie wussten, dass sie mir gehört. Ich kann gar nicht glauben, dass Eris sie genommen hat. Ich fühle mich … verletzt.«

»Geben Sie nicht sich selbst die Schuld«, sagt Mr Greene.

»Danke«, sage ich. »Dass Sie sie mir zurückgeben.«

»Kein Problem. Es steht sonst niemandem zu, sie zu behalten.«

Mr Greene blickt zu Eris' Haus hinüber. Johnny und ich folgen seinem Blick. Es ist alles abgesperrt worden, als Tatort. Zwei Polizeifahrzeuge stehen in der Einfahrt. Ermittler durchkämmen gerade noch die Zimmer. Eris hatte sich hinter den sich spiegelnden Fenstern versteckt und uns im Auge behalten, um auf den richtigen Augenblick zu warten, da sie ins Cottage schleichen und meine Geheimnisse stehlen konnte.

Während ich im Krankenhaus lag, hat uns Mr Greene alles erzählt – von Eris' irrationaler Besessenheit von Johnny, den Laborbeweisen, die sie mit Todd Severson in Verbindung brachten und die ihn als Täter identifizierten, der am Abend des Brands den Brandbeschleuniger gekauft hatte.

»Ich bin froh, dass sie in Haft ist«, sagt Johnny. Er fasst mich an der Hand, und seine Finger sind warm und beruhigend.

Mr Greene nickt ihm zu. »Die abgebrochenen Anrufe auf Ihrem Mobiltelefon … Wir haben sie zu ihr zurückverfolgt.«

»Verrückt«, sagt Johnny.

»War nicht das erste Mal«, sagt Mr Greene. »Wir haben einen Arzt gefunden, dem sie vor wenigen Jahren nachgestellt hat. Ehe sie sich auf Sie fixierte. Hat ihm Briefe geschrieben, Karten …«

»Scheiße«, sagt Johnny.

»Sie hat auch die Karte mit dem Knoblauch drauf geschrieben, auf der sie den Brand als Auftakt zu schöneren Dingen schildert, nicht wahr?«, sage ich.

Mr Greene nickt. »Höchstwahrscheinlich.« Er kehrt zu seinem Transporter zurück.

Ich lasse Johnnys Hand los und gehe dem Brandermittler nach. »Was passiert jetzt mit ihr?«

»Zunächst einmal wird Anklage erhoben. Ich halte Sie auf dem Laufenden.« Er steigt in den Transporter, kurbelt das Fenster herunter und sieht mich an. Uns beide verbindet inzwischen eine seltsame Vertrautheit. Er weiß, was ich über meinen Mann geschrieben habe, kennt meine schrecklich verletzten Gefühle.

Ich spüre Johnny hinter mir, eine stille, stoische Präsenz.

»Haben Sie nach dem Kind gesehen?«, fragt Mr Greene.

»Gestern«, sage ich. »Es geht ihr gut.« Mia hat in Harriets Haus schweigend mit ihren Barbiepuppen gespielt, neuen Puppen, die wir ihr geschenkt haben. Sie war versonnen, sagte kein Wort. Aber sie ist am Leben.

»Sie hat einen weiten Weg vor sich«, sagt Mr Greene. »Es ist schwer, sich von dem zu erholen, was sie durchgemacht hat.«

»Danke, dass Sie sie gerettet haben«, sage ich.

»*Sie* haben sie gerettet«, wendet Mr Greene ein. »Inzwischen sogar zweimal.«

Er fährt aus der Einfahrt und die Straße entlang, lässt nichts weiter zurück als einen Hauch von Abgasen.

40

Ich parke in der Sitka Lane am Bordstein, direkt vor den eingeebneten Grundstücken, auf denen die beiden zerstörten Häuser früher gestanden haben. Ich stelle mir unser ehemaliges gemeinsames Zuhause vor, das Johnny und ich hier gehabt hatten, denke an das durch die Fenster einfallende Licht, die blühenden Hortensien. Ich denke an meinen Ehering, der im Feuer verloren gegangen ist. Ich denke an Monique, die auf der hinteren Veranda gestanden und nach dem Sack Grillkohle gegriffen hat. Ich sehe ihr im Dämmerlicht glänzendes weißblondes Haar vor mir.

»Sarah?«

Ich drehe mich um und stelle fest, dass Pedra in Jeans und blauem Hemd ihre Einfahrt entlangläuft, ganz ohne ihre sonst üblichen Farbtupfer. Sie wirkt gedrückt und kleinlaut. Sie umarmt mich wortlos, weicht ein Stück zurück, und wir sehen einander an. Ihre Augen sind vom Weinen gerötet und verquollen. Sie nimmt verzweifelt meinen Arm. »Oh, Sarah!«

»Ich habe deine Nachricht erhalten«, sage ich. »Tut mir leid, dass ich einige Zeit gebraucht habe, um hierherzukommen.«

»Hat Jessie dich angerufen?«

»Nein. Was ist los?«

Tränen strömen ihr über das Gesicht, und sie wischt sie beiseite. »Komm mit. Du musst es selbst sehen.« Pedra führt mich über die Straße, in ihr Haus und in Jessies Zimmer, das ungewöhnlich aufgeräumt ist. Die Bücher im Regal sind nach ihrer Höhe sortiert. Aber sie hat Lücken hinterlassen, als könnte sie es nicht ertragen, sich von ihren Lieblingsbüchern zu trennen. Und sie hat den Schmuckkasten und einige der Lotionen und Parfümflaschen mitgenommen. Die restlichen Fläschchen hat sie vollkommen ordentlich aufgestellt. Es liegen auch keine Kleidungsstücke herum. Keine Spur von irgendwelchen Spitzen-BHs oder Stringtangas. Aber auf dem Bett hat sie einen Karton mit einem Zettel in ihrer Handschrift zurückgelassen. *Diese Sachen habe ich gestohlen. Sie gehören Monique Kimball.*

Ich öffne den Karton. Darin finde ich Moniques Füller, ihr Make-up, das Tagebuch. »Hast du es gelesen?«, frage ich Pedra.

Sie nickt, zieht die Nase hoch.

»Es tut mir so leid«, sage ich. »Weißt du, wohin sie gegangen ist?«

Pedra schüttelt zitternd den Kopf. »Die Polizei sagt, sie kann nichts tun. Jessie ist achtzehn.«

»Sie hat Adrian nicht angezeigt, oder?« Mir wird das Herz schwer.

»Don hat dort schon nach ihr gesucht. Er ist zu Adrians Wohnung gefahren. Aber sie sind weg. Die Wohnung steht leer. Sie redet mit dir – ich dachte, sie hätte dich vielleicht angerufen. Sie geht nicht ans Telefon.«

Ich umarme Pedra erneut. »Sie hat mich nicht angerufen. Es tut mir leid.«

»Ich habe mir solche Mühe gegeben! Don und ich, wir beide. Wir haben versucht, sie unter Kontrolle zu halten, aber sie ist diesem Jungen hörig.«

»Ich weiß, dass du dir Sorgen um sie machst. Du hast getan, was du tun konntest. Sie muss sich selbst retten. Wir müssen uns an die Hoffnung klammern, dass sie irgendwann aufwachen wird.« Ich halte Pedra fest und lasse zu, dass sie sich an meiner Schulter ausweint. Es ist das Einzige, das uns bleibt.

41

Johnny und ich nehmen den Steinpfad zur Oceanview Lane 24. Das Haus ist unmöbliert. Ein schweres Schloss an der Haustür verhindert, dass wir eintreten können.

Ich pirsche mich auf Zehenspitzen durchs Gras zum Erkerfenster. Eine Brise hebt meine Haare. Die Innenräume sind verlockend – glänzende Eichenbohlen, Fliesen im Eingang, Gewölbedecken. Glasschiebetüren ermöglichen es mir, durch das ganze Haus hindurch bis zu den grasbewachsenen Dünen und dem sonnenhellen Meer zu sehen.

Johnny tritt neben mich. Er legte seine Hände auf meine, die immer noch das Fenster berühren. »Diese Aussicht ist wahnsinnig. Was denkst du?«

»Ich muss es mir erst von innen ansehen.«

Er holt den Schlüssel hervor, den er sich vom Makler besorgt hat, und öffnet die Tür. Das Haus riecht nach frischer Farbe.

Johnny folgt dem geräumigen Flur zu den Schlafzimmern, während ich in der Diele zurückbleibe und nach dem ungeöffneten Briefumschlag in meiner Tasche taste. Wir sind so schnell aufgebrochen, dass ich kaum Zeit gehabt hatte, die Post mitzunehmen. Es waren nur zwei Sendungen im Briefkasten gewesen, eine Kreditkartenrechnung und dieser Brief. Ich habe ihn Johnny noch nicht gezeigt.

»Das hier könnte dein Arbeitszimmer werden!«, ruft er, und seine Stimme hallt in den leeren Räumen. »Und wenn deine Mom zurück ist und das Gästezimmer sieht, wird sie begeistert sein.«

»Meine Mutter wird hier nicht bleiben«, sage ich – zu leise, als dass er es hören könnte. Ich gehe in die Küche, öffne die Glasschiebetür, die zur Veranda führt. Das Wiegenlied der Brandung verbindet sich mit den Rufen der Möwen. Der Wind raschelt im Dünengras. Ich sehe die Umrisse eines Mannes, der am Strand entlangspaziert; ein schwarzer Hund springt um ihn herum.

»Hast du gehört, was ich gesagt habe?« Johnny taucht hinter mir auf, seine Schritte hallen auf dem Fußboden.

»Laut und deutlich.« Ich höre auch Natalie, wie sie mir über den ganzen Weg von Indien bis hierher etwas zuruft: *Was ist, wenn es einen Tsunami gibt? Ihr seid viel zu dicht am Meer.*

»Beeindruckt dich das Haus nicht?«, fragt er.

»Es ist großartig.«

»Aber?«

»Ich weiß nicht genau.« Das gilt für so vieles. »Ich mache einen Spaziergang.« Ich folge dem Weg zwischen den Dünen hindurch nach unten.

Johnny geht mir nicht nach, als würde er mein Bedürfnis verspüren, allein zu sein. Als ich die Wellen erreiche, hole ich den Brief hervor. In der Ferne lassen sich Kormorane mit ihren langen Hälsen von den Wogen tragen, und weiter draußen gleitet ein Frachter am Horizont entlang.

Ich öffne den Umschlag und falte den Brief auseinander. Oben sehe ich das Logo vom Northwest DNA Testing Services. Meine Finger zittern, während ich lese:

Aufgrund der DNA-Analyse kann nicht ausgeschlossen werden, dass der mutmaßliche Vater Jonathan McDonald der biologische Vater des Kindes Mia Beaumont ist, da die genetischen Marker der beiden Proben identisch sind. Der Wahrscheinlichkeitswert der bewerteten Beziehung ist weiter unten angegeben; er beruht auf den Vergleichswerten zu einer nicht untersuchten und nicht verwandten Person derselben ethnischen Herkunft.

Wahrscheinlichkeitswert: 99,9942 %.

Die Worte verschwimmen vor meinen Augen. Ich bemerke kaum, wie mir die Brandung über die Schuhe schwappt und meine Zehen kalt werden.

Johnny ruft nach mir, schlendert zwischen den Dünen zu mir herunter. »Alles in Ordnung?«, fragt er. »Komm wieder zurück. Ein Sturm zieht auf.«

So ist es wohl. Ich stehe hier zwischen Land und Meer, Vergangenheit und Zukunft, die Haut nass vom Regen und Wind in meinen Haaren.

Danksagungen

Ich danke all den Menschen, die mich über die Jahre hinweg ermutigt und an mich geglaubt haben, darunter meinen Verwandten, meinem Mann, meinen Freunden und Marilyn Lundberg. Mein tief empfundener Dank gilt meiner brillanten Lektorin bei Amazon Publishing, Tara Parsons, und dem wunderbaren Amazon-Team; außerdem meiner erstaunlichen Agentin Paige Wheeler, ihrer Assistentin Ana-Maria Bonner und ihren klugen Lesern sowie Taryn Fagerness, meiner Agentin für Auslandsrechte.

Wie immer bin ich den talentierten und hilfreichen Autorinnen meiner Schreibgruppe dankbar: Susan Wiggs, Sheila Roberts, Elsa Watson, Kate Breslin und Lois Dyer.

Ferner danke ich dem Feuerwehrchef von South Kitsap, Wayne Senter (im Ruhestand) – danke, dass Sie in stundenlangen Telefonaten geduldig meine Fragen beantwortet und mir bizarre Geschichten aus Ihrer außerordentlichen Laufbahn bei der Feuerwehr erzählt haben. Die Wirklichkeit ist tatsächlich seltsamer, als es Geschichten sind. Danke auch dafür, dass Sie das Manuskript auf technische Genauigkeit hin gelesen haben, sowie für Ihre Hilfe und Ihren Enthusiasmus.

Ich stehe tief in der Schuld der klugen und erfahrenen Maggie Crawford, einer außergewöhnlichen Lektorin, die mich bei Überarbeitungen leitete und mich immer wieder drängte, mein Bestes zu geben.

Dank an Rich Penner und Stephen Messer, die mehrere Versionen meiner Eröffnungskapitel gelesen und mir nützliche Hinweise gegeben haben. An meine Wandergefährten Randall Platt, Dianne Gardner, Patricia Stricklin und Elizabeth Corcoran Murray: was täte ich nur ohne euch? Dank an Andrea Hurst, eine großartige Kollegin, Mentorin und Freundin. Danke an die Freitags-Tee-Brainstorming-Runde mit (unter anderem) Terrel Hoffman, Toni Bonnell, Carol Caldwell, Sandi Hill, Jana Bourne, Jana Symonds und Misty McColgan (von Misty stammt die großartige Idee des Miracle-Mouse-Porträts). Anita und Christa, danke für die inspirierenden Mittagessen mit euch. Kuscheleinheiten und Leckerchen für meine fünf felinen Musen: Ruby, Teddy, Simon, Luna und Tiny. Ihr seid die besten Fellknäuel, die man einfach lieben muss.

Über die Autorin:

A. J. Banner wurde in Indien geboren, ist in Kanada und Kalifornien aufgewachsen und erwarb ihren Abschluss an der Universität von Kalifornien in Berkeley. Sie wandert und schwimmt leidenschaftlich gern, liebt Tiere und lebt zusammen mit ihrem Mann und fünf geretteten Katzen auf der regenreichen, bewaldeten Olympic-Halbinsel im Staat Washington.

Leseprobe

John Burley

Angstgespenster

Das Menaker State Hospital ist Fluch, Zuflucht, Gefängnis, Notwendigkeit, Albtraum und Rettung zugleich. Hervorgegangen aus einer philanthropischen Stiftung, ist diese forensische Klinik eine weitläufige Einrichtung, gelegen inmitten eichenbestandener Grünflächen auf einem steilen Felsen am Ostufer des Severn. Von der Vortreppe zum Hauptgebäude der Klinikverwaltung aus sieht man die Umrisse der US-Marineakademie dort, wo der Fluss vier Kilometer weiter südlich in die Chesapeake Bay mündet. Es gibt nur einen Zugang zur Klinik, und ein schmiedeeiserner Zaun, dessen drei Meter hohe, spitz zulaufende Gitterstäbe oben nach innen weisen, umgrenzt das Gelände. Anders, als man vermuten könnte, besteht die Klinik nicht aus einem großen Zentralbau, sondern aus einer Ansammlung roter, Ende des 19. Jahrhunderts errichteter Backsteinbauten, die in Grüppchen über das ruhige Gelände verstreut sind, als würden sie die wirre, bedrängte Psyche der Patienten widerspiegeln. Die ganze Anlage wirkt etwas vernachlässigt. Die hölzernen Türrahmen hängen durch wie das Rückgrat einer alten Stute, die viel zu viele Jahre lang zu schwer tragen musste. Der fleißige Hausmeister kommt den unverwüstlichen Disteln einfach nicht bei, die in den warmen Monaten aus der Erde schießen und ihre stachligen Blätter und Zweige besitzergreifend an die Sockel der Gebäude schmiegen. Die Metallgeländer der Gehwege draußen weisen winzige gezackte Unregelmäßigkeiten auf, an denen sich schneidet, wer zu rasch mit den Fingern darüberstreicht.

Gut fünfunddreißig Kilometer nördlich liegt Baltimore, dessen herrlicher Inner Harbor in krassem Gegensatz zu den vom Verbrechen heimgesuchten Straßen der Stadt steht, und die Opfer von Armut, Gewalt und Drogensucht, Sinnbilder menschlicher Verzweiflung, landen in einigen der besten medizinischen Einrichtungen der Welt. Zu ihnen gehört das Johns Hopkins Hospital, wo ich zur Ärztin ausgebildet wurde. Welch eine Ironie, wie meine Laufbahn mich nach all den Jahren so nah an meinen Ausgangspunkt zurückgebracht hat – als würde die Entfernung zwischen diesen beiden Orten nach all der Zeit, den Mühen und Opfern das Erreichte versinnbildlichen. Aber warum auch nicht? Zu Beginn unseres Lebens liegt die Welt mit unendlichen Möglichkeiten vor uns, doch die Macht der Natur oder unsere Neigungen pflegen uns an unsere Ursprünge zu ketten. Man kann nach Fernost reisen, Teilchenphysik studieren, heiraten, ein Kind großziehen und doch … ist man während all der Zeit nie weit entfernt von dem Ort, an dem man begonnen hat. Wir gehören unserer Vergangenheit, jeder dient ihr auf seine Weise, und die Bindungen zwischen dem Damals und dem Jetzt zu lösen, birgt das Risiko, daran selbst zu zerbrechen.

Darin liegt die Krux meiner Arbeit als Psychiaterin. Das Leben fordert seinen Tribut gleichermaßen von Leib und Seele, und wie der Körper reagiert und bisweilen den auf ihn einwirkenden Kräften nachgibt, so auch der Verstand, und zwar auf zahllose Weisen: von hormonellen Schwankungen bis hin zu Kindheitstraumata, von genetischen Vorprägungen bis hin zu verheerenden Schuldgefühlen aufgrund eigener Taten, von Brüchen in der Identität bis hin zu allgemeiner Absonderung von der Außenwelt. Den meisten Patienten kann ambulant geholfen werden, und obwohl kurze Einweisungen mitunter erforderlich sind, ist bei angemessener ärztlicher Behandlung und einer Mitwirkung der Erkrankten zu erwarten, dass die Patienten in der Gruppe funktionieren und dadurch eine gewisse Stabilität und Normalität erreichen. So ist es für die Mehrzahl, für die Glücklichen, deren Krankheit nicht vollständig von ihnen Besitz ergriffen hat. Doch bei den Patienten, um die es hier geht, ist es anders. Zu krank, um in die Freiheit entlassen zu werden, oder von der Rechtsprechung überwiesen, nachdem sie für nicht verhandlungsfähig befunden wurden – oder für nicht schuldfähig wegen Unzurechnungsfähigkeit –, landen nur die unheilbar psychisch Gestörten in Menaker. Es ist kein vergessener Ort, doch es ist ein Ort des Vergessens; die von den Insassen begangenen

Verbrechen setzen ebenso Staub an, wie die Bauten langsam verfallen.

Das Wort Asyl ist zur Bezeichnung solcher Einrichtungen längst in Misskredit geraten. Es weckt Bilder von Patienten (es gab Zeiten, da wurden sie als *Verrückte* bezeichnet), die in kleinen, feuchten Zellen an Betonwände gekettet sind, an ihren Fesseln zerren und irre in der Dunkelheit kichern. Zuzugeben, dass wir Geisteskranke einst so behandelt haben, erregt heute großes Befremden, und so findet man keine Asyle mehr für sie, sondern Kliniken. Und doch bevorzuge ich für Orte wie Menaker den ursprünglichen Begriff. Denn obwohl wir versuchen, die chronisch Gestörten zu behandeln, bieten wir hier doch primär Schutz – Asyl vor der Außenwelt.

Einige dieser Gedanken sind vielleicht zu düster, zu fatalistisch. Sie ignorieren die Ansprüche und Fähigkeiten der modernen Medizin. Aber es ist wichtig, gleich eingangs zu verstehen, was ich sagen will. Es gibt Patienten, die diese Einrichtung nie verlassen, nie mehr außerhalb dieses Geländes leben werden. Ihre Krankheit hat viel zu sehr von ihnen Besitz ergriffen. Sie werden nie wieder geistig gesund werden, nie mehr in ihr früheres Leben zurückkehren. Und die Gefahr und die große Tragödie derer, die diese Menschen lieben, liegt – fürchte ich – darin, hartnäckig darauf zu hoffen, dass es doch eines Tages möglich sein könnte.

»Besuch für Sie«, sagte Marjorie und lächelte aus dem Schwesternzimmer herüber.

Ich warf einen Blick zur Aufnahme. Durch die Türscheibe sah ich Paul, einen der Pfleger, einen neuen Patienten hereinführen. Besuch? Das war mal wieder eine von Marjories Euphemismen.

»Ist der für mich?« Ich prüfte die Liste am Schwarzen Brett. Mir war keine Neuaufnahme angekündigt worden.

Sie nickte. »Den müssen Sie sich wohl ansehen.«

»Sind auch Krankenakten mitgekommen?«

»Nicht dass ich wüsste.« Sie schaute schon wieder auf das Kurvenblatt vor ihr und war in Gedanken woanders.

Ich seufzte. Eigentlich waren wir frühzeitig über Verlegungen in unsere Einrichtung zu informieren, und die Patienten sollten mit ihren Akten eintreffen, zu denen auch eine Anamnese und eine ärztliche Beurteilung der Kranken gehörten. Patienten durften nicht unangekündigt auftauchen, und es ärgerte mich, wenn es trotzdem geschah. Aber man durfte nicht vergessen, dass wir es hier mit bundesstaatlicher Bürokratie zu tun hatten. Da überraschte mich letztlich nichts mehr. Ich beschloss, nicht starrköpfig zu sein und über das Versagen der Verwaltung vorläufig hinwegzusehen, nahm mir aber fest vor, den Vorfall später mit Dr. Wagner zu besprechen.

Paul war eingetreten, hatte die Tür leise hinter sich geschlossen, gab mir ein Zeichen, und ich gesellte mich zu ihm.

»Was haben wir denn da, Paul?«

»Einen jungen Mann für Sie.« Wir spähten beide durch die Scheibe in der Tür auf den Patienten im Zimmer dahinter.

»Wie lautet seine Vorgeschichte?«, wollte ich wissen, doch Paul schüttelte den Kopf.

»Das müssen Sie ihn selbst fragen.« Offenbar besaß Paul so wenig Informationen wie Marjorie.

Ich trat ins Nebenzimmer. Der Patient sah bei meinem Eintreten auf, ohne sich vom Stuhl zu erheben, und lächelte mich zaghaft an. Sein angenehmer Anblick war das Erste, was mich an ihm erstaunte: die blaugrauen Augen, das schmale, aber nicht verhärmte Gesicht. Er hatte den Körper eines Tänzers, schlank und geschmeidig, und in seinen Bewegungen lag eine Anmut, die in diesen Mauern fehl am Platz schien. Eine rabenschwarze Locke fiel ihm lässig in die Stirn wie ein Schatten. Er war wirklich schön auf eine bei Männern seltene Art, und als ich mich ihm gegenübersetzte, spürte ich, wie mir kurz der Atem stockte. Ich schätzte ihn auf etwa dreißig, obwohl er auch fünf Jahre jünger oder älter sein mochte. Geisteskrankheit pflegt den normalen Alterungsprozess zu verändern. Ich bin Zweiundzwanzigjährigen begegnet, die wie vierzig aussahen, und Sechzigjährigen, die noch immer in der Pubertät gefangen schienen. Die Medikamente haben damit natürlich zu tun, doch das ist nicht alles, wie ich glaube. In vielen Fällen rückt die Zeit für diese Menschen einfach nicht voran – wie bei einer Schallplatte mit einem Sprung, bei der immer wieder dieselbe Sequenz erklingt. Jedes Jahr ist wie das zuvor, und ehe man sichs versieht, sind sechs Jahrzehnte vergangen.

»Ich bin Dr. Shields.« Mit einem freundlichen Lächeln beugte ich mich ein wenig zu ihm vor, in der Hoffnung, dies würde als teilnahmsvolle Körperhaltung wahrgenommen werden.

»Hallo.« Er erwiderte mein Lächeln, doch anscheinend hatten ihn schon meine ersten Worte gequält.

»Wie heißen Sie?«, fragte ich, und wieder lief ein kaum wahrnehmbares Zucken über sein Gesicht.

»Jason … Jason Edwards.«

»Gut, Jason.« Ich faltete die Hände im Schoß. »Wissen Sie, weshalb Sie hier sind?«

Er nickte. »Um mit Ihnen zu sprechen.«

»Nun … mit mir und dem übrigen Behandlungsteam, ja. Aber können Sie mir etwas über die Geschehnisse erzählen, die Sie hergeführt haben?«

Seine Züge erschlafften ein wenig, als wäre das zu anstrengend oder zu schmerzlich. »Ich hatte gehofft, das wüssten Sie bereits.«

»Ihre Unterlagen sind noch nicht hier«, erklärte ich. »Aber über all das können wir später reden. Vorab möchte ich mich Ihnen bloß vorstellen. Noch mal, mein Name ist Dr. Shields, und ich bin Ihre Psychiaterin. Wir treffen uns täglich zum Gespräch, allerdings nicht am Wochenende. Ich sehe mir Ihre Krankenakte und Ihre Medikation an, sobald die Unterlagen eintreffen. Paul zeigt Ihnen jetzt die Abteilung und bringt Sie auf Ihr Zimmer. Falls Sie etwas brauchen oder wissen wollen, fragen Sie ihn oder einen anderen Pfleger. Oder geben Sie einer Schwester Bescheid. Die können sich alle mit mir in Verbindung setzen, falls das nötig ist.«

Ich stand auf, zögerte aber, das Zimmer zu verlassen. Er sah mich gespannt an, und wider besseres berufliches Wissen beugte ich mich vor und legte ihm die Hand auf die Schulter. »Wird schon wieder«, sagte ich. »Jetzt sind Sie an einem sicheren Ort.«

Er schien meine Worte für bare Münze zu nehmen und ihnen fraglos zu trauen. In den Wochen und Monaten danach habe ich oft mit tiefem Bedauern an diese Bemerkung gedacht und begriffen, dass nichts weniger wahr hätte sein können.

Werde Teil der LYX-Welt!
Votings
LYX Storyboard
YouTube
Blog
Online-Shop
Veranstaltungen
Newsletter
Gewinnspiele
Fan-Aktionen
LYX
Blog
Facebook
Votings
EGMONT
Goodies-Shop
Community
Twitter
YouTube
Fan-Aktionen
Gewinnspiele
Goodies-Shop
Programmtipps
Votings
www.egmont-lyx.de